UNE HEURE TROP TARD

PAR

ALPHONSE KARR.

Besser nie als zu spaët.
Il vaut mieux jamais que tard.

PREMIÈRE PARTIE.

I

L'Affût.

Komm lieber mai.
Reviens, cher mois de mai.
Ronde à danser.

Il n'y a presque plus de feuilles aux arbres ; les chênes, les bouleaux et les saules, qui résistent mieux aux premiers froids, conservent seuls une partie des leurs ; mais le moindre souffle en fait, à chaque instant, tomber quelques unes.

Les églantiers et les aubépines sont couverts de baies, les unes rouges comme le corail, les autres pourprées comme le grenat ; leur abondance, aux chasseurs et aux bûcherons, présage un hiver âpre et rigoureux.

La végétation est presque arrêtée ; la mousse seule est verte et vivante.

Le ciel est gris et immobile. A peine est-il cinq heures de l'après-midi, et le jour va bientôt s'éteindre. Le soleil, qui se couche, perce à peine son linceul de brouillards froids d'un reflet d'un jaune triste et pâle. C'est une des monotones journées de la fin d'octobre.

Dans le bois cependant s'avancent deux hommes armés de fusils et suivis d'un chien; et les feuilles qui jonchent la terre crient sous leurs pieds.

Tous deux sont très jeunes. Celui qui marche le premier a une allure franche et décidée, quoique inégale. Ses cheveux, d'un blond cendré, s'échappent d'une casquette de chasse ; ses yeux, d'un bleu sombre, sont vifs, perçans et expressifs.

L'autre a une figure régulière, mais insignifiante. Peut-être un observateur attentif découvrirait-il une sorte d'aptitude aux sciences qui ne demandent ni imagination ni vivacité.

A les voir suivre ensemble le même chemin, il est facile de deviner que l'un des deux a sur l'autre une habitude d'autorité involontaire et d'influence peut-être ignorée de tous deux : le premier semble conduire l'autre, choisit le côté du chemin, hâte ou ralentit le pas à son gré.

Comme le sentier devenait plus large, celui des deux jeunes gens qui était en arrière doubla un instant le pas et se trouva près de son compagnon.

— Mon ami Maurice, dit-il tristement, je crains fort que nous ne fassions une expédition inutile, par le plus lugubre temps qui se puisse imaginer. Il n'est pas probable que les canards sauvages soient déjà arrivés. Nous allons mourir de froid, et nous ne tirerons pas un coup de fusil.

— Mon ami Richard, répondit l'autre, je crains fort que, selon votre habitude, vous vous trompiez lourdement. Je vous ai déjà déclaré qu'hier soir, sur la brune, en passant près de l'étang, j'ai parfaitement reconnu le bruit que fait le vol du canard sauvage quand il arrive s'abattre dans les joncs.

— Mais, dit Richard, ne peux-tu avoir pris un autre oiseau pour un canard?

— Mon ami Richard, reprit Maurice, si je m'étais trompé, ce que je maintiens impossible, faites-moi le plaisir de me désigner un autre oiseau qui, vers la brune, descende sur les étangs. Pensez-vous que celui que j'ai entendu hier soit un cygne ou une oie sauvage?

— Cela n'aurait rien d'extraordinaire, dit Richard.

— Faites-moi le plaisir, mon ami Richard, de bien retenir vos dernières paroles. Vous me niez l'arrivée des canards, et vous admettez celle des cygnes et des oies. Or, chacun sait ou doit savoir que jamais cygne n'a passé avant la moitié de novembre, et je ne me rappelle pas avoir vu des oies sauvages avant la Saint-Martin. En tous cas, nous ne perdrions pas au change, et l'erreur ne serait pas aussi grande que celle qui vous fit hier prendre et tuer, pour un pigeon ramier, une innocente poule qui s'était un peu éloignée de la basse-cour.

— Ce n'est pas une chose fort étonnante, reprit Richard un peu piqué.

— Entendons-nous, mon ami Richard. A coup sûr, ce n'est pas une chose fort étonnante que vous ayez pris une poule pour un pigeon ramier. Ce n'est pas la première fois qu'il vous arrive de semblables malheurs; et ma plus grande crainte, en chassant avec vous, est que, quelque jour, vous me tiriez comme chevreuil, sous prétexte que j'ai le poil à peu près fauve. Mais ce qui est *une chose fort étonnante*, c'est que vous ayez tué la poule.

— Pour en revenir à votre obstination, poursuit Maurice, je suis vraiment fâché de n'avoir pas mis en note, comme je me l'étais bien proposé, la date du jour où, l'an passé, j'ai tué le premier canard sauvage.

— A mon tour, Maurice, je te dirai que ce n'est pas *une chose fort étonnante*.

— Et pourquoi?

— Parce que *tu te l'étais proposé*. Je l'ai mis en note, moi ; et si l'on voyait assez clair pour lire, je te montrerais que c'était dans les premiers jours de novembre.

— Je n'en crois rien. Mais d'ailleurs les canards consultent moins l'almanach que le froid pour quitter leurs rivières glacées ; et depuis deux jours que la gelée a commencé par un vent nord-est, la température est déjà âpre et piquante plus qu'il n'est suffisant.

En ce moment, au bout du sentier sinueux, parut un espace vide et brumeux : c'était l'étang qu'ils cherchaient. Arrivés au bord, ils se cachèrent derrière de gros saules, et armèrent silencieusement leurs fusils.

— Maintenant, dit Maurice, il ne faut pas s'abandonner à la moindre distraction. Occupe-toi de ta gauche : moi, de ma droite. Restons à dix pas l'un de l'autre, et écoutons bien : nous entendrons le bruit de leurs ailes.

Un quart d'heure se passa sans qu'on entendît rien. Richard fit un mouvement.

Maurice y répondit par un *chut!* énergique.

Richard s'approcha.

— Mon ami Maurice, dit-il, je dois te déclarer que j'ai les mains bleues et les pieds complétement engourdis. Cette chasse ne me convient pas du tout.

— Tais-toi, répondit Maurice à voix très basse ; si cette chasse ne te convient pas, tu m'y laisseras une autre fois venir seul. Mais, pour aujourd'hui, arme-toi de patience ; car je ne prétends pas rentrer avec mon carnier vide.

Richard retourna à sa place, et un grand quart d'heure s'écoula encore. Pendant ce temps, le silence profond qui régnait, l'aspect monotone et triste de ces arbres nus, qu'un reste de jour dessinait faiblement, excitèrent une impression qui s'empara entièrement de l'esprit de Maurice. Il tomba dans une profonde rêverie, et son imagination s'échappa, abandonnant son corps, et courut vagabonde dans la vie idéale et dans l'avenir.

Tandis qu'il rêvait, plongé dans une sorte d'extase mystique, un bruit de voix confuses se fit entendre de si loin qu'on les distinguait à peine, et qu'une feuille qui se détachait et tombait suffisait pour les couvrir. C'étaient des voix de très jeunes filles ; de temps à autre, une seule chantait, et alors le chant était plus intelligible. Maurice reconnut l'air d'une ronde très répandue :

Komm lieber mai, und mache
Die baeume weider grün, etc.

« Reviens, cher mois de mai ; rends aux arbres leur verdure, et fais refleurir les violettes sur les bords des ruisseaux. Ah ! que j'aurais de plaisir à revoir une seule petite fleur, cher mois de mai ! Quel bonheur pour moi, quand tu me rendras les vertes promenades ! »

L'éloignement faisait quelquefois perdre la voix, de sorte que Maurice ne savait si cette mélodie n'était pas simplement un jeu de son imagination. Comme il écoutait, il n'entendit pas les ailes crépitantes d'un canard sauvage qui passa à sa droite ; il ne fut réveillé que par le coup de fusil dont Richard abattit l'oiseau, et en même temps par le bruit que fit le chien en se précipitant dans l'eau pour l'aller chercher.

— Bravo, Maurice ! cria Richard fier de son succès ; il ne faut pas s'abandonner à la moindre distraction.

— Maudite soit la fée qui depuis une demi-heure me fait entendre une mystérieuse et délicieuse musique ! Maudite cette voix si pure et si jeune, faible et douce comme le bruissement des feuilles ! Apporte ! cria-t-il au chien, apporte !

— Oh ! oh ! ajouta-t-il après avoir pris l'oiseau et l'avoir examiné, je gage que tu as pris ce canard pour un cygne ; tu l'as tué tellement en avant qu'il n'est blessé qu'à la tête. Le canard n'a pas le vol aussi rapide que le cygne, ami Richard : il suffit de le tirer à la tête pour le toucher au corps ; je désire que cet avis vous soit utile pour l'avenir.

— Partons-nous ?

— Je conçois ton empressement à rentrer *chargé de gibier* : c'est un plaisir sur lequel tu n'es pas blasé ; mais, si tu le veux bien, nous attendrons encore quelques instans pour voir si la fortune me sera aussi favorable.

Après quelques minutes, comme il faisait tout à fait nuit, Richard appuya ses plaintes sur le froid d'une horrible faim qui le tourmentait. Maurice, qui n'avait pas moins d'appétit, désarma son fusil.

— Ecoute, Richard : vois-tu, de l'autre côté de l'étang, cette lumière grossie et rougie par le brouillard ? Dans cette cabane on pourra nous donner à manger ; de la sauër craut, du lard fumé et de la bière, c'est tout ce qu'il faut à des chasseurs.

Comme ils se dirigeaient vers la lumière, Maurice ajouta :

— As-tu remarqué quelquefois que la campagne, l'air libre, la solitude, jettent dans l'esprit des impressions qu'on ne peut abandonner, sans une grande répugnance, pour les sensations de la ville ? Quand j'ai passé quelques heures dans les bois, il me serait pénible d'avoir recours, pour apaiser ma faim, aux raffinemens de la cuisine ; de même qu'après une journée passée à la ville, je dînerais fort mal à la campagne.

Richard ne répondit pas, soit qu'il voulût ainsi témoigner son assentiment, soit que cette sensation fût en dehors des siennes, soit qu'il fût entièrement occupé du froid et de la faim.

Maurice continua :

— Nous avons encore oublié d'écrire à nos parens, ami Richard ; il s'ensuivra une horrible catastrophe. Notre premier appel de fonds restera sans réponse, et nous serons forcés de retourner étudier Kant plus tôt que notre libre arbitre ne nous y poussera. Je serais d'avis de nous occuper de cet utile devoir avant de nous livrer au sommeil, d'autant que demain, dès le jour, je dois aller visiter un clapier où j'ai tué, l'an passé, une quantité de lapins fort raisonnable.

Richard laissa encore tomber la conversation. Maurice siffla le chien, qui s'était écarté, et ils continuèrent à marcher silencieusement.

On fut bientôt auprès de la cabane.

Maurice s'arrêta :

— Il me semble que, par le froid qu'il fait et avec l'appétit que nous avons, nous risquons de fort mal souper ici ; nous n'avons pas pour trois quarts d'heure de chemin, en hâtant le pas, pour rentrer à la ville, où nous aurons d'excellent bœuf rôti et une bonne bouteille de vin ; nous nous attablerons devant un grand feu, et nous nous débarrasserons de ces vêtemens appesantis par le brouillard. Qu'en dis-tu, ami Richard ?

Et sans attendre de réponse, il prit un sentier à travers le bois ; Richard le suivit ; puis bientôt on cessa d'entendre le bruit de leurs pas sur les feuilles.

II

Où l'on tue un préjugé.

> Allons danser sous ces ormeaux.
>
> J.-J. ROUSSEAU.

Comme nous venons de parler de danses, de jeunes filles, il nous vient une crainte en l'esprit : c'est qu'on ne se représente nos jeunes filles dansant *sur la fougère* ou *sous la fougère*, ainsi que font baller les filles, les écrivains citadins.

Depuis le jour où les philosophes se vantèrent de *porter la hache dans la forêt des préjugés*, ce qui les fit accuser par une femme d'esprit de *débiter des fagots*, tout le monde s'est mis à détruire des préjugés, à renverser des abus, à briser des jougs.

On a fait, à ce sujet, ce que font les chasseurs auxquels une licence de chasse dans les forêts de l'état permet de tuer « les lapins, les lièvres, les oiseaux de passage et les animaux nuisibles ; » et qui, par catachrèse, considèrent comme animaux nuisibles les daims, les cerfs et les chevreuils.

Chacun a voulu avoir son abus ou son préjugé tué sous lui, quand on a eu tout détruit, brisé, renversé : l'abus, le joug, le préjugé n'existant plus, il a fallu en inventer pour les détruire, les briser et les renverser ; il y a tel homme aujourd'hui qui s'occupe activement de renverser le préjugé de la politesse, et de briser le joug de la chemise blanche.

C'est pourquoi nous saisissons, avec un empressement facile à concevoir, l'occasion qui se présente à nous, de détruire aussi notre préjugé.

Nous attaquons la fougère.

La fougère est une plante arborescente qui, à sa plus grande hauteur, ne dépasse guère deux pieds ou deux pieds et demi ; on ne peut donc danser ni *sur* ni *sous* la fougère, pas plus que *sur* ni *sous* la coudrette ; la coudrette signifiant le coudrier ou noisetier, et le noisetier étant branchu depuis le bas jusqu'en haut ; pas plus que *sur la bruyère,* qui jetterait les filles par terre, ou au moins leur mettrait les jambes en sang.

Les erreurs, depuis long-temps accréditées dans les romances et dans les livres, proviennent — de ce que l'homme qui écrit n'a pas le temps d'aller à la campagne, — de ce que l'habitant de la campagne n'a pas le temps d'écrire : de sorte qu'une condition nécessaire pour parler d'arbres ou de fleurs est de n'en avoir jamais vu ; comme on fait foi au livre que nous avons sous les yeux, livre dont l'auteur veut absolument tresser, pour *sa bergère* (la bergère est un préjugé qu'il n'est plus permis d'avoir) une couronne de roses odorantes et de chrysanthèmes ; — or, le chrysanthème ne fleurit qu'à la fin de l'automne, et jamais, par conséquent, ne s'est rencontré avec aucune espèce de rose odorante.

III.

La maison où avaient failli entrer Maurice et Richard était, au premier abord, d'assez triste apparence ; mais, en la voyant si bien fermée, en apercevant derrière un jardin dont les murs étaient dépassés par des sorbiers à fruits rouges, en entendant des voix joyeuses et un peu confuses, on ne pouvait s'empêcher de songer au bonheur de ses habitans, de se figurer leur vie simple et modeste qui ne dépassait pas, même par les désirs, l'enceinte de la maison et du jardin, cette vie close, ce bonheur que ne défloraient pas les regards des profanes.

Cette maison renfermait pour chacun le passé et l'avenir, et les douces affections, car il y était né, il devait y mourir ; chacun des pauvres meubles était un monument où étaient inscrits bien des souvenirs d'enfance, des souvenirs de joie et d'autres de chagrins ; mais la mémoire est une si bonne chose que même les souvenirs tristes ont du charme : — le souvenir a son prisme comme l'espérance, c'est l'éloignement.

C'est un grand bonheur qu'une vie resserrée, on n'a pas à se diviser en mêmes fractions ; on se donne entier à quelques amis, et cette large part d'affection qu'on leur accorde, on la peut attendre d'eux.

C'est dans cette maison qu'était rentrée la jeune fille dont la voix, en préoccupant Maurice, avait causé le triomphe de Richard.

On la nommait Hélène, elle avait à peine seize ans. Hélène était presque encore un enfant ; ses longs cheveux blonds commençant à brunir, et qu'un ruban qui les attachait ne pouvait tous retenir, tant ils étaient touffus et inégaux, cachaient son front et ses yeux noirs, et quand elle parlait, de sa petite main elle les écartait et les rejetait en arrière.

Son existence avait coulé calme et limpide; si sa jeune imagination, si riche d'avenir, avait daigné regarder le petit nombre de jours laissés en arrière, à peine eût-elle retrouvé deux ou trois chagrins dans toute sa vie.

Un jour, son frère avait écrasé une linote apprivoisée, c'était une jolie linote dont la tête et la gorge étaient richement empourprées; — mais on oublie si vite les amis morts!

Une autre fois, dans une invasion au fruitier, faite de complicité avec le même frère, il l'avait hissée sur la plus haute planche de l'armoire où étaient les noix; mais, comme elle allait charger ses poches de butin, les maudites noix roulèrent et tombèrent une à une sur le plancher, en produisant un perfide retentissement; le frère s'était enfui, et les grands parens avaient trouvé la coupable tapie en un coin sur les planches, d'où elle était trop petite pour descendre seule.

Souvent, pour entrer dans l'étang cueillir des nénuphars, dont la fleur blanche parfumée s'épanouit sur ses larges feuilles d'un vert sombre et luisant, elle n'avait plus retrouvé la haie où elle avait caché ses souliers et ses bas, et il avait fallu revenir nu-pieds à la maison.

Quand on a dépensé une partie de ses jours, quand la vie n'est plus qu'une de ces fleurs tardives qui ont survécu au printemps, et languissent pâles, décolorées, sans odeur, on s'afflige de la prodigalité avec laquelle l'enfance jette en riant ses jours exempts de soucis, sans les regetter, sans leur dire adieu; on est surpris comme ce voyageur, dont parle un conte arabe, qui vit des enfans jouer au palet avec des rubis, des émeraudes et des topazes, et s'en aller sans songer à les ramasser.

Comme Eloi et sa femme Marthe, chacun à un coin de la cheminée, Marthe tricotant, Eloi fumant, parlaient de choses et d'autres:

De la flamme qui, vive et scintillante, annonçait du froid;

De Henreich qui serait bientôt un bon garde forestier, quand lui, Eloi, ne serait plus bon qu'à fumer sa pipe au coin du feu;

D'Hélène qui devenait grande fille, et qui, jolie comme elle était, ne saurait manquer de trouver un bon parti;

Au fond de la chambre, le frère et la sœur faisaient, à voix basse, leurs projets pour le lendemain.

— Ecoute, Hélène, nous nous lèverons de bonne heure, et nous irons au clapier prendre des lapins aux lacets.

IV

Comment Maurice écrivit à son père, quoiqu'il en eût l'intention.

Le même soir, Maurice et Richard, assis devant un bon feu, après avoir bu et mangé convenablement, allumèrent leurs pipes et devisèrent.

— Mon ami Richard, dit Maurice, voici déjà fort long-temps que nous passons notre vie à étudier beaucoup sans apprendre grand'chose, à fumer, à boire de la bière et à tuer des chevreuils et des lièvres. Ne te semble-t-il pas qu'il serait temps de jeter là cette vie, après l'avoir pressée comme un limon, et d'aviser à nous en faire une autre? Le chevreuil ne s'obstine pas à brouter les bourgeons qu'il a déjà broutés; — quand l'écureuil a mangé une noix, il en jette les coques et en prend une autre; — les grives laissent les vignes vendangées, et vont chercher pâture ailleurs.

Pourquoi serions-nous comme ces chèvres qu'on attache au pied d'un arbre, et qui, après avoir tondu l'herbe dans le cercle que leur corde leur permet de parcourir, la retondent une seconde fois d'aussi près que leurs dents le peuvent faire; puis, quand elle est coupée ras ainsi que du velours, s'efforcent encore de la brouter, puis se couchent et ruminent? — Ne serait-il pas plus sage, ami Richard, de changer de temps en temps sa vie, son séjour, ses habitudes, ses relations et ses amitiés, quand on a retiré tout ce qu'il y avait de bon à prendre? Resserrer ainsi sa vie dans quatre lieues de pays, entre huit ou dix personnes; rester toujours sous le même ciel, sous le même degré de latitude, n'est-ce pas renoncer niaisement à ce que Dieu a fait pour nous? La terre tout entière n'est-elle pas à chaque homme? Pourquoi, habitant d'un grand palais, se confiner dans une seule chambre? Pourquoi, membre d'une nombreuse famille, ne connaître que quelques individus? pourquoi tourner dans le même cercle, comme un cheval qui tourne une meule?

— Est-ce à dire, répliqua Richard, que tu veux voyager?

— Pas encore; mais jusqu'ici je n'avais eu d'autres besoins que la faim, la soif, l'exercice, le grand air, — auxquels je joindrai celui de te tourmenter un peu de temps à autre: — depuis quelque temps, je sens de nouveaux besoins; ma tête et mon cœur ont comme faim, et je ne sais que leur donner à manger. Quand je vois une femme, il me semble que j'ai quelque chose à attendre d'elle, que ce qu'elle peut me donner est un bonheur céleste auprès duquel tout ce que j'ai goûté jusqu'ici me paraît de grossiers et vils plaisirs. Il me semble qu'il y a en moi quelque chose de noble, de divin emprisonné dans mon corps, et qui ronge les barreaux de sa prison; c'est la sensation qu'éprouveraient les fleurs, quand la sève se précipitant au sommet des rameaux, tend à jaillir en fleurs éclatantes, et à les rendre, d'herbe inaperçue, verte, uniforme qu'elles étaient, de riches cassolettes, d'où s'exhalent les plus suaves parfums. — Il me semble que tout ce que j'ai été, ce que j'ai senti jusqu'ici étaient l'existence et les grossières sensations de la chenille et de l'informe chrysalide, et qu'aujourd'hui le papillon remue dans la coque, et que le regard d'une femme, comme le soleil de mai, va lui donner l'essor et lui permettre de déployer au soleil ses brillantes ailes, encore plissées par la prison, et de s'élever au ciel, abandonnant sa misérable dépouille sur la terre.

— Tu es amoureux?

— Non; auprès des femmes, je suis gêné, timide, et je ne pense qu'à les fuir. Ces idées nouvelles ne m'agitent que dans la solitude; alors mon âme parle un langage sans mots, qui n'est pas fait pour les oreilles, mais pour l'âme; un langage qui, si je pouvais le traduire, montrerait éloquemment à une femme le trésor d'amour qu'il y a dans mon cœur pour celle qui m'aimera.

Je ne suis pas amoureux, car je n'ai jamais vu celle dont l'image me poursuit; c'est une image légère et frêle, comme si elle était faite de vapeurs condensées; tellement que, lorsque mon imagination exaltée, fiévreuse, réussit à me la montrer par une hallucination extatique, il me semble que le vent de mon haleine va la faire disparaître, que le moindre bruit va la faire évanouir. Cette image est plus poétique qu'aucune femme que j'aie vue. Il y a en elle quelque chose de divin, qui semble ne pas appartenir à la terre.

Cependant, quand je songe que moi, qui ne suis qu'un homme, depuis que mon âme est ainsi éclose en moi, je me sens aussi une nature céleste, qui fait que je ne me trouve pas indigne de l'objet de mes rêves, et que je me crois avec elle une sorte d'affinité et de sympathie, je pense conséquemment que ces jeunes filles qui, toutes belles qu'elles sont, paraissent encore tenir à la terre, si je pouvais féconder leur âme comme la mienne a été fécondée, trouveraient en moi une autre nature, une autre vie, et que leur âme, s'élevant comme la mienne, pourrait se joindre à elle, se confondre avec elle, aussi intimement que deux parfums ou deux gouttes de rosée, et que ce serait là ce bonheur mystérieux dont je suis altéré.

Richard laissa un sourire errer sur ses lèvres.

— Ecoute, Richard, continua Maurice, si tu n'as à me dire que des paroles qui me désenchantent, ne me parle pas; si tu veux arracher à mon âme les ailes qui la portent au ciel, laisse-moi; car j'ai une sainte vénération pour cette âme qui s'est éveillée en moi. — Il me semble que c'est une portion de la divinité, et que le reste de moi doit l'adorer. — Si je pouvais avec des mots humains peindre des choses célestes, tu respecterais comme moi ce qui te fait sourire.

Il se leva, prit Richard par la main, et le conduisit près de la fenêtre :

— Tiens, vois cet amandier, ses branches nues, noires, mortes : voilà ce que tu es, voilà ce que j'étais.

Représente-toi ce même arbre, au printemps, vivant, couvert de jeunes feuilles et de fleurs blanches et roses, et parfumant d'une fraîche odeur le vent tiède qui jouera dans ses branches; voilà ce que je suis devenu. Ne doit-on pas respecter cette sève mystérieuse, cette vie qui féconde le bois mort?

— Alors, je n'ai rien à te dire, Maurice, si ce n'est que nous sommes convenus d'écrire ce soir à nos parens, et que tu parais n'y plus songer.

— Tu es un homme maudit, Richard, tu me fais lourdement retomber sur la terre ; mais cependant tu as raison. Allons, continua Maurice, prenons tous les deux une plume et du papier, et écrivons. C'est une affaire de huit minutes.

— Pas pour moi, car je ne sais que leur dire ni par où commencer.

— Ce n'est pas difficile.

— Comment fais-tu?

— Je mets en haut de la page : Mon cher et honoré père.

— Après.

— Après?

— Oui.

— Après, je mets une virgule, et je recommence à l'autre ligne.

— Alors, voilà mon commencement trouvé.

— Comment?

— Je mets comme toi : Mon cher et honoré père, virgule, et à la ligne.

— Ne me parle pas; sans toi j'aurais déjà fini.

Maurice se mit à écrire rapidement; pendant ce temps, Richard remplit sa pipe et se versa un verre de vin.

— J'ai fini, dit Maurice.

— Je suis moins avancé que toi, dit Richard, je n'ai encore trouvé que : *Mon cher et honoré père.* Lis-moi ta lettre, cela me donnera des idées.

« Mon cher et honoré père,

» Au milieu des plaisirs que je goûte à la campagne, je n'oublie ni vous ni vos bontés pour moi, et c'est au retour d'une chasse aux canards, les habits encore humides de brouillard, que je vous écris pour vous remercier de ces plaisirs que je vous dois, et en même temps pour vous donner des nouvelles de ma santé, sur laquelle vous êtes quelquefois assez bon pour prendre de l'inquiétude, et m'informer de la vôtre, qui m'est plus chère que je ne le saurais dire ; veuillez me donner aussi des nouvelles de ma bonne mère, et lui présenter le souvenir du cœur de son fils. Mon ami Richard me charge de vous présenter ses respects.

» *P. S.* Si vous me permettez de rester encore ici quelque temps, je vous serais obligé de remplir un peu ma bourse. »

— Mais c'est très bien, Maurice, c'est précisément tout ce qu'on peut dire ; et étant juste dans les mêmes rapports et les mêmes circonstances, je ne sais que dire pour ne pas dire la même chose. Attends, donne-moi ta lettre.

Quelques minutes après :

— J'ai fini, dit Richard ; Ecoute, Maurice.

« Mon cher et honoré père,

» Au milieu des plaisirs que je goûte à la campagne, je n'oublie ni vous ni vos bontés pour moi, et c'est au retour d'une chasse aux canards, les habits encore humides de brouillard que... »

— Mais c'est ma lettre !...

— Exactement, sans oublier le *post-scriptum* ; seulement j'ai eu la précaution de mettre « mon ami Maurice, » au lieu de « mon ami Richard. »

Quand le messager fut parti porter les deux lettres, Maurice dit :

— Te souviens-tu qu'il y a quelques années, au collége, il t'arriva, un jour de composition pour les prix, d'élever entre toi et moi une haute muraille de livres, afin, disais-tu, que je ne pusse te copier.

— Oui, et je copiai mot pour mot ton devoir.

— C'est-à-dire que, sans dessein, tu corrigeas une faute en copiant mal un mot mal écrit, et tu eus le prix.

— C'était fort bien à moi de corriger.

— Oh ! mon Dieu ! Richard, s'écria Maurice, je gage que tu as fait la plus ridicule bévue.

— Comment ?

— Qu'as-tu changé à ma lettre en la copiant ?

— J'ai changé ce qu'il était nécessaire de changer pour la vraisemblance.

— Réponds : qu'as-tu changé ?

— Je te l'ai dit ; j'ai mis « mon ami Maurice, » au lieu de « mon ami Richard, » et je gage que tu n'aurais pas eu cette prudence.

— Tu n'as rien changé de plus ?

— Non. A quoi bon ?

— Tu es sûr ?

— Très sûr.

— Eh bien ! ami Richard, vous pouvez vous vanter d'avoir fait la plus grosse, la plus ridicule, la plus funeste sottise qu'un homme puisse faire.

— Que veux-tu dire ?

— Rien, homme prudent, si ce n'est que vous demandez des nouvelles de votre mère, morte, il y aura sept ans au mois de mars prochain.

Richard ne répondit rien, il se précipita hors de la chambre à la poursuite du messager ; mais le messager montait le seul cheval qu'il y eût dans la maison, et il fallut se résigner aux conséquences de sa maladresse.

V.

Le lendemain, Maurice alla au clapier de grand matin ; il attendit vainement les lapins et retourna à l'étang.

Un peu après son départ, Henreich et Hélène arrivèrent ; tandis qu'Henreich tendait ses lacets, Hélène vit un aster dont la fleur était séparée de sa tige : c'était Maurice qui l'avait coupé d'un coup de la baguette de son fusil. A cette époque, l'aster, petite marguerite de couleur lilas, est presque la seule fleur qui s'épanouisse au milieu des arbres nus et de l'herbe desséchée.

— Maudit celui qui a coupé cette fleur ! dit Hélène ; il est triste et malfaisant comme le vent qui abat la dernière feuille des arbres : c'est la dernière fleur de l'année; il faut dire adieu aux promenades, à la verdure. Elle se prit à chanter à demi-voix :

> Komm lieber mai, und mache
> Die baeume weider grün
> Und las! . . . .

— Silence, Hélène! dit Henreich.

Il avait entendu un lapin. La jeune fille se remit auprès de lui, derrière une haie de sureau, dont les oiseaux, à leur approche, avaient abandonné les baies d'un noir violet; le lapin qu'avait entendu Henreich vint se prendre au lacet. Comme l'heure s'avançait, et qu'Hélène avait froid, ils se contentèrent de cette proie et reprirent le chemin de la maison.

Chemin faisant, ils parlèrent du printemps : c'est ce qu'on a de mieux à faire l'hiver, comme de songer à l'avenir dans les mauvais jours.

— Puis aussi, quand tu te marieras, dit Henreich, choisis un brave garçon avec lequel je me puisse accorder; j'occuperai bientôt la place de mon père, nous ne nous quitterons pas, tu resteras avec ton mari dans notre maison. Nous ne serons pas bien riches, ma petite Hélène, mais nous serons heureux; nous n'aurons pas de ruine à craindre, notre avenir est assuré et tranquille, nous vieillirons comme notre père et notre mère au milieu de nos enfans, et nous leur laisserons notre petite maison. — A propos de notre maison, j'irai demain dans le bois prendre des églantiers que je planterai devant; j'en ai découvert qui sont plus hauts que moi. — Ce sera charmant, au mois de mai, quand les petites roses pâles sortiront de la verdure.

VI

> .... Malè consultis pretium est;
> Prudentia fallax.
> HORACE.

Quelques jours après, Richard et Maurice reçurent les réponses de leurs pères.

« Monsieur mon fils Maurice,

» Votre lettre mielleuse n'a qu'un but : c'est de me demander de l'argent, et de me choquer en me parlant de votre mère, qui, depuis votre départ, plaide avec moi, comme vous le savez, en séparation de biens. Vous n'aurez pas d'argent, et je vous enjoins de revenir tout de suite pour continuer le cours de vos études. Ma fortune ne me permet pas de vous nourrir bien long-temps à ne rien faire. »

— Je ne savais rien de cette dissension, dit Maurice. Mais il se rappela que quinze jours auparavant il avait reçu une lettre de son père, et que, supposant qu'elle ne contenait que des admonitions et quelques préceptes de morale, il l'avait employée, sans la lire, à bourrer son fusil.

« Mon bon Richard,

» Je ne sais par quel hasard tu as appris mon mariage avec madame veuve Grumb; je craignais que cette nouvelle ne te fût désagréable; mais le ménagement avec lequel tu m'en parles, le titre de bonne mère que tu lui donnes dans ta lettre m'ôtent toute inquiétude à ce sujet. Elle me charge de te dire qu'elle méritera ce titre de bonne mère, et qu'il est bien précieux à ses yeux. Je ne savais pas que tu la connusses, comme il paraît, par la commission que tu me donnes de te rappeler à son souvenir. Elle ne se souvient pas non plus de t'avoir vu, qu'une ou deux fois dans des maisons tierces; mais vous aurez bien vite fait connaissance, d'après les dispositions bienveillantes que vous avez l'un pour l'autre. Ce sera un grand bonheur pour moi de voir bien unis les deux plus chers objets de mes affections. Reviens tout de suite auprès de nous.

« Ton bon père.»

Les deux amis se regardèrent stupéfaits, puis se prirent à rire.

— Allons, Richard, c'est comme au collége : tu emportes encore le prix sur moi.

Ils firent leur valise et se remirent en route le lendemain.

Maurice fut assez heureux pour trouver son père et sa mère réconciliés.

Richard, grâce à sa bévue, fut parfaitement reçu par sa belle-mère, qu'il n'avait jamais vue auparavant, et dont il ne soupçonnait pas l'existence.

Et une partie de l'hiver s'écoula paisiblement.

VII

Hélène à Marie.

Ma chère Marie, depuis deux mois il s'est passé pour moi bien des choses tristes. Mon bon frère Henreich a été enlevé par la landwher et nous a quittés, il y a huit jours, en pleurant. De plus, mon père est au lit, malade d'une fièvre très aiguë ; le médecin a annoncé à ma mère qu'il n'espérait plus le sauver ; aussi, depuis ce temps, toutes deux nous sommes dans les larmes ; et encore nous faut-il les contenir devant lui, car il semble interroger nos visages. Il ne se croit pas aussi malade, et il n'y a rien de triste comme de lui entendre faire des projets pour l'année prochaine. Ma mère et moi nous n'osons nous regarder ; quand cela nous arrive, nous nous mettons toutes deux à pleurer.

Vois que de malheurs nous accablent à la fois, ma chère Marie. Qui l'aurait cru, il y a deux mois, quand tu passas avec nous si joyeusement la nuit de Noël? Si mon pauvre père meurt, comme il n'est plus que trop certain, ma mère et moi nous allons nous trouver abandonnées, sans ressources ; c'est horrible à penser. Aussi je t'écris pour te dire que jaccepte la proposition que j'avais refusé de prendre à la ville, une place qui me mette à même de gagner du pain pour ma mère et pour moi. Je me sens de la force et du courage : le malheur développe vite.

Adieu ! ma chère Marie : aime-moi, j'ai bien besoin que tu m'aimes.

VIII

Marie à Hélène.

Ta lettre m'a beaucoup affligée, ma chère Hélène. Comment des gens bons et honnêtes comme vous ne sont-ils pas protégés par le ciel ? tandis que tant de méchans prospèrent ! Espérons que ton père vivra, chère Hélène ; tous les malheurs ne peuvent ainsi tomber sur vous à la fois.

Néanmoins, ce serait folie à toi, maintenant que vous n'avez plus l'appui de ton frère, de négliger une excellente place qui se présente, une place où tu gagnerais par an deux cents florins. C'est chez une dame que l'on dit bonne et vertueuse ; tu n'aurais à t'occuper que d'elle, de lui tenir compagnie, lui faire des lectures et l'aider à sa toilette.

Mais il faudrait partir tout de suite : j'ai promis que tu serais arrivée demain ; c'est sur cette promesse seulement que l'on a pris une autre personne très recommandée, qui s'était offerte. Je comprends tout le chagrin que tu vas avoir de quitter ton père malade et ta mère accablée ; mais songe que c'est un moyen de leur être utile, et que n'en pas profiter ne serait pas une vraie tendresse, mais un pur égoïsme.

A la réception de ma lettre, fais promptement tes paquets et viens me trouver ; nous irons ensemble chez cette dame, qui, d'après ce que je lui ai dit de toi, attend ton arrivée avec une grande impatience. — Pense bien qu'un jour de retard te ferait perdre cette place.

IX

> — Où vas-tu ? — Je n'en sais rien. — Eh bien ! tu vas aller en prison. — J'avais donc bien raison de dire que je ne savais pas où j'allais.
>
> ÉSOPE.

Le soleil s'était couché dans des nuages rouges, — c'était pour le lendemain un indice certain de vent et de sécheresse. — Aussi, de grand matin, Maurice se mit en route, le fusil sur l'épaule, et se dirigea vers une colline couronnée de sapins, de bouleaux et de genèvriers, dont les baies et les bourgeons nourrissent les coqs de bruyère. Sa mère attendait une nouvelle femme de chambre, et les préparatifs que l'on faisait pour la loger occasionnaient dans la maison une sorte de tumulte auquel il n'était pas fâché d'échapper.

En traversant un chemin, il rencontra une voiture couverte. Deux femmes bien enveloppées s'y étaient endormies, et le cheval suivait de lui-même une route que probablement il avait souvent parcourue.

Maurice pensait alors à la bizarrerie du sort qui, laissant à l'homme le libre arbitre, lui permet si rarement d'accomplir les plans qu'il se creuse la tête à former ; et il se rappelait une foule d'occasions où il n'avait pu mettre à exécution les projets les plus sages et les plus utiles ; de telle sorte qu'ayant naturellement l'esprit juste, voyant les choses et les appréciant, il faisait sur presque tout d'admirables théories, et ne réussissait jamais à les suivre. A la suite de quoi il tomba dans le manichéisme, adoptant les deux principes du bien et du mal. — Le monde est partagé, se dit-il, entre deux puissances probablement égales, puisqu'elles se balancent et se tiennent en équilibre ; mais une partie de cette puissance doit être divisée et confiée à des agens inférieurs qui ont chacun leur département, — entre lesquels il doit y avoir nécessairement un petit démon à ailes de papillon, à figure ricaneuse, dont l'emploi est de taquiner les hommes, et de les irriter à coups d'épingle, sans jamais faire une grave blessure.

C'est celui qui préside à toutes les petites contrariétés ; c'est par sa puissance que ce que vous cherchez dans une bibliothèque ne se trouve jamais que dans le dernier livre que vous feuilletez, et que la seule tache d'encre qu'il y ait dans le livre couvre précisement le passage dont vous avez besoin ; c'est lui qui, si vous êtes pressé de sortir pour une affaire importante, cache vos gants, et votre mouchoir, et votre canne, de telle sorte qu'il vous faut remonter quatre fois l'escalier ; c'est lui qui embarrasse le pène de votre serrure, et vous retient prisonnier ; c'est lui qui, si vous avez un rendez-vous, arrête votre montre ou la retarde, et sur la route fait sonner toutes les horloges en ricanant, pour vous apprendre que l'heure est passée et votre rendez-vous manqué.

Si, près d'une femme que vous aimez, et à laquelle vous n'avez pas encore faire connaître votre amour, il vous prend un accès d'audace provenant du jour qui baisse, ou d'un épais rideau qui produit cette demi-obscurité si favorable aux amans timides; si, après avoir hésité vingt fois, vous ouvrez la bouche pour faire un aveu peut-être désiré, le petit démon est là, qui inspirera à votre belle l'idée de relever le rideau, ou à un esclave la pensée d'allumer des bougies, ce qui fait que vous ne parlez pas, et que vous perdez une occasion que vous ne retrouverez peut-être jamais.

Comme il en était là de ses réflexions, il avisa que ce démon, quel qu'il fût, semblait s'être acharné particulièrement après lui, et qu'à sa persévérance et son assiduité près de lui, il était impossible qu'il eût le temps de s'occuper autant des autres hommes, — ce qui était une grave injustice. Ce doit être, du reste, dit-il, un démon très gai et très insouciant, et il doit souvent rire de bon cœur.

Cette idée amena insensiblement Maurice à celle-ci :

Ces deux femmes dorment confiantes en leur cheval. Il serait assez plaisant qu'à leur réveil elles se retrouvassent juste à l'endroit d'où elles sont parties; et qui sait tout ce qui les attend de chagrins là où elles vont, et qu'elles éviteraient en n'y allant pas ?

Il prit le cheval par la bride, le fit tourner longuement et lui mit la tête du côté opposé, puis le laissa aller. Le cheval, sans hésiter, du même pas, se mit à retourner à l'écurie sans que les femmes se réveillassent, et Maurice continua sa route vers la colline, où il espérait trouver des coqs de bruyère.

X

Hélène à Marie.

Ton étonnement est bien naturel, ma bonne Marie ; et il est bien malheureux pour moi que l'accident qui m'a empêché d'arriver à la ville m'ait fait perdre cette place dont j'aurais plus besoin que jamais.

Nous étions parties, ma mère et moi, avant le jour, avec mon linge et mes habits, dans une charrette que nous avait prêtée M. le garde général. Nos adieux avaient été longs et pénibles; nous avions passé la moitié de la nuit à pleurer ; et je ne sais comment, nous nous sommes endormies en route. Tu peux imaginer quelle fut notre surprise, quand nous fûmes réveillées tout à coup par un cahot, et quand nous nous trouvâmes accrochées contre une borne de la cour de M. le garde général, dans laquelle le cheval rentrait. Nous croyions dormir encore et rêver; mais, quelque extraordinaire et incompréhensible qu'elle me paraisse encore aujourd'hui, la chose n'est que trop vraie. La domestique de M. le garde général nous dit qu'il était chez mon père, qui, se sentant plus mal, l'avait fait demander. Mon premier mouvement fut de bénir l'accident qui nous ramenait, et nous courûmes chez nous si fort que nous ne pouvions plus respirer. Mais au moment d'entrer j'hésitai, je sentis se refroidir la sueur qui me couvrait le front. Il me sembla que j'allais trouver mon père mort. J'écoutai à la porte ; on parlait. « Oh ! monsieur, disait mon père d'une voix faible et languissante; je ne reverrai pas ma petite Hélène, ni mon fils Henreich. Mes yeux se troublent, et je ne vous vois plus qu'à travers un nuage. Je n'ose laisser entièrement sortir mon souffle, dans la crainte que ma vie ne parte avec. »

J'ouvris la porte en pleurant, et me jetai à ses genoux auprès de son lit. Mon imprudence faillit le tuer. L'émotion et le saisissement furent si grands qu'il tomba en faiblesse. Il n'y eut que le médecin, qui arriva sur ces entrefaites, qui put le faire revenir en lui faisant respirer un flacon.

Mon pauvre père parut bien heureux de me revoir. Mes larmes coulaient sur mon visage comme deux ruisseaux, sans que je pusse les arrêter. Je fus long-temps sans m'apercevoir de la présence d'un étranger, et quand je vis M. le garde général, ce fut pour le trouver importun; car mon seul désir alors, et mon seul espoir était de pleurer à mon aise et seule. Il demeura tout le reste du jour, et vers le soir il dit à ma mère : «Vous n'avez pas pu vous occuper de votre dîner, si vous voulez me le permettre, je ferai apporter le mien ici et nous le partagerons sans cérémonie. » Il sortit et revint avec sa servante chargée de mets, cent fois plus recherchés que ce que nous mangeons d'ordinaire. D'abord je ne fis nulle attention à cet appareil, puis, quand les larmes m'eurent hébétée au point de me rendre presque insensible au sujet de ma douleur, je regardai autour de moi, et je ne fus pas peu surprise de ce repas, qui, à coup sûr, n'était pas son repas ordinaire. et n'avait pas été préparé sans intention. Je ne pus manger; ma mère mangea peu et en s'efforçant, par politesse pour M. le garde général. Quand nous eûmes fini de dîner, il parla bas à mon père, et mon père pria ma mère et moi de sortir pour quelques instans, et nous allâmes reporter chez notre hôte la desserte du dîner. Quand nous revînmes, mon père tenait dans ses mains celles de M. le garde général. Il m'appela et m'embrassa, puis me retint à son chevet, pria ma mère de s'asseoir près de son lit, et dit: « Ma bonne Marthe, et toi, ma petite Hélène, je vais mourir. »

Je me pris à pleurer. M. le garde général dit:

— Eloignez donc de semblables idées, Eloi; le médecin a beaucoup d'espoir, et vous serez, avant deux mois, en parfaite santé.

— Mon pauvre Eloi, dit ma mère, il ne faut pas ainsi désespérer de Dieu; il ne voudra pas t'enlever à nous.

Je sentis que je devais dire aussi quelque chose pour le détourner de ces idées sinistres: je voulus parler, il ne sortit de ma bouche que des sanglots. Mon père, comme s'il ne nous eût pas entendus, continua :

— Je vais mourir, et laisser ma vieille Marthe et ma petite Hélène sans appui; c'est là ma plus grande crainte et presque mon seul regret, — quoiqu'il y ait plaisir à vivre quand on est vieux. alors que la vie est concentrée et qu'on ne perd rien, et que l'on regarde les autres gaspiller leur existence. — Depuis que je sens mon état désespéré. il y a une pensée qui m'empêche de dormir, et presque de penser à la mort et de me recommander à Dieu; une pensée qui pèse sur ma poitrine comme un cauchemar, et qui m'aurait fait mourir en blasphémant et en me raccrochant à la vie, comme un païen qui ne sait pas qu'après cette vie il y en a une meilleur pour ceux qui ont été honnêtes et ont élevé leur famille en travaillant, sans avoir égard à un peu de fatigue et de sueur: c'est la pensée de laisser sans pain ma vieille Marthe, qui m'a tenu bonne et fidèle compagnie tout le temps de ma vie, qui a rempli ma maison de bonheur; et cette chère enfant si jolie, si faible, si timide; mais Dieu m'a envoyé un bon ange pour me faire quitter la vie avec résignation et confiance, ainsi qu'il convient à un chrétien.

« M. le garde général me demande Hélène en bon et légitime mariage pour en faire sa compagne et sa femme, et il prendra Marthe avec lui.»

Ma mère prit l'autre main de celui que mon père appelait un bon ange. Moi, je restai étourdie comme si j'avais reçu un coup sur la tête; alors M. le garde général se leva, me prit une main que je ne songeai pas à retirer, et me dit beaucoup de choses que je n'entendis pas, tant j'étais stupéfaite. Je ne puis te dire tout ce qui se passa ensuite; mais je consentis à tout, abattue que j'étais par la douleur. Il s'en alla, promettant de revenir le lendemain de bonne heure, et moi je me retirai dans ma chambre, laissant mon père et ma mère s'entretenir de ce qui venait de se passer et se féliciter.

C'est dans ma chambre que je t'écris, ma bonne Marie, après avoir beaucoup pleuré. Il me semble, sans que je m'en puisse expliquer les raisons, qu'il m'est arrivé un grand malheur, et je pleure avec délices. Tu as vu M. le garde général. Cet homme n'est pas précisément laid, mais il y a dans sa physionomie, quelque chose de dur et de méchant. Je crois à la physionomie, elle ne m'a jamais trompée. La première fois que je t'ai vue, j'ai été entraînée vers toi, et au bout d'une demi-heure je t'aimais autant qu'à présent.

Je te le répète, je ne comprends pas le serrement de cœur que me donne l'idée d'être la femme de M. le garde général ; pourtant j'ai promis à mon pauvre père : je ferai ce que j'ai promis.

XI

Επέων δὲ πολὺς νόμος ἔνθα καὶ ἔνθα.

Prætulerim... delirus inersque videri,
Dùm mea delectent mala me, vel denique fallant,
Quàm sapere et ringi.

HORACE.

Il est évident, dit Maurice, qu'il viendra un jour où je considérerai comme d'étranges rêveries mes idées présentes sur l'amour ; reste à savoir si alors je serai plus sage, ou si je n'aurai fait que changer de folie ; car je crois bien que ceux-là se vantent d'être sobres, qui ne digèrent plus ; ceux-ci d'être chastes, dont le sang est mort et stagnant ; les autres d'avoir appris à se taire, qui n'ont plus rien à dire ; en un mot, que l'homme fait des vices des plaisirs qui lui échappent, et des vertus des infirmités qui lui arrivent. Que si le jeune homme est riche de ce qu'il espère, le vieillard se fait riche de ce qu'il n'a plus, semblable au renard de la fable, qui, ayant perdu sa queue dans un piége, disait aux autres renards : « Que faites-vous de cette queue inutile qui n'est bonne qu'à balayer la poussière, et à produire dans les broussailles un bruissement révélateur ? » Ce qui me fait prendre en grande pitié la sagesse humaine, et me mène naturellement à me laisser aller à mes sensations, persuadé que je suis que celles du jeune homme ne sont mauvaises que pour le vieillard, et que toute sensation est légitime, par cela seul qu'elle est. Ainsi, je répète que je ne comprends l'amour que pour une femme vierge ; que je serais jaloux du passé autant que du présent ; que je n'aimerais une femme qu'autant qu'elle serait tout à moi, toute sa vie et tout son amour. Je serais envieux des baisers qu'elle aurait donnés à sa mère étant petite fille ; je voudrais que toute sa vie fût en moi ; je voudrais être sa mère, sa sœur, son amant ; je voudrais que le souffle qui agiterait ses cheveux blonds ne fût que mon haleine ; qu'il n'y eût pour elle d'autre soleil que mes regards, d'autres sensations que celles que je lui donnerais ; je serais jaloux du plaisir qu'elle ressentirait à un fruit, à respirer le parfum d'une fleur ; ou plutôt, comme Dieu, je voudrais être pour elle tout ce qui est : je voudrais être le fruit qu'elle mangerait, la fleur qu'elle respirerait, l'arbre qui ombragerait son front, l'eau qui l'embrasserait à la fois tout entière, l'air qui rafraîchirait ses joues et agiterait ses cheveux, le son de l'instrument qui la charme et fait bondir son cœur et danser ses pieds d'eux-mêmes, l'herbe fleurie sur laquelle elle marche et se couche...

Alors seulement j'aurais à moi toute sa vie.

Malheureusement, c'est un amour impossible dans notre vie : aussi ai-je souvent pensé que je le trouverais après ma mort, alors que mon corps et mon âme divisés et partagés en parcelles insaisissables, je serai l'herbe, les fleurs et le vent; car de ce que l'on appellera la pourriture de mon corps, et qui n'est qu'une dissolution des parties, naîtront les fraîches couleurs, l'odeur des roses et le feuillage parfumé des chênes. — A ce compte, très réellement la vie n'est qu'une prison. — Mes molécules rassemblées, resserrées sur une petite surface, me condamnent à un petit nombre de sensations; mais la mort déliera ces molécules emprisonnées; la partie céleste de moi, l'âme, remontera au foyer éternel du calorique, et redescendra sur la terre dans les rayons du soleil qui fait tout naître; le reste de moi se divisera à l'infini et deviendra partie de tout ce qui est.

— En attendant tout cela, dit Richard, je ne sais comment tu t'arrangeras avec ton amour pour une vierge? Comment pourras-tu jamais te convaincre qu'une femme, avant d'être à toi, n'aura pas été à un autre?

— Ainsi l'amour qui me brûle le cœur est un pressentiment ou un souvenir d'une autre vie; c'est un amour céleste que j'aurai, malgré moi, la folie d'offrir à des femmes pour lesquelles il est trop pur : semblable à nos ancêtres qui adressaient leurs vœux à un tronc d'arbre sous le nom d'Irminsul. Peut-être il vaudrait mieux pour l'homme se résigner aux limites de sa vie, y renfermer ses espérances et ses désirs, et jouir de ce qu'elle renferme de bon, sans tout flétrir par une comparaison avec ses souvenirs et ses pressentimens célestes. Je suis comme un homme qui, ayant respiré un air pur et dégagé d'azote sur le sommet d'une montagne, ne voudrait plus respirer dans la plaine. Les désirs pour le lendemain ne le font pas venir plus vite, et semblent au contraire l'éloigner. Il faut prendre à chaque jour ce qu'il apporte de bonheur et de plaisirs. Il en est de même de notre vie humaine. Vivons-la et attendons l'autre; mais ne gâtons pas celle-ci par la comparaison de l'autre; ne demandons pas au tilleul le parfum de la rose, au clavecin les sons de la harpe. Suivre ces conseils serait probablement le meilleur moyen d'arranger sa vie. Cela pourrait d'abord paraître une mutilation; mais ce ne serait que la taille que l'on fait aux arbres, et qui leur fait porter plus de fruits. Mais c'est une chose pour moi trop difficile et à laquelle je ne puis me résigner. Ainsi, je te l'ai dit, je continuerai à me livrer à mes sensations.

— C'est-à-dire que tu vois ce qu'il faut faire, et que tu ne le fais pas. Je ne suis pas de ton avis : les premières idées que tu as énoncées me paraissent singulièrement mystiques et obscures, tandis que les dernières me plaisent assez, et que je m'en servirai pour mon usage particulier. Ainsi, je ne demanderai aux femmes que ce qu'elles peuvent réellement donner : de l'affection et du plaisir.

— Je n'aime pas entrer dans ces idées, parce qu'il y a en moi une sorte de régulateur qui tend à la vérité mathématique et dépoétise mon imagination qui, à elle seule, me donne plus de jouissance que ne m'en offre tout ce qu'il y a dans la vie. L'amour, tel que je le sens, et tel que, plus vieux, je trouverai peut-être ridicule de le sentir, est un culte, une idolâtrie; ce que j'aime, ce n'est pas la femme telle qu'elle est, c'est la femme telle que je la fais. Je reviens à Irminsul : c'était une assez vilaine chose qu'un vieux tronc de chêne; mais nos ancêtres le surchargeaient de la pourpre romaine et des anneaux d'or arrachés aux doigts des chevaliers romains, de telle sorte que le tronc était caché, et qu'on ne voyait plus que les offrandes et les ornemens. C'est à peu près ainsi que je procède à l'égard de la femme : son éclat est un reflet de mon amour, sa beauté est la couronne et la guirlande d'illusions dont je la cache; l'encens divin que je brûle devant ma divinité. j'arrive à m'imaginer que c'est son haleine ; ces vives couleurs dont la peint mon imagination, je crois qu'elle les possède ; ce que j'aime, c'est un enfant de mon cerveau délirant.

Certes, il y aurait un autre amour à donner à la femme ; il y a en elle des choses que l'on pourrait aimer, sans lui créer des perfections imaginaires ; mais il faudrait n'avoir pas rêvé ces perfections, n'être pas comme les compagnons d'Ulysse, qui, après avoir mangé les fruits du lotos, ne trouvaient plus de saveur à aucun autre fruit, et se consumaient de désirs près des délicieuses figues de l'Attique. Il faudrait aimer dans les femmes les qualités réelles qu'elles possèdent, et le plaisir qu'elles donnent.

— Je t'affirme que c'est tout ce que j'aime en elles, et que je ne leur demande pas autre chose.

— Tu seras plus heureux que moi, parce que ta route a un but, et que la mienne n'en a pas ; tu trouveras les figues délicieuses, moi, j'ai goûté les fruits du lotos, le souvenir de leur saveur affadira tout pour moi. Mon culte pour la femme est absurde ; la femme est trop semblable à l'homme pour qu'on lui adresse un culte ; excepté quelques modifications, le corps et l'âme sont pareils dans les deux sexes ; c'est de l'affection qu'on doit à la femme, parce que l'homme n'ayant pas comme Dieu tout en lui, la femme est le complément de son existence ; on doit aimer la femme comme une partie de soi, comme l'aveugle aimait le boiteux qui le dirigeait, comme le boiteux aimait l'aveugle qui le portait, comme s'aiment deux joueurs d'échecs, parce qu'ils trouvent ensemble un plaisir que chacun d'eux ne pourrait trouver seul. Mais cette manière de considérer l'amour, qui, plus je l'approfondis, plus elle me semble réelle et raisonnable, est trop prosaïque ; je ne veux pas dépouiller l'amour des illusions qui l'embellissent à mes yeux : si on voulait retrancher de la vie tout ce qui est illusion, on ôterait aux corps les couleurs, qui ne sont que l'absorption ou la réflexion des rayons solaires ; on ôterait à l'herbe sa couleur verte, à la rose ses nuances pourprées. Je tiens pour certain que mes croyances sur l'amour sont des rêves, mais de ces rêves dans lesquels, en la conscience que l'on dort, on craint de se réveiller : ainsi, je ne veux plus en parler aussi mathématiquement ; à force de me prouver que je dors, je finirais par ne plus dormir, et je regretterais le songe.

— Puisque tu refuses de te servir de ta raison, et que tu la laisse de côté, comme on laisse au grenier de beaux meubles un peu vieux pour remplir sa maison de colifichets que la mode invente et détruit en un mois, je m'en servirai en ta place, et nous verrons si j'en ferai bon usage. Tu n'as pas oublié que tu passes la soirée chez mon père.

— Au contraire, je l'ai complétement oublié. J'ai promis d'aller ce soir travailler avec mon ami Fischerwald, qui s'occupe d'un grand ouvrage sur la botanique ; je dessine les fleurs de son herbier, et il les fait colorier par des mercenaires.

XII

Hélène à Marie.

Il n'y a qu'à toi que j'oserais écrire ce qui s'est passé en moi, et ce que je fais me paraît à moi-même si extraordinaire, que je ne suis pas bien sûre de n'avoir pas de grands torts.

Depuis ma dernière lettre, mon père a senti son état s'améliorer, hier même il a essayé de se lever, mais il est encore trop faible. M. le garde général est venu tous les jours à la maison, toujours s'efforçant de me dire des choses agréables, moi ne répondant pas, ou répondant des choses insignifiantes. Avant qu'il fût décidé qu'il serait mon mari, cet homme ne me déplaisait pas, je le voyais même avec plaisir; mais maintenant sa vue me produit l'effet que cause l'aspect d'un reptile, un frisson involontaire. Notre mariage est fixé à trois jours d'ici, et hier ma mère m'a prise à part, elle m'a fait de bizarres confidences: dans trois jours je serai déshabillée dans le même lit avec cet homme, et il faudra me soumettre à tout ce qu'il jugera à propos. Je me suis mise à pleurer; j'ai juré à ma mère que je n'y pourrais jamais consentir, que je ressentais pour lui un invincible éloignement; elle a souri, en me disant que cela passerait. J'ai été choquée de voir répondre aussi légèrement sur une chose qui me rend si malheureuse; je me suis crue perdue en voyant que ma mère n'avait aucune sympathie pour mes chagrins. J'ai long-temps pleuré quand j'ai été seule, puis j'ai écrit à M. le garde général; je lui ai dit que la probité m'obligeait à lui avouer que je ne l'aimais pas, que je ne l'épousais qu'avec répugnance, et que je ne me croyais pas capable d'accomplir les devoirs dont j'allais prendre l'engagement sacré. Il ne m'a pas répondu, et le lendemain matin mes parens m'ont montré une lettre qu'il leur avait envoyée. Il m'a semblé bien mal à lui de vouloir m'obtenir ainsi sans me consulter, de prétendre *faire l'affaire*, avec mes parens malgré moi, comme s'il s'agissait d'une coupe de bois ou de quelques pièces de gibier. Ma mère m'a reproché de manquer de confiance en elle; je lui ai répondu qu'elle avait repoussé ma confiance par un sourire ironique. Alors je leur ai peint énergiquement ma répugnance pour ce mariage; ils m'ont répliqué par des considérations d'intérêt; et quand je leur ai parlé avec l'effroi que j'en ressens du supplice horrible d'un mariage sans amour, ils m'ont dit que j'étais une enfant, que je ne savais ce que je disais, qu'ils voyaient mieux que moi ce qui était bon et convenable, qu'ils ne faisaient rien que dans mon intérêt, et que de bons parens devaient user de leur autorité pour faire boire à leur enfant une boisson amère, si elle doit lui être salutaire. J'ai encore voulu discuter, mais ils m'ont dit de me taire. Alors je me suis jetée à genoux et je les ai priés... ils ont été inflexibles; puis ma mère m'a dit que mon père ne pourrait travailler d'ici à quelque temps, que si ce mariage ne se faisait pas, notre avenir à tous trois était de mourir de faim; j'ai répondu que je travaillerais pour eux le jour et la nuit; que je serais heureuse et fière de nourrir mes parens. Ils m'ont renvoyée dans ma chambre.

Plus j'y songe, Marie, plus je vois qu'il est impossible que ce mariage s'accomplisse; il m'effraie plus que ne ferait la mort; — il ne se fera pas.

J'ai fait encore une dernière tentative: j'ai écrit une seconde lettre à M. le garde général; si elle n'obtient pas de succès, je prendrai la fuite; j'irai te demander un asile et du travail; je travaillerai pour moi et pour mes parens; j'abandonnerai cette vie si douce, si calme, si renfermée, que j'ai menée jusqu'ici; cette maison où mon frère et moi nous sommes nés; je quitterai tout plutôt que de céder à ce qu'on veut faire de moi.

XIII

Hélène à Marie.

Tout est décidé, je partirai cette nuit, seule, sans guide, avec du linge et quelques robes; — attends-moi.

Ce matin, on a apporté les présens de noce, j'étais indignée contre mon promis.

— Mademoiselle, m'a-t-il dit, je n'ai pas répondu à votre lettre qui n'est qu'un enfantillage; soyez persuadée de mon empressement à vous être agréable en toute autre circonstance.

— Monsieur, ai-je répondu, je voudrais avoir avec vous un entretien. Il a fait semblant de ne pas m'entendre, et est allé parler à ma mère; quand j'ai vu que tout était inutile, que je ne pouvais plus compter sur personne que sur moi, j'ai retrouvé de la force, je n'ai plus fait aucun effort sur des cœurs durs qui ne comprenaient ni ma pâleur, ni mes yeux fatigués de pleurer; je me suis laissé essayer ma robe de mariée, j'ai reçu avec résignation les complimens de M. le garde général, et je profite d'un moment où je suis seule pour t'avertir que je pars cette nuit et que j'arriverai près de toi vers deux ou trois heures de la nuit; tâche de me trouver une occupation. Depuis que je suis décidée à partir, j'ai parcouru cette maison avec attendrissement : une chose surtout m'a arraché des larmes, c'est de voir les grands églantiers que mon frère Henreich a plantés sur le devant de la maison, un mois avant son départ; ils commencent à fleurir : ce ne sera ni pour lui ni pour moi que fleuriront leurs petites roses pâles, et que le vent secouera leur parfum dans les soirées d'été.

XIV

Hélène à son Père et à sa Mère.

Mes chers parens,

Si j'use de ruse avec vous, et si je fuis la maison où je suis née, ne croyez pas que ce soit pour éviter la surveillance de mes parens et pour me livrer à aucun mauvais penchant; la seule cause qui me porte à une telle extrémité de me jeter seule, sans protection et sans appui, au milieu du monde, est l'éloignement insurmontable que je ressens pour le mariage que vous voulez me faire contracter, et pour l'homme qui ose poursuivre l'exécution de ses projets, quoique je ne lui aie pas fait mystère de ma répugnance et de mes angoisses. Croyez, mes chers parens, que c'est avec des larmes et une douleur profonde que je vous quitte; mais ce serait un crime à moi de me laisser ainsi engager dans des devoirs qui me sont odieux et que je n'aurais pas la force d'accomplir. Loin de vous, votre fille se conduira toujours sagement et honnêtement dans la retraite et le travail, et son plus grand désir est de pouvoir vous rendre une partie de ce que vous avez fait pour elle; — surtout ne faites aucune tentative pour me faire revenir; vous devez comprendre que ce n'est pas sans de longues réflexions que j'ai pu exécuter une semblable résolution, et sans des motifs irrésistibles; je vous jure sur vos têtes et sur celle de mon frère Henreich, c'est-à-dire sur ce que j'ai de plus cher au monde, — que si vous, ou M. le garde général, vous veniez à découvrir ma retraite, on n'aurait pas plus tôt passé le seuil de ma porte pour venir me chercher, que je me jetterais par la fenêtre, et l'on me trouverait en bas, morte et en lambeaux.

Adieu, mes chers parens; en partant, tremblante et pleurante, j'ai prié et j'ai béni vous et votre maison; ne m'accorderez-vous pas aussi votre bénédiction, pur me donner de la force et du courage dans la triste situation où je me trouve?

Votre fille, bien triste et bien aimante,

HÉLÈNE.

XV

D'un Comte qui marchait dans la rue.

C'eût été un charmant spectacle de voir Hélène et Marie, toutes deux seules dans une petite chambre, pauvre, mais admirablement propre : le mobilier se composait d'un seul lit, de deux chaises, d'une grande table, et d'une petite toilette avec une glace ; les deux jeunes fille à peine vêtues, les cheveux seulement relevés sur la tête, travaillaient avec ardeur. En peu de leçons, Hélène était parvenue à seconder assez bien Marie, qui enluminait des estampes pour les libraires et les marchands de nécessaires. Heureusement pour les deux amies que, lorsque Hélène était arrivée, Marie avait reçu une très forte commande, et qu'elles avaient de l'ouvrage plus qu'elles n'en pouvaient faire ; de sorte qu'elles gagnaient très bien leur vie en travaillant assidument, et en observant la plus stricte économie.

Les parens d'Hélène n'avaient dirigé contre elle aucunes poursuites ; elle leur avait écrit pour leur enseigner un endroit où ils pouvaient adresser leurs lettres, les priant instamment de lui donner de leurs nouvelles, et surtout de celles de son père dont la maladie lui causait les plus graves inquiétudes. Mais ils n'avaient répondu ni à une première ni à une seconde lettre.

Tous les trois ou quatre jours, un peu avant la nuit, Hélène et Marie allaient porter leur ouvrage et recevoir leur argent ; puis elles rentraient chez elles le plus vite qu'il était possible.

Un soir, quelques soins de ménage retinrent Marie, Hélène alla seule chez le libraire qui leur donnait de l'ouvrage ; en revenant, elle alla voir si son père et sa mère ne se seraient pas décidés à lui écrire ; il n'y avait rien, elle se remit en route triste et rêveuse.

La pauvre enfant, elle était bien abandonnée, elle qui, élevée dans l'abondance, les soins et la sollicitude, n'avait jamais respiré que l'air pur de la campagne ; elle était obligée d'aller seule par les rues pour porter l'ouvrage de ses mains, et il n'y avait au retour qu'une jeune fille comme elle, bonne et prévenante, mais devant laquelle elle n'osait pleurer, car c'eût été l'affliger inutilement. Marie faisait tout ce qui dépendait d'elle pour rendre plus supportable la situation de sa jeune amie ; mais, orpheline dès son plus bas âge, elle était accoutumée au travail, à l'air renfermé d'une chambre et à la solitude ; elle ne sentait pas tout ce qui manquait à Hélène, et quand elle la voyait triste et abattue, elle lui en faisait doucement des reproches ; Hélène alors tâchait de cacher son chagrin.

Comme elle cheminait, songeant tristement à tout ce qui s'était passé pour elle depuis quelques mois, songeant aussi à l'avenir plus incertain et plus triste encore que le présent, il lui venait presque des regrets de n'avoir pas épousé le garde général ; elle n'aurait pas été séparée de sa famille et sevrée de ces douces habitudes d'affections dont elle sentait si douloureusement la privation. Elle se trompa de chemin, voulut revenir sur ses pas et s'égara complétement ; alors elle fut forcée de s'adresser à un marchand pour demander sa route. Un homme passait alors, qui s'arrêta, et lui offrit poliment de la conduire ; Hélène le remercia, et lui dit qu'elle aurait assez d'une simple indication. L'inconnu alors cessa d'insister, et tandis qu'Hélène se hâtait de regagner la maison, il resta debout, stupéfait et comme pétrifié, jusqu'au moment où il ne la vit plus ;

alors il entra chez le marchand, et lui demanda s'il connaissait cette jeune fille.

On ne rencontre pas souvent en effet des figures semblables à celle d'Hélène; ce n'était rien que ses cheveux bruns, ses yeux noirs, les contours parfaits de sa figure; ce qui touchait et faisait frissonner le cœur au premier aspect, c'était sur sa physionomie un calme, une pureté que l'imagination ne donne qu'aux anges, — et quand elle levait les yeux, un regard doux, velouté, et cependant triste et pénétrant,— et encore dans la taille et la démarche une majesté sans raideur, une grâce aérienne.

Le marchand n'avait jamais vu Hélène et ne put satisfaire la curiosité de l'inconnu, qui parla bas à un domestique qui le suivait; le domestique marcha rapidement sur les traces d'Hélène, et son maître continua paisiblement son chemin.

XVI

Le comte Leyen à Hélène.

Mademoiselle,

Vous êtes bien belle; je ne suis pas probablement le premier à vous le dire. Depuis le jour où un hasard m'a fait vous rencontrer, je n'ai pas eu d'autre pensée que vous; tous les plaisirs qui me suffisaient auparavant m'ennuient et me fatiguent; mon seul plaisir a été de m'occuper de vous.

Une chose surtout m'a frappé; autour de moi se pressent des femmes en foule: quelques unes sont belles, toutes sont richement parées; le satin, les dentelles et l'or rehaussent leur beauté; leurs cheveux étincellent de diamans; mais aucune n'a cette beauté angélique, cette suavité de formes, cette virginité dans la voix et le regard, qui font que vous ne ressemblez à aucune femme, que depuis que je vous ai vue, elles sont pour moi moins que des femmes, ou vous plus qu'une femme. Eh bien! le sort a été envers vous plus qu'injuste, il a été absurde.

Tandis que tant de femmes auxquelles vous êtes si supérieure par votre nature emprisonnent de grands pieds dans de petits souliers de satin, revêtent leur corps déformé des plis ondoyans de la soie, enlacent des fleurs artificielles dans leur chevelure artificielle, il semble d'abord que pour vous, pour vos formes élégantes, il faudrait inventer des tissus plus riches et plus fins; que pour vos petits pieds le satin est grossier et peut les blesser; que votre chevelure secoue autour de vous un parfum plus doux que ceux de l'Arabie, et que la nature n'a pas de fleurs assez fraîches pour la couronner.

Bien loin de là, une toile grossière, une coiffure commune semblent s'efforcer de voiler et de dénaturer votre beauté. Il faut qu'on la devine, averti par ce frémissement que cause la présence d'une divinité.

D'ordinaire, la nature, comme un noble artiste, semble fière de ses chefs-d'œuvre; elle a soin que tout autour d'eux ajoute à leur éclat et relève leurs avantages. C'est sous un ciel pur qu'elle a fait naître les plus brillans oiseaux, c'est dans les plus belles fleurs qu'elle a caché les plus suaves parfums.

Ce que je vous demande, mademoiselle, c'est de réparer cette sottise du sort, c'est de transplanter une fleur que la nature a pris plaisir à former sous le ciel et dans l'air qui lui conviennent, sans souffrir qu'elle étale ses couleurs, exhale son parfum, et vive sa courte vie, sans que personne la voie et la respire, et se nourrisse de son miel.

Si les diamans doivent être quelque part, c'est sur votre front; je dis les diamans, parce que c'est ce qu'il y a de plus rare et de plus beau; je voudrais qu'on pût trouver quelque chose qui ne fût que pour vous, je voudrais vous couronner d'étoiles.

XVII

Le comte Leyen à Hélène.

Vous n'avez pas répondu à ma lettre, mademoiselle, c'est que vous ne m'avez pas compris; vous avez confondu mon hommage avec des hommages vulgaires souvent offensans pour la femme qui en est l'objet. Vous n'avez pas compris que vous aviez fait naître en moi une noble pensée; que j'ai voulu, non acheter ni payer votre amour, que les trésors de la terre ne pourraient payer, mais avec mon amour vous offrir tout ce que le sort m'a donné, et qui devrait vous appartenir; car ceux-là doivent être rois et maîtres de la terre et de ses trésors qui ressemblent le plus à Dieu, qui a tout fait; et jamais les extases de mon imagination ne m'ont fait aussi bien comprendre qu'il est des êtres au dessus de l'homme, ministres de bonté, chargés de distribuer à chaque homme sa part des libéralités de Dieu, sa part de félicité dans cette vie, que votre courte apparition.

Je vous aime, mademoiselle.

Je n'ai point l'insolence de vous offrir de l'argent pour votre amour, je vous offre mon amour en échange du vôtre. La richesse que je dois au hasard ne doit pas plus être un vice à vos yeux que votre pauvreté n'en est un aux miens; je ne prétends en tirer aucun avantage; il ne serait pas juste que ce fût pour moi une cause d'exclusion. Si vous n'aimez personne, vous aimerez; pourquoi ne serait-ce pas moi? à coup sûr ce ne sera jamais un homme plus passionné. Aimez-moi, non parce que je suis riche, mais quoique je sois riche. Si vous étiez riche et moi pauvre, je vous aimerais de même, et je n'hésiterais pas à vous l'avouer. Si la fortune ne donne ni vertus ni élévation d'âme, elle ne les ôte pas néanmoins. Je vous aimerais de même, fussiez-vous plus riche que la reine de Saba, et je ne rougirais pas de vos dons. En amour celui-là est le bienfaiteur qui veut bien recevoir de l'autre.

Répondez-moi un seul mot, dites-moi au moins que mon amour ne vous offense pas, et que vous n'avez pour moi ni haine ni mépris. En ne me répondant pas, jeune, fraîche et naïve comme je vous crois être, vous agissez exactement comme ferait une adroite coquette qui ne voudrait ni faire naître ni faire mourir l'espoir.

XVIII

Hélène au comte Leyen.

Monsieur le comte,

Je ne vous hais ni ne vous méprise; loin d'être offensée de vos sentimens pour moi et de vos généreuses intentions, je ne puis que vous en remercier et vous en savoir gré; mais je ne veux ni ne dois les accepter. Je vous aimerais, monsieur le comte, que je ne voudrais pas être votre maîtresse; vous n'aimeriez bientôt plus une femme que le monde mépriserait. Mais je ne vous aime pas. Il n'y a là ni coquetterie ni adresse. Pauvre jeune fille ! je ne suis pas si savante, et j'espère ne l'être jamais. Je ne vous aime pas ; vous êtes assez spirituel et assez honnête homme pour comprendre que notre correspondance ne peut être plus longue ; ayez, je vous prie, la bonté de ne plus envoyer le domestique qui me suit quand je sors, et reste des journées entières sous mes fenêtres ; je ne recevrai plus de lettres, la présence de votre domestique ferait jaser sur moi. Si je ne puis accepter vos dons, ne m'enlevez pas mon seul bien, ma réputation de sagesse et d'honnêteté.

J'ai l'honneur d'être, monsieur le comte, votre très humble servante.

HÉLÈNE.

XXI

Une Civière.

Malgré la lettre d'Hélène, le comte ne perdit pas courage; seulement il fit quitter sa livrée au domestique chargé de lui rendre compte de ce qui se passait. Il voulut essayer de quelques présens ; ils ne furent pas reçus : il savait les jours où sortait Hélène, et jamais il ne manquait de se trouver sur son chemin.

Cependant il finit par perdre patience : une autre intrigue vint le distraire. Hélène n'entendit plus parler de lui, et lui ne pensa plus à elle que comme on se rappelle un songe agréable dont l'impression s'efface tous les jours.

Cependant arrivait le printemps.

Le soleil, plus chaud, colorait les toits qui semblent le salir : les rayons du soleil doivent se coucher mollement sur l'herbe et le feuillage.

Sur le bord des rivières fleurissaient les chatons des saules, autour desquels venaient déja bourdonner les abeilles ; on sentait un besoin d'air frais, et la poitrine s'en gonflait avec avidité.

Les premières violettes parfumaient l'herbe et la mousse ; les cerisiers balançaient leurs riches panaches de fleurs blanches ; les trembles, les hêtres, les érables, se couvraient de feuilles, ainsi que les aubépines ; les oiseaux d'hiver avaient cessé leurs chants secs et aigus, et la fauvette dans le jeune feuillage des lilas faisait entendre sa voix pleine et vibrante ; le rossignol aussi commençait à chanter.

On était au mois d'avril.

Pour la première fois de sa vie, Hélène ne jouissait pas de ce réveil de la nature ; elle demeurait tristement renfermée entre des murailles humides, elle, accoutumée à renaître avec les fleurs sous les rayons caressans du premier soleil.

De sa fenêtre, elle voyait du ciel à peu près une toise carrée : mais elle le voyait bleu, transparent ; c'était assez pour lui rappeler la forêt qui devait feuillir et exhaler un doux parfum ; l'herbe qui, perdant ce vert morne et froid de l'hiver, prenait une teinte jeune et vigoureuse. Que n'eût-elle pas donné pour une branche en feuilles, pour quelques fleurs de prunier !

Mais, dans les villes, on ne fait que soupçonner le printemps par les indications de l'almanach et par l'aspect de l'air chaud et transparent ; les plus belles fêtes de la nature ne sont, pour l'habitant de la ville, que l'harmonie lointaine d'un bal pour le pauvre qui meurt de froid à la porte de l'hôtel.

La pauvre Hélène pleurait, puis elle tomba malade.

Marie la soigna comme eût fait une mère ; il fallut payer un médecin et acheter des drogues.

Marie travailla une partie de la nuit : ses jolis yeux devenaient rouges et fatigués ; son teint perdait sa fraîcheur. Hélène s'en apercevait, et lui serrait les mains en pleurant.

Marie s'en aperçut aussi, et, en se regardant dans son miroir, elle sentit s'échapper de ses yeux une larme qu'elle se hâta d'essuyer.

Pour Maurice, un jour il partit pour aller dessiner quelques fleurs de l'herbier de son ami Fischerwald, puis en route il se dit : — Dessiner des fleurs quand les abricotiers fleurissent ! Bast ! je vais aller vivre au milieu des arbres qui se chargent de feuilles et de fleurs, et d'oiseaux qui chantent ; je vais marcher sur l'herbe et sur les violettes et sur les fleurs de fraises ; je vais respirer le parfum du jeune feuillage ; je vais voir la nature reprendre ses habits de fête ; je vais gonfler ma poitrine d'air ; je vais vivre à la campagne ; je vais me sentir et m'écouter vivre : la vie est au printemps une jouissance et un bonheur.

Et il partit, de sorte que l'ouvrage de son ami Fischerwald fut suspendu ; de sorte que l'imprimeur ne put continuer à donner à Marie des gravures à imprimer, et que Marie se trouva sans ouvrage. Alors elle vendit, sans rien dire à Hélène, une petite croix d'or qu'elle tenait de sa mère ; mais Hélène le vit, et, sans rien dire non plus, l'embrassa en pleurant. Cette somme suffit quelques jours ; mais elle devait avoir une fin, et Marie, qui sortait cependant tous les jours, ne pouvait trouver d'ouvrage.

Hélène voyait décroître chaque jour les misérables piles de kreutzers qui étaient sur la cheminée, et après cet argent il n'y en aurait pas d'autre. Hélène songea que si Marie était seule, elle pourrait, avec ce qui lui restait, attendre qu'il lui arrivât du travail ; tandis que les dépenses accrues par les frais de la maladie auraient dévoré les quelques groschen, et que toutes deux se trouveraient sans ressources et sans pain.

Un matin donc que Marie, comme de coutume, était sortie pour voir si quelqu'un voudrait lui donner à travailler, Hélène dit à une vieille voisine que Marie, à qui elle avait quelques obligations, avait priée de rester près d'elle :

— Ma bonne, je ne puis voir plus long-temps Marie se tourmenter et s'accabler de privations pour moi : on m'a dit qu'il y a des maisons où l'on reçoit et où l'on soigne les pauvres malades, faites-moi l'amitié de m'y conduire, je vous en aurai une grande reconnaissance.

— Comment ! s'écria la vieille, vous voulez aller à l'hôpital ?

— Pourquoi pas, ma bonne ?

— Mais, ma chère, dit la vieille en joignant les mains, il n'y a que les misérables qui vont là.

— A coup sûr, dit Hélène, aucun d'eux n'est plus misérable que moi. Dites-moi, ma bonne voisine, voulez-vous m'aider à m'habiller, pour que nous puissions partir avant le retour de Marie ?

— Non, non, dit la vieille, mademoiselle Marie ne me pardonnerait pas de vous avoir aidée dans un semblable projet.

— Comme vous voudrez, ma bonne, dit Hélène avec des yeux que la fièvre rendait ardens. Si vous ne voulez pas m'aider, j'irai seule en m'appuyant contre les maisons : on ne refusera pas de m'indiquer le chemin.

Et, en parlant ainsi, elle se leva sur son séant ; mais sa tête appesantie par le mal retomba sur le traversin.

— Vous le voyez, dit la vieille, vous n'auriez pas la force de faire le trajet.

— Mais alors que vais-je devenir avec ma pauvre Marie ? Malgré les privations qu'elle s'impose, elle ne pourra bientôt plus payer ni le médecin, ni les drogues, et la pauvre fille me verra mourir sous ses yeux, sans pouvoir me donner du secours. Au nom du ciel ! ma bonne, trouvez moyen de me faire porter à l'hôpital, ou, quand je devrais tomber à chaque pas, je m'y traînerai seule. Elle fit encore un effort pour se lever ; la vieille l'arrêta. Puisque vous êtes si décidée, dit-elle, ma pauvre enfant, je vais appeler mon mari et son fils; ils vous porteront sur une civière.

— Merci, ma bonne, merci, dit Hélène, je n'oublierai pas ce service; et si je ne meurs pas, si jamais je suis moins pauvre, je saurai le reconnaître.

Alors la vieille alla chercher son mari et son fils, et tout deux, après avoir couché Hélène sur une civière couverte, la portèrent à l'hôpital.

La pauvre fille était tellement brûlée et fatiguée par la fièvre, qu'elle était comme morte et n'entendait rien des questions que l'on faisait à chaque pas à la vieille qui l'accompagnait.

— Qui portez-vous donc ainsi? dit une femme.

— Hé! ma chère dame, dit la vieille, c'est une pauvre belle jeune fille bien malade que nous portons à l'hôpital.

Un jeune homme s'était arrêté pour entendre la question et la réponse.

Une jeune et belle fille! se dit-il, seule, sans amis, sans autre secours qu'une vieille femme qui la porte à l'hôpital. J'aimerais une femme ainsi abandonnée des hommes et du ciel; celle-là serait toute à moi; je serais pour elle les hommes et le ciel; toutes ses affections seraient pour moi; je remplirais son âme tout entière; toute sa vie serait à moi, à moi seul. Parbleu! on dira ce qu'on voudra, je ne laisserai pas passer ainsi sur une civière peut-être de quoi remplir toute ma vie de bonheur; et, si je me trompe, ce sera toujours une bonne action. Qu'il est beau de dire à cette jeune fille : — Tu n'as pas une mère pour te soigner dans ta maladie, et pour veiller à ton chevet, élever ta tête trop basse, et recevoir dans son cœur tes plaintes et tes gémissemens; tu n'as pas un amant qui travaille pour toi, qui souffre de ton mal, et prenne ta fièvre sur tes lèvres; tu n'as pas d'amis! et Dieu te laisse pleurer, et souffrir et mourir.

Moi, je serai ta mère, ton amant et ton Dieu; je te soignerai, et je veillerai près de toi, et j'appuierai ta tête malade sur mon bras; je travaillerai pour toi, et je ne te laisserai pas mourir, et cette vie que je t'aurai conservée, je la ferai heureuse par le don de ma vie et de mon âme; je la couronnerai d'amour. Pardieu! on dira que je suis fou; mais on ne portera pas cette jeune fille à l'hôpital.

Et Maurice leva la tête; mais dans sa rêverie il s'était arrêté, la civière avait marché — et il y avait trois rues; il demanda à un marchand par où avaient pris les porteurs. Cet homme n'avait rien vu, mais il le regarda avec curiosité : ces regards embarrassèrent Maurice; il s'en alla.

— Malédiction! dit-il, combien de fois l'homme a-t-il son bonheur à ses pieds sans daigner se baisser pour le ramasser!

Quelques instans après, le premier moment d'humeur passé, il songea que ce qu'il avait rêvé n'était guère possible; cette fille est peut-être d'une très mauvaise nature, peut-être est-ce une prostituée! Il continua sa route en riant de son enthousiasme.

XX.

Hélène fut placée dans une des salles de l'hôpital : c'était une longue salle avec une rangée de lits de chaque côté.

Sa jeunesse, sa beauté et la douceur de sa voix affaiblie, lui attiraient quelques égards; mais la pauvre fille était si malade qu'elle ne s'en apercevait pas, elle était plongée dans une torpeur presque complète, ses yeux entr'ouverts ne voyaient pas, ses oreilles n'entendaient pas.

Marie, aussitôt qu'elle rentra et qu'elle apprit ce qui s'était passé, accourut à l'hôpital. Quand elle arriva, et qu'elle vit Hélène confondue avec les femmes les plus misérables et les plus abandonnées, couchée comme elles, vêtue comme elles, elle se sentit le cœur bien gros ; cependant elle comprenait qu'Hélène avait pris le parti le plus sage, et chaque jour elle venait passer une partie de la journée auprès de son lit, car malheureusement elle n'avait pu trouver d'ouvrage, et son temps n'était pas employé.

Les médecins et leurs élèves, dont l'attention avait été éveillée par la beauté d'Hélène, ne tardèrent pas à s'apercevoir de tout ce qu'il y avait en elle de noble et d'élevé ; aussi, quand ils allaient de lit en lit, examinant chaque malade, et faisant leurs prescriptions d'un ton brusque et indifférent, leur attitude, leur son de voix changeaient au lit d'Hélène, et naturellement, au lieu de la désigner comme les autres par le numéro de son lit, ils l'appelaient *mademoiselle*, lui parlaient avec bienveillance, cherchaient à lui donner du courage et de l'espoir, la recommandaient aux garde-malades, et jetaient encore un regard de son côté après qu'ils étaient passés au lit suivant, où ils retrouvaient leur indifférence et leur brusquerie.

Un jour, tandis qu'Hélène, de sa douce voix, disait, comme de coutume, au médecin et à ses élèves : « Merci, messieurs,» une vieille femme, dont le lit était voisin du sien, vieille femme avec des cheveux d'un gris sale, s'échappant en désordre de son bonnet, aux yeux creux et hagards, au corps maigre et desséché, lui dit d'une voix aigre et cassée :

— Pauvre folle ! de les remercier ; crois-tu donc que ce soit par bonté qu'ils te montrent de l'intérêt? Si c'était de la compassion, ils en auraient aussi pour moi, qui suis plus malade que toi ; mais les brigands me laissent mourir, moi, parce que je suis vieille. S'ils te parlent à voix douce, c'est parce que tu as de beaux yeux, des cheveux bruns, soyeux, et qu'en prenant ton bras pour te tâter le pouls, ils découvrent ta jeune poitrine douce et blanche. Mais, ma pauvre fille, tout cela n'empêche pas de mourir, vois-tu ; il te faudra mourir comme moi, que tu regardes avec dégoût. Tu entends, ma belle demoiselle, il te faudra mourir comme moi : ils ont hoché la tête en te quittant.

—Oh ! dit Hélène, ne me parlez pas ainsi.

— Dans le lit où tu es étendue, dit la vieille femme sans l'écouter, il y avait avant toi une fille aussi jeune et aussi belle que toi, elle est morte ; les plus grands yeux s'éteignent, la plus petite bouche reste ouverte et sans haleine. Ils l'ont emportée pour la disséquer, et ces brigands qui sont si bons pour toi, ils t'emporteront et te disséqueront aussi.

— De grâce, dit Hélène, laissez-moi ; que vous ai-je fait pour me parler ainsi ?

— C'est que tu fais la fière de ce que ces coquins de médecins s'arrêtent plus long-temps à ton lit qu'au mien ; c'est que tu es orgueilleuse de ta beauté et que je t'ai vue plusieurs fois détourner les yeux de mon lit. A quoi te servira ton beau corps quand il sera nu sur la table de dissection, et qu'ils te couperont par morceaux avec leur scapel ?

—Au nom du ciel, taisez-vous ! dit Hélène.

—Il ne faut pas mépriser les vieilles femmes, sotte créature, il te faut mourir comme la vieille femme, et peut-être avant elle, et, qui pis est, sans avoir vécu, alors que la vie que l'on n'a pas goûtée paraît belle et riante. Tes lèvres roses seront froides et mortes avant qu'un baiser d'amour les ait touchées ; tes yeux resteront fixes et morts avant qu'ils aient rencontré un regard d'amour ; la vieille femme est plus heureuse que toi : elle a vécu sa vie, et elle ne regrette dans la vie que la vie seule ; elle a épuisé les plaisirs. Pourtant, si ces gens n'étaient pas des brigands, ils ne me laisseraient pas mourir. Oh ! les brigands, les scélérats !

Heureusement pour Hélène, la colère fatigua tellement cette femme, qu'elle se retourna et tomba assoupie ; mais Hélène resta avec de tristes impressions. — Comment, dit-elle, je vais mourir si jeune, et, comme elle dit, sans avoir vécu, sans avoir été heureuse, sans avoir été ni épouse ni mère ! Je vais mourir de misère, sans que ma mère ni mon père, ni mon frère Henreich, soient près de mon lit, sans que personne pleure ni me dise adieu ; et cette femme dit qu'on portera mon corps nu sur une table, et ma mère ne sera pas là pour protéger ma pudeur, pour empêcher d'affreux regards, pour renfermer sa fille dans le linceul !

Et elle se prit à pleurer amèrement ; quand Marie arriva, elle trouva son amie avec un redoublement de fièvre.

— Ma bonne Marie, dit Hélène, va voir si ma mère ne m'a pas écrit, je voudrais bien avoir de ses nouvelles.

Deux jours après, avant l'heure où l'on entrait à l'hôpital, un homme vint au lit d'Hélène, conduit par un infirmier : elle dormait.

Il regarda fixement, et resta absorbé devant cette figure céleste, en proie à la douleur, et peut-être bientôt à la mort, sans secours d'amis, sans soins de mère ni d'amant, sans amour qui veillât sur elle.

Son émotion devint si forte, lui qui n'avait guère coutume d'être ému, que de grosses larmes roulèrent dans ses yeux, qu'il se pencha sur la main d'Hélène qui était restée hors du lit, et la baisa.

Elle se réveilla et fut d'abord surprise en voyant un homme d'un âge mûr, dont le visage ne peignait d'ordinaire que l'habitude du plaisir et de l'insouciance, pleurant près de son lit, puis elle le reconnut et s'écria avec effroi : — Le comte Leyen !

— Oui, ma belle Hélène, c'est moi, dit-il, moi bien triste de vous voir en cet état, et qui ne puis me pardonner de ne l'avoir pas su plus tôt ; mais vous serez raisonnable, vous céderez à l'amour le plus tendre, et vous me permettrez de prendre soin moi-même de la seule femme que j'aie jamais aimée.

— Monsieur le comte, dit Hélène, laissez-moi, je vous en supplie ; je vous rends grâce de l'intérêt que vous me témoignez, mais je ne puis accepter vos offres, elles m'épouvantent : ne m'en parlez plus ; rien que d'y songer me fera mourir de honte et de désespoir.

A ce moment l'infirmière revint avertir le comte qu'il était l'heure où l'on entrait dans l'hôpital.

— Chère Hélène, dit-il, pensez un peu à moi, à ce que je vous ai dit ; je reviendrai demain.

— Monsieur, dit Hélène, ne revenez pas.

Le comte ne répondit pas et donna de l'argent à l'infirmière ; et, en s'en allant, il en donna aussi aux employés, leur recommandant Hélène, puis il sortit.

Il revint le lendemain,

Et le surlendemain.

Toujours sans pouvoir fléchir Hélène, dont cependant la santé était loin de s'améliorer.

XXI

Le comte Leyen à Hélène.

Mademoiselle,

Vous ne comprenez ni la vie ni votre situation ; il faut que je vous éclaire. Où vous mène la route que vous suivez? à mourir dans un hôpital, sans que personne vous en sache gré ; car la vertu qu'on exige des femmes est telle que, si on les blâme de manquer aux prétendus devoirs qu'on leur impose, il n'y a que silence et oubli pour celles qui s'y astreignent.

Si vous vous rendez à mes supplications, vous vous trouverez tout d'un coup à la place que la nature semblait vous avoir assignée. Le luxe et la richesse vous entoureront ; vous serez la plus admirée et la plus enviée. Comme vous êtes la plus belle des femmes, aucune n'aura de si riches parures, de si brillans équipages, de si beaux chevaux que vous. La femme de l'électeur elle-même ne vous verra qu'avec un œil d'envie. Vous enrichirez votre famille, qui, je l'ai appris, est dans un état voisin de l'indigence. Si vous persistez au contraire dans votre funeste aveuglement, vous mourrez faute de soins, dans un asile de souffrances et de misères.

Au nom du ciel ! ne vous laissez pas influencer par les idées des autres ; examinez les deux chemins ouverts devant vous, et choisissez. Si je pensais que cela pût avoir la moindre influence sur votre détermination, je vous dirais qu'il dépend de vous de me rendre le plus heureux ou le plus malheureux des hommes.

XXII.

Quand le comte eut écrit cette lettre, il se frotta les mains, en disant à part soi : — Elle sera à moi.

XXIII.

Maurice rencontra un matin son ami Fischerwald, qui lui dit : — Nous avons en ce moment, à l'hôpital, la créature la plus angélique que j'aie jamais vue.

— Ah ! dit Maurice, il faut que tu me la fasses voir.

— Volontiers ; trouve-toi à l'hôpital demain, de midi à quatre heures.

XXIV

Comment Maurice, à propos de roses et de chèvrefeuille, dérangea les bases de l'état social.

Il est parfois assez curieux, quand on a passé quelques heures à jaser avec un ami, et que l'on a effleuré une multitude de sujets, de rechercher par quelles transitions on est arrivé du premier au dernier, tant ils semblent avoir peu de rapports entre eux, quoiqu'ils tiennent nécessairement l'un à l'autre par un fil, quelque ténu qu'il soit.

Maurice et Richard, ce jour-là, commencèrent à parler de roses et de chèvrefeuille, et terminèrent par des théories sur le duel et des utopies sur l'état social ; et voici comment :

— J'ai vraiment regret, dit Maurice, à voir perdre tant de bon et beau soleil sur les tuiles et les ardoises et sur le pavé des rues. Je vais dès demain retourner à la campagne.

— Tu sais, dit Richard, que tu t'es engagé à passer la soirée avec moi après-demain.

— Bast ! répondit Maurice ; une fois les premières feuilles aux lilas, il n'y a plus pour moi ni soirées ni bals.

— C'est-à-dire que tu me manqueras de parole, et me laisseras m'ennuyer seul pour aller un jour plus tôt respirer les roses et le chèvrefeuille.

— Mon ami Richard, dit Maurice, permettez-moi de relever ici une grossière marque d'ignorance. Où avez-vous vu le chèvrefeuille en fleurs avant le mois de juin?

— Chèvrefeuille ou autre chose, il importe peu.

— Je suis fâché de n'être pas de votre avis, mon ami Richard, mais il importe plus que vous ne pensez. Tenez, par exemple, voici des branches de coudrier que vous avez coupées hier ou aujourd'hui, pour faire une baguette de fusil ou ce que bon vous semblera, eh bien! vous devriez savoir qu'on ne coupe pas les coudriers au printemps.

— Je sais fort bien que c'est l'hiver.

— Vous savez fort mal; vous n'avez qu'à interroger le premier bûcheron que vous rencontrerez, il vous dira que, pour que le coudrier ait toute sa souplesse et sa flexibilité, il faut le couper quand les feuilles commencent à tomber, c'est-à-dire dans l'automne, entendez-vous.

En disant cela, il appuya une des baguettes sur la poitrine de Richard. Richard en prit une autre et para le coup, puis riposta. Ils échangèrent quelques bottes.

— Je vois, dit Maurice, que nous tirons aussi mal l'un que l'autre.

— A peu près, reprit Richard.

— Et nous avons tort, ajouta Maurice. Il peut nous arriver souvent de jouer notre vie contre une autre, avec une chance pour nous et quatre-vingt-dix-neuf contre; il peut encore arriver que, pour une chose de peu d'importance, car nul ne peut jurer qu'il ne se battra pas, à propos d'une mouche qui vole vers l'ouest ou le sud, nous soyons forcés de quitter notre vie, tandis que notre adversaire ne s'exposerait qu'à une légère blessure, ou que, nous trouvant insultés, nous recevions à la fois l'insulte et le châtiment destiné à l'insulte.

Ce qui me rappelle une anecdote que j'ai entendu raconter à un homme brave et honnête. — Monsieur, me dit-il, je sortais du théâtre, un monsieur me marche sur le pied. — Monsieur, dis-je, vous devriez bien regarder où vous posez vos pieds. Au lieu de me répondre, il me donne un soufflet. Vous comprenez que l'affaire ne se passa pas ainsi et que *j'obtins satisfaction*. Nous nous battîmes le lendemain, et je reçus dans la poitrine un coup d'épée qui me retint deux mois au lit.

— Voici, dit Richard, le meilleur argument que l'on puisse trouver contre le duel.

— Il ne faut pas médire du duel, ami Richard, lui seul comble les lacunes des lois, et punit ce que la loi n'atteint pas: la loi ne donne satisfaction qu'aux droits; il faut que les passions aient aussi leur satisfaction. Il y a une foule de choses que les lois n'atteignent pas, et que le duel punit et même prévient. Sans le duel, on ne pourrait sortir dans la rue avec une femme.

Représente-toi une chose seulement:

Un mari trahi par sa femme.

Le pauvre homme travaille peut-être tout le jour et une partie de la nuit pour donner à sa femme des parures avec lesquelles elle se fait belle pour les yeux d'un autre:

Pour embellir la chambre où elle reçoit son amant;

Pour payer les tapis sur lesquels l'amant essuie ses bottes;

Pour entretenir les domestiques qui introduisent secrètement l'amant de sa femme.

Puis ensuite, quand cet homme a perdu son bonheur domestique, que sa maison n'a plus pour lui ni sommeil, ni repos, ni calme, ni tendresse, ni confiance; que chez lui il est devenu un hôte incommode et fâcheux, et qu'il se voit entouré d'ennemis, s'il a recours aux lois, le plus grand bonheur qui lui puisse arriver est de prouver à tous que la femme qui porte son nom, que la mère de ses enfans est une femme méprisable.

Et si ses preuves ne paraissent pas suffisantes aux juges, ou si l'amant de sa femme est l'un des juges, comme il peut arriver, ou l'ami d'un juge, on le forcera de reprendre une femme qui, dès lors, ne gardera plus aucuns ménagemens, de travailler pour elle, et pour faire, aux yeux et à la connaissance de tout le monde, blanchir encore les draps du lit où sa femme et l'amant de sa femme se riront de lui.

C'est un malheur et un grand malheur qu'il faut renfermer et laisser fermenter dans le cœur, sous peine d'être ridiculisé, chansonné et montré au doigt.

A défaut de l'assassinat, il n'y a de ressource que le duel.

— Je désire pour toi, dit Richard, que personne ne t'entende ainsi faire, entre deux parenthèses, et au nom des bonnes mœurs, une apologie de l'assassinat.

— C'est une délicatesse de mots ridicule, reprit Maurice; le but du duel est de tuer, et l'homme qui se bat en duel prend toutes les précautions qu'il peut imaginer pour ne pas manquer son adversaire. Dans le duel, le moment où on peut percer son ennemi est celui où son arme détournée par un coup de la vôtre ou par une feinte, ne peut ni vous attaquer ni couvrir son corps. Il se trouve donc en ce moment exactement désarmé, puisque son arme ne peut lui être d'aucun secours ni pour lui ni contre vous.

Que l'on poignarde un homme tandis qu'il aurait un couteau dans sa poche, à la rigueur, ce n'est pas un homme sans armes; mais cependant il n'est jamais entré en l'esprit de personne de nier que ce soit un assassinat.

Or, quelle est la différence entre avoir un couteau dans sa poche, ou tenir, par suite d'une feinte, son épée du côté opposé à celui où on vous porte le coup? N'est-ce pas, dans les deux cas, avoir une arme dont, au moment où on est frappé, on ne peut se servir pour sa défense?

Je ne vois qu'une seule différence, et elle est à l'avantage de l'assassinat : c'est que ce serait presque toujours l'offensé qui tuerait l'autre.

Assassinat ou duel, le combat doit subsister, et subsistera tant que la société sera élevée sur des bases de lutte et de haine; tant que le bien des uns sera le mal des autres; tant qu'on n'aura pas constitué un état social tel que le bien individuel forme le bien général, que tout soit tellement en équilibre et en harmonie, que celui qui dérange le bien d'un autre dérange en même temps le bien général, et par réflexion son bien propre; que chacun pour son propre bonheur soit intéressé au bonheur de tous, et qu'enfin la société ne soit plus un vaste champ clos, où le prix semble appartenir au dernier survivant, mais une machine bien organisée, où le mouvement général a besoin du concours de tous les mouvemens particuliers, où le plus petit rouage arrêté arrêterait la machine entière, et par conséquent tous les autres rouages.

Il serait assez bizarre de chercher comment le duel s'est introduit dans le monde, c'est-à-dire comment on a substitué l'adresse à la force; car le duel est proprement une protection donnée à l'homme faible contre l'homme robuste; et, avec le temps et le secours de l'escrime, il est advenu que l'homme robuste aurait aujourd'hui à réclamer une protection contre l'homme faible et rachitique. A l'abus de la force a succédé l'abus de la faiblesse. Cela peut s'expliquer par des faits plutôt que par des raisons; mais il est évident que le fort n'est pas aussi fort qu'un grand nombre de faibles; or, les faibles étant en majorité, ont toujours fait les lois, et les ont faites à leur avantage. Ainsi, en passant du physique au moral, cela fait comprendre comment la société est construite sur de telles bases, que le bon citoyen est souvent un imbécile à proportions mesquines, tandis que l'homme énergique et complet est dans la vie sociale comme dans un habit trop étroit, qu'il y étouffe ou crève l'habit, que son avenir est de mourir emprisonné dans les lois, ou attaché sur l'échafaud, objet de l'horreur et du mépris.

— Oh! oh! dit Richard.

— Je vais te faire une autre comparaison : les faibles, les petits, étant en majorité, ont fait la société; c'est ce qu'on ne peut nier : car la société est construite sur la base absurde de l'égalité entre les hommes; il est évident que ce ne sont pas les hommes forts qui ont établi en loi qu'ils ne se serviraient de leur force que jusqu'à concurrence de la force des faibles; l'égalité a été nécessairement établie par ceux qui avaient à y gagner. Or, les petits et les pauvres ont réglé que chacun mettrait tout en commun; qu'on mêlerait et retournerait le tout comme une salade, et qu'on ferait ensuite un partage égal pour tous, quelle que fût la part que chacun aurait primitivement apportée.

Les petits ont divisé la vie en petites cellules, toutes faites à la taille du plus petit d'entre eux, et ils ont établi que chacun se renfermerait dans sa cellule, quelle que fût sa taille; or, les grands et les forts étouffent dans leur case, ou crèvent la cloison.

Les petits ont aussi réglé que l'homme qui se tiendrait tranquille dans sa case, sans bouger, serait un homme estimable, vertueux et considéré; que celui qui, plus grand que la sienne, empiéterait, pour ne pas étouffer, sur la case d'un autre, serait méprisé, criminel, nuisible, et comme tel rayé de la société.

Ici Maurice s'arrêta et hésita un instant, car son exposition incidente de l'état de la société lui avait fait perdre le véritable sujet de son long discours.

Après quelques minutes il le retrouva; mais il vit dans les yeux de Richard que son ami avait de son éloquence au moins assez, et il termina ainsi :

— Je reviens au duel. La force physique est hors d'usage : il faut donc que l'homme robuste trouve un moyen de rétablir au moins l'égalité entre lui et le rachitique : c'est pourquoi je vais de ce pas chez un maître d'escrime, et je ne passerai pas un jour sans prendre une leçon.

— J'en ferai autant, dit Richard ; mais ni toi ni moi ne commencerons aujourd'hui : tu as, pour cela, discouru beaucoup trop long-temps, attendu qu'à cinq heures les salles d'armes sont fermées en cette saison.

— Cinq heures! cria Maurice en s'élançant de sa chaise; et Fischerwald qui m'attend, ou plutôt qui ne m'attend plus!

XXV.

Le comte renouvela encore ses propositions à Hélène : elle refusa avec d'autant plus de courage qu'elle croyait qu'elle allait mourir, et que le tableau de la misère pour l'avenir ne l'effrayait plus.

La nuit, une lampe suspendue au plafond éclairait seule cette longue salle et les deux rangées de lits : c'était un triste et lugubre spectacle.

Il régnait un grand silence : de temps en temps seulement un gémissement qui sortait tantôt d'un lit, tantôt d'un autre, rompait ce silence de sépulcre.

Hélène ne dormait pas; une fièvre ardente tenait ses yeux ouverts. Elle songeait à un rayon de soleil qui avait un instant pénétré dans la salle; elle songeait que les églantiers plantés par Henreich devaient être en fleurs; elle se rappelait le calme et les douces joies de son enfance, et l'avenir riant qui se montrait alors, comme le soleil, quand à l'horizon, derrière les arbres, il se lève précédé d'une fraîche teinte rose.

Il fallait quitter tout cela pour mourir.

Mourir sans avoir vécu, sans avoir connu les joies de l'amour ni celles de la maternité!

Et, en effet, quoi de plus triste que de voir une jeune fille sur un lit de mort, de voir s'éteindre ces yeux qui n'ont encore fait frissonner le cœur de personne, pâlir ces lèvres qu'aucunes lèvres n'ont touchées, cessé de battre ce cœur qui n'avait battu que pour la vie, et d'un mouvement égal et monotone comme le rouage d'une machine, sans avoir battu pour l'amour et ses douces émotions? Quoi de plus triste que de voir mourir avec elle tant de bonheur qu'elle avait à donner, tant de bonheur qu'elle avait à recevoir?

Elle songeait aussi qu'elle mourrait sans doute dans une de ces nuits si effrayantes, qu'aucune main ne presserait ses mains pour lui dire adieu, qu'aucun regard ne recevrait son dernier regard, aucun cœur sa dernière parole ; qu'il n'y aurait personne pour l'aider à mourir et la conduire jusqu'à la porte de la vie, personne pour lui parler de l'espoir d'une autre existence, personne pour lui parler du ciel...

C'était une de ces fleurs qui naissent et fleurissent dans un désert où le pied d'un homme n'a jamais foulé l'herbe, qui étalent au soleil les brillantes couleurs de leurs pétales que personne ne verra, exhalent des parfums que personne ne respirera, et se fanent. Eclat perdu! parfum perdu!

Tout à coup, au milieu du silence, la vieille femme qui était couchée près d'Hélène, après quelques gémissemens, leva la tête :— Pourquoi ne dors-tu pas? dit-elle ; tu as peur de perdre un peu du temps qui te reste à vivre. Moi, je dors, et je voudrais ne pas me réveiller ; je souffre trop. Cependant je vivrai plus long-temps que toi ; et si ces scélérats de médecins le voulaient, je ne mourrais pas. Comme je souffre! il semble que dans mon corps mon cœur se détache! Brigands de médecins! ils dorment! Ah! mon Dieu! que j'ai mal!... Oh! cria-t-elle d'une voix sourde et déchirante, est-ce que je vais mourir?

Personne auprès de moi! pas de prêtre! Je veux un prêtre! je veux un médecin! Messieurs les médecins, je vous en supplie, ne me laissez pas mourir! faites-moi quelque chose! on ne laisse pas ainsi mourir une femme sans secours.

Ah! brigands! ah! scélérats!

Et, d'un mouvement convulsif, elle arracha ses couvertures et son linge ; puis son corps nu, décharné, se leva raide sur le lit, et tomba du lit sur le carreau. Une infirmière vint au bruit : elle était morte.

Hélène, froide de terreur, s'était caché la tête et ne respirait pas.

Le reste de la nuit, au moindre mouvement, elle croyait entendre la vieille femme se lever et venir à elle. Ce fut une nuit affreuse.

— Est-ce donc ainsi que je mourrai? Et elle pleura.

Quand on va mourir, la vie paraît belle ; il semble qu'on n'a plus besoin de la parer de plaisirs ; elle paraît d'elle-même un plaisir et un bonheur.

Il semble qu'on serait heureux rien que de regarder le ciel, de sentir le vent dans ses cheveux, de respirer les fleurs, de se coucher dans l'herbe sous le feuillage.

Le matin, Marie apporta une lettre de Marthe.

XXVI

Marthe à Hélène.

Quand vous recevrez ma lettre, peut-être votre mère sera sans pain, sans asile, et mendiant : c'est vous qui m'avez conduite là.

Votre père est mort ; en mourant, il vous a maudite ; il disait souvent que c'était tué par vous qu'il mourait.

Le garde général, qui depuis votre escapade est devenu notre ennemi, m'a fait dire que si je ne payais le loyer de la maison, il me faudrait la quitter, parce que, mon pauvre Eloi étant mort, je n'y avais plus aucun droit. Où vais-je aller? que vais-je devenir? pourquoi le bon Dieu n'a-t-il pas eu pitié de moi, et ne m'a-t-il pas enlevée avec Eloi?

Nous n'avons pas été dupes de vos beaux semblans de vertu ; ce n'est pas pour bien faire qu'une jeune fille s'enfuit de la maison de ses parens, et renonce à un mariage honorable qui aurait assuré leur bonheur.

Cette lettre, que vous recevrez au milieu de vos plaisirs criminels, vous fera peut-être faire sur vous-même un retour salutaire : c'est la seule raison qui me fait vous écrire. Ne vous attendez pas que je vous bénisse non plus en mourant, moi qui, après vous avoir élevée avec tant de peines et de soins, vais mourir de faim par votre faute.

XXVII

> Que celle d'entre vous qui est sans péché lui jette la première pierre.
>
> ÉVANG.

Hélène fut écrasée à la lecture de cette lettre. Son père mort en la maudissant! sa mère qui allait mourir de faim en la maudissant!

— O mon Dieu! dit-elle, ayez pitié de moi ; ne me maudissez pas, vous : vous seul savez si je suis criminelle.

Hélas! ajouta-t-elle, j'aurais dû faire le sacrifice de ma vie, épouser le garde général ; ils auraient été riches, j'aurais peut-être trouvé un peu de bonheur à les voir heureux.

Que faire? que faire pour que ma mère ne meure pas de faim? — Elle resta quelque temps absorbée, les yeux fixes et sanglans ; on eût dit que les pensers qui roulaient dans sa tête allaient la briser et la faire éclater.

Quand elle leva les yeux, le comte était debout devant elle, qui la contemplait avec amour, si l'on peut appeler amour ce que sent un homme qui veut acheter une femme.

— Monsieur le comte, dit Hélène, je suis à vous!

Le comte crut qu'elle délirait.

— Oui, continua-t-elle, je suis à vous ; ne me regardez pas ainsi avec défiance, j'ai toute ma raison. Je suis à vous, mais à une condition.

— Parlez, parlez, dit le comte.

— Ma mère meurt de faim ; il faut lui envoyer de l'argent, peu de chose ; de quoi manger, de quoi avoir un asile : qu'elle ne meure pas ainsi en maudissant sa fille.

— Je suis trop heureux, dit le comte.

— Non, je ne vous aime pas d'amour : je vous vends mon corps, c'est tout ce que j'ai à vendre pour donner du pain à ma mère : il est à vous, vous en ferez ce que vous voudrez.

— Vous m'aimerez, vous vous rendrez à l'amour le plus tendre.

— Je ne veux pas vous tromper, je n'aimerai jamais l'homme qui achète mon corps. Encore une chose : si je meurs...

— Vous ne mourrez pas ; vous vivrez pour l'amour, pour le bonheur.

— Il est possible que je meure : en ce cas, me promettez-vous de nourrir ma mère?

— Je le jure.

— Le marché est fait : vous trouverez en moi une esclave obéissante et résignée ; vous n'entendrez pas une plainte, vous ne verrez pas une larme. Vous m'avez achetée, je suis à vous. Mais partez vite : voici où demeure ma mère.

Le comte lui baisa la main, et partit. — Allons ! se dit-il, je savais bien qu'elle serait à moi.

— O mon Dieu! se dit Hélène en joignant les mains avec force, faites-moi la grâce de mourir.

XXVIII.

Et elle essuya avec dégoût sa main que le comte de Leyen avait baisée en partant. Elle se sentait souillée de ce premier baiser qu'elle avait vendu; c'étaient les arrhes du marché qui venait de se passer.

XXIX

L'Auteur acquiert des droits à la bienveillance de ses Lecteurs.

Il est bon et utile à un écrivain de ne pas manquer une occasion de montrer à ses lecteurs du zèle et du dévoûment, et surtout de ne leur pas laisser ignorer les droits qu'il peut avoir, sinon à leur gratitude, au moins à leur bienveillance; le bénéfice de ceci se retrouve à la fin du livre, si tant est que le livre finisse, au moment où, la toile baissée, le parterre siffle ou applaudit; car il y a des instans où nous ne comprenons guère que l'on veuille bien passer son temps à écouter nos récits et nos divagations, des momens où nous nous sentons portés à un culte de vénération profonde pour le public qui lit nos livres, pour nos honorables éditeurs qui veulent bien les acheter, et en échange nous nourrir, nous vêtir, nous loger, nous défrayer de peines et de plaisirs. Cette réflexion, d'habitude, nous rend confus et humbles de donner si peu pour tant de choses; et si le hasard faisait qu'à ce moment l'un de ces honorables hommes se présentât à la porte de notre laboratoire, nous le saluerions d'un *Domine, non sum dignus ut intres in domum meam;* et nous effeuillerions sous ses pas les roses blanches et les roses pourpres qui parent ledit laboratoire, et auxquelles nous tenons singulièrement.

Voici donc en quoi, ce matin, nous pensions avoir mérité quelque bienveillance de la part de nos lecteurs.

Au moment où nous nous levons, le sol est à moitié obscur encore jusqu'à moitié de la hauteur des maisons; l'air est bleu et transparent au dessus de la tête; de petits nuages blancs sont chassés en légers flocons par le vent d'est, et se colorent en passant de riches teintes jaunes et roses.

Or, pour nous, homme de campagne, de bois et de prairies, c'est un sûr indice de beau temps pour aujourd'hui.

C'est le premier beau jour de l'année peut-être *sous ce beau ciel de France*, comme on lit dans les romances, et qui nous semble à peine mériter le nom de ciel, tant il est souvent chargé de tristes vapeurs grises qui nous condamnent à un horizon de papier peint.

Aujourd'hui le ciel sera bleu et l'air doux à respirer, et gonflant la poitrine de jeunesse et de vigueur; le soleil caressera de ses rayons les jeunes feuilles des lilas et les fleurs doucement odorantes des pruniers.

Les femmes sortiront fraîches et jeunes des fourrures et des vêtemens d'hiver, comme des roses qui rompent leur bouton vert, s'épanouissant au soleil, et livrant aux vents leurs parfums.

Notre première pensée a été de nous aller promener, d'aller assister loin de la ville à ce beau réveil de la nature.

Et, à cet effet, nous avons mis nos bottes, notre redingote, et brossé notre chapeau.

Mais il nous est revenu en l'esprit que nous avions prodigieusement de choses à raconter à nos lecteurs; que lorsqu'il nous arrive d'aller ainsi errer le matin, notre esprit, un moment fécondé par le sublime spectacle de la nature renaissante, s'élève à un ordre d'idées métaphysiques si entraînantes, que nous nous enveloppons de nos pensées nuageuses et n'en sortons plus de tout le jour. Du haut du ciel où nous nous trouvons momentanément juchés, la terre nous paraît tout au plus grosse comme une noix, les hommes, comme des grains d'une nature impalpable, — sans en excepter nos lecteurs. D'après cette échelle, vous sentez combien petit et imperceptible nous semble notre livre, et combien facilement nous l'abandonnons pour nous livrer à de célestes et intraduisibles contemplations, qui, par momens, nous permettent d'entrevoir la grande figure de Dieu là où nous ne voyons d'ordinaire que le ciel et la terre, le soleil et les étoiles, l'air et les parfums des fleurs, les chants des oiseaux, le murmure des feuilles et le bruissement de l'eau.

Eh bien! en l'honneur de nos lecteurs, nous avons renoncé à notre promenade, nous avons remis notre robe de chambre et nos pantoufles, nos magnifiques pantoufles de velours vert.

Si nous parlons complaisamment de nos pantoufles, ce n'est pas seulement pour apprendre à l'Europe que nous possédons des pantoufles de velours vert, quoique cette vanité y soit bien pour quelque chose; c'est en outre pour faire comprendre une chose dont nous-même ne comprenons guère la cause. C'est la véhémence du désir insolite qui nous saisit tout à coup de savoir l'heure qu'il était, et qui nous fit même dire un moment : — Nous donnerions volontiers nos pantoufles pour savoir l'heure qu'il est.

Un désir, en roulant par l'esprit, grossit comme une boule de neige, de sorte qu'un caprice devient un besoin; il faut à toute force le satisfaire ou le jeter en dehors. Et comme il ne nous était pas possible de le satisfaire, attendu que nous ne possédons ni montre ni pendule, et que nos voisins n'étaient pas levés, nous avisâmes que, pour nous débarrasser de ce souci, il n'était rien de mieux que de renouveler, par de nouvelles méditations *ad hoc*, nos raisons de mépris pour l'heure et les horloges.

Ce sont ces nouvelles raisons que nous allons écrire à l'usage de ceux qui n'ont ni montre ni pendule, ce qui peut arriver aux hommes les plus honorables; et nous intitulerons la seconde partie de ce chapitre :

L'Auteur contre les Horloges.

La vie réduite à ces proportions réelles, décolorée de toutes les nuances qui ne sont pas en elle, et qu'elle ne doit qu'au *prisme* de l'imagination ou des passions, serait une mesquine, petite, étroite et pâle chose. Les gens qui se prétendent sages à proportion qu'ils ont plus d'infirmités, veulent qu'on abatte ces illusions comme on gaule les noix quand elles sont mûres. Il nous semble, en entendant ces sages, voir plus tard, quand l'amour du trafic et du commerce aura envahi le peu qui reste à envahir, d'honnêtes négocians qui, en passant devant les tableaux de Géricault, des Johannot, de C. Roqueplan, de Delaberge, s'écrieront : — Mais, en vérité, ceci peut être bon à quelque chose? En décrassant ces toiles de la couleur qui est dessus, cela fera d'excellentes toiles d'emballage.

Ainsi, méprisons-nous souverainement la sagesse des sages, et gardons-nous à notre vie, avec une sollicitude inquiète et continuelle, tout ce qu'on ne lui a pas violemment arraché de jeunesse, de croyances et d'illusions. Malheureux celui qui saurait tout! qui comprendrait tout! Nous avons refusé d'apprendre l'astronomie, dans la crainte de perdre le charme mystérieux et le respect religieux qui, dans les belles nuits, fait qu'on n'ose ni élever la voix, ni appuyer les pieds.

En conséquence, nous avons toujours été choqué de ces minutieuses divisions du temps, par heures et par minutes; il nous semble voir un avare qui change son or contre de la menue monnaie de billon pour le dépenser liard par liard. D'autant que ces divisions sont complétement chimériques, que l'espace ni le temps ne peuvent avoir de durée absolue, mais simplement une durée relative; qu'un jour peut se traîner plus lentement qu'un mois, un mois échapper plus rapide qu'un jour; que le même chemin nous semble aujourd'hui court et rapide, qui autrefois nous donnait une idée des déserts de sable de l'Arabie.

Le temps doit se jauger comme les mesures de capacité, non par ses dimensions extérieures, mais par ce qu'il contient. Il y a tel long jour qui renferme moins d'événemens que telle rapide minute; telle année qui, si on l'épluchait comme des noix, si l'on en ôtait le brou et le bois inutile et les pellicules amères, tiendrait à l'aise dans certains jours. Le temps peut se comparer à une goutte d'eau de savon, qui, soufflée par un chalumeau, se gonfle et devient grosse comme la tête d'un enfant; elle est d'autant plus grosse qu'elle est plus creuse : le temps est d'autant plus long qu'il est moins rempli.

Il y a telle heure dans notre vie pendant laquelle nous avons plus vécu que dans tout le reste de nos jours.

D'autre part, ces divisions du temps, mathématiques à la fois et fausses, ont enlevé beaucoup de poésie au langage.

Sans les pendules et les horloges, pour deviner certaines parties du jour, on dirait : Le soleil monte derrière les bouleaux. Voyez à la fois que de gracieuses idées cela réveillerait : outre le soleil, les bouleaux au feuillage sombre et tremblant. Grâces aux pendules et aux montres, on vous dit : Il est six heures du matin.

Plus tard, au lieu de penser que le soleil se mire dans l'étang, vous songez que les deux aiguilles de votre montre se rencontrent sur un douze en chiffres arabes ou romains.

Le soir vous dites : Il est sept heures.

Sans les montres, vous seriez obligé chaque jour de faire de nouvelles observations nouvelles.

Le soleil disparaît derrière les nuages rouges;
Il n'y a plus au ciel qu'une teinte d'or pâle;
Les arbres se dessinent en noir à l'horizon;
Le vent ne bruit plus dans les feuilles;
Les oiseaux ont cessé de chanter;
On entend les cris de la chouette.

La montre encore met de la préméditation dans toute la vie; c'est un tyran qui vous prescrit la faim, la soif, le sommeil, le repos, le travail; il n'y a plus moyen de se laisser *aller à vallon* dans la vie, comme disent les bateliers. C'est encore un reproche continuel pour notre inexactitude; jamais nous n'avons regardé une montre ni une pendule sans nous apercevoir que nous étions en retard d'une heure ou deux, que l'on ne nous attendait plus, ou que l'on avait dîné sans nous, ou que notre portier nous ferait frapper cinq fois.

C'est pourquoi, nous qui mangeons quand nous avons faim, qui dormons quand nos yeux se ferment, qui écrivons quand nous avons quelque chose à dire, ou que nous avons envie de dire des riens, nous nous laissons vivre, et nous nous inquiétons peu de l'heure qu'il est, et nous n'avons ni montre ni pendule; et quoique nous ne comptions ni nos jours ni nos heures, nous ne vivons ni plus vite ni plus doucement qu'un autre, et nous n'en aurons pas moins notre compte au bout de la vie.

XXX.

Après avoir écrit le chapitre précédent, nous sommes resté peut-être un quart d'heure renversé dans notre fauteuil, et suivant mentalement les conséquences de notre idée.

C'est ce qui arrive le plus souvent, que ce que l'on écrit ressemble à l'élan que l'on prend pour sauter.

Ou encore à une lutte préalable qui double les forces, comme le savent les lutteurs.

Puis, quand on a cessé d'écrire, quand l'imagination échauffée court avec une telle rapidité que les mots ne peuvent la suivre : ce que l'on pense alors, ce qui passe dans l'esprit, rapide et insaisissable, de telle sorte que, les yeux fixés devant soi, et presque jaillissant de la tête, on poursuit du regard ces images légères, vagabondes, vaut beaucoup mieux que ce qu'on écrit.

Il y a, nous le croyons du moins, de la musique qui, écrite pour un instrument, doit être baissée d'un ton ou d'un demi-ton pour la voix ou pour un autre instrument. C'est ce qui arrive au poète : ce qu'il pense est transposé, et bien misérablement quand il l'écrit : les langues sont bien impuissantes à rendre la pensée ; et quand vous blâmez son œuvre, plus que vous mille fois il en sent la faiblesse et l'insuffisance : il est comme un musicien enroué, dont la voix ne rend pas comme il sent : il sent la note juste, et elle arrive fausse.

Il le sait et il souffre : et plus tard, quand il a vu que ce n'est pas impuissance de l'individu, mais impuissance de l'humanité ; il ne cherche plus à vous dire que des choses traduisibles en langue vulgaire ; il devient commun et rampant, et on l'applaudit.

Donc, en ce quart d'heure que nous restâmes renversé dans notre fauteuil, nos idées, suivant toujours l'impulsion que nous leur avions donnée, prirent une bizarre direction.

Ce qui eut ceci d'agréable pour nous, que nous comprîmes que le caractère de notre héros est vrai et pris sur la nature, puisque nous retrouvâmes en nous des inconséquences tout aussi fortes que les siennes.

En effet, par des transitions qu'il serait long et difficile d'expliquer, nous arrivâmes à réfuter tous nos argumens contre les montres et les pendules, et nous prîmes la résolution d'acheter une montre avec le prix du chapitre que nous avions fait pour en prouver au moins l'inutilité.

XXXI

Pauvre Hélène.

Une grille bronzée, une cour, un escalier de pierre, puis un péristyle à colonnes.

Sous la remise, une voiture élégante, des chevaux dans les écuries.

Des domestiques dans l'antichambre.

Des statues et des vases de marbre dans la salle à manger.

Traversons un salon magnifiquement meublé : les murailles sont tendues de draperies bleues avec des torsades d'or ; des tableaux sont suspendus tout à l'entour : de riches dorures, des porcelaines précieuses, chargent la cheminée et les consoles : aux fenêtres des rideaux de soie.

Passons.

Une douce odeur de fleurs et de parfums s'exhale en ouvrant cette porte.

Cette chambre est tendue de soie violette et blanche ; — capricieusement bigarré, le jour pénètre, mystérieux, à travers des vitraux peints, que recouvrent des rideaux de soie blanche à bordures et torsades violettes ; — des glaces qui vont depuis le bas jusqu'en haut reflètent les vitraux.

Des corbeilles de laque sont remplies de fleurs que multiplient cent fois les glaces ; — des divans de soie avec des torsades blanches sont entourés de corbeilles odoriférantes.

Et au fond un lit en ébène sculpté avec des rideaux semblables à ceux des fenêtres.

Dans un coin, une harpe ; au plafond, une lampe d'albâtre.

Par terre, un tapis blanc semé de rosaces de diverses couleurs.

C'est la chambre d'Hélène.

Elle est à demi couchée sur un divan, vêtue d'une robe de mousseline blanche, dont les broderies ont coûté plusieurs mois de travail aux plus habiles ouvrières. Ses cheveux sont relevés sur son front; sur son cou blanc tombe un collier d'émeraudes ; des émeraudes pendent à ses oreilles ; ses mains roses et effilées portent des bagues scintillantes ; ses pieds étroits sortent à moitié de pantoufles de velours cramoisi brodées en or.

Elle est encore pâle; mais ses yeux ont repris leur éclat.

Si vos regards pouvaient pénétrer dans des chambres qui sont derrière celle-ci, vous verriez de grandes armoires en bois de cèdre : deux sont remplies de robes des plus rares étoffes et de toutes couleurs ;

Une autre de chapeaux, de fleurs, de plumes ;

Une autre de riches chaussures, de bas de soie, en si grand nombre, que la patience vous manquerait à les compter ; et, en plus grand nombre encore, des bas du fil le plus fin.

Puis, les autres armoires sont pleines de linge ; la toile en est si fine et si serrée qu'on croirait que des fées l'ont faite de ces fils blancs qui volent dans l'air à l'automne, et que les enfans appellent *fils de la Vierge*, les croyant échappés de la quenouille de Marie, tant ils sont blancs et légers : il y a deux cents chemises, des peignoirs brodés, des mouchoirs aussi curieux à voir que des tableaux précieux, tant les broderies en sont fines et délicates, et partout le chiffre d'Hélène brodé en or fin.

Pour faire tout cela, il a fallu deux mois, quoiqu'on ait employé, outre les ouvrières de la ville, celles des villes voisines à vingt lieues à la ronde.

Mais aucune reine n'a de plus beau linge, ni mieux travaillé.

Hélène est occupée à examiner une nouvelle bague qui lui a été donnée le matin ; c'est une bague ciselée par un célèbre artiste : il y a là, au doigt d'une jeune fille, le travail de bien des jours et de bien des nuits d'un homme de génie ; pour le prix qu'elle a coûté, on achèterait la jument chérie d'un Arabe ; on achèterait toutes les vignes qui tapissent les côtes du Rhin, on achèterait trente consciences d'hommes incorruptibles.

On a entr'ouvert les vitraux pour laisser passer à travers les rideaux de soie l'air frais et pénétrant du soir, que l'on entend bruire dans les feuilles des arbres, dont la cime se balance devant les fenêtres.

Pendant qu'Hélène respire nonchalamment cet air pur,

Dans une autre pièce on charge une table de mets exquis;

Dans les cours, on attèle des chevaux qui piaffent et trépignent.

Tout cela est pour Hélène.

Tout cela est à Hélène.

Des voitures arrivent, et on en voit descendre des hommes richement vêtus, qui n'iront pas ce soir aux cercles de la cour, où on les attend et on les désire.

Tout cela est pour Hélène.

Ces hommes viennent l'admirer et envier le comte Leyen, et escorter sa voiture à la promenade.

Pauvre Hélène!

Heureusement que tu ne comprends pas bien ce qui serre ta poitrine à ce souffle harmonieux et pénétrant du soir.

Au printemps, sortent du bois mort, de la terre nue, l'herbe verte, les feuilles et les fleurs; du cœur il doit sortir de l'amour, plus beau que les feuilles, plus doux que l'odeur des fleurs.

Pauvre Hélène, ce n'est pour toi qu'un besoin vague et inintelligible.

Pauvre Hélène!

Cette nuit où tu as payé tant de luxe; cette nuit où tu as donné des plaisirs que tu n'as pas partagés, où tu as vu et causé des transports qui ne t'ont donné que de la honte et de l'effroi...

Elle t'a rendue triste et humiliée, et son souvenir t'a fait pleurer pendant plusieurs jours; mais le luxe t'a étourdie, comme un parfum trop fort, et tes sens se sont un peu éveillés, et quelques étincelles de plaisir t'ont paru de l'amour: Ce n'est que cela? as-tu pensé: alors autant que ce soit celui-ci qu'un autre.

Pauvre Hélène! tu as payé tout cela bien cher; prie le ciel, si tu penses encore à prier, qu'il te fasse mourir avant de le savoir.

XXXII.

— Où est Richard, dit Maurice?

— Chez le maître d'escrime.

— C'est singulier, dit Maurice en s'en allant; ce diable de Richard ne manque pas une leçon. Ce garçon-là fait tout ce qu'il veut. Comment se fait-il que moi je n'aie pas encore pu réussir à en prendre une seule? Je vais aller le joindre.

C'était le matin; il faisait un beau soleil, et il y avait à traverser un petit bois; le soleil rendait transparentes les jeunes feuilles qui formaient sur la tête de Maurice une fraîche tente de verdure; à peine quelques espaces laissent voir le ciel bleu; les oiseaux chantaient doucement en secouant leurs ailes et étalant coquettement leur plumage au soleil; l'herbe était haute et touffue et parsemée de fleurs de fraisiers; outre le chant des oiseaux, on n'entendait rien que de temps en temps une bouffée de vent qui faisait frissonner les feuilles.

Quand Maurice fut à l'extrémité du bois, et qu'il aperçut devant lui les premières maisons du village et l'ombre qu'elles projetaient, il voulut jouir encore un instant des douces sensations qui s'étaient emparées de lui; il se retourna, et laissa plonger sa vue entre les arbres et les buissons; puis écouta encore le chant des oiseaux et le frissonnement des feuilles, et aspira à longs traits cet air suave et pur avant d'entrer dans la ville, comme le plongeur avant de descendre sous les flots; puis s'appuya contre un châtaignier, et se laissa aller à une rêverie sans but et sans objet, telle que la font naître les riches et paisibles scènes de la nature quand on s'identifie à elle, quand on mêle son haleine au parfum des fleurs et au souffle du vent; quand on vit de la vie des arbres, de celle des oiseaux, de celle de l'eau qui coule sous l'herbe; quand la poitrine se dilate, quand on se trouve heureux rien que de vivre, rien que d'oublier et de sentir; quand il semble qu'il manque des sens pour sentir tout cela.

— Il n'y a dans la nature ni haine ni combats, se dit Maurice; il y a du soleil pour toutes les plantes, des plantes pour tous les terrains.

Un arbre ne cherche pas à avoir une double part de soleil aux dépens d'un autre arbre ; chaque être organisé vit renfermé dans les conditions que lui a prescrites la nature. Le chêne ne produit que des glands, le genêt ne cherche pas à projeter un large ombrage.

Dans notre société, au contraire, il semble n'y avoir qu'un peu de soleil que l'on s'arrache et se dispute, qu'un peu de terre où tout le monde ne peut mettre ses pieds. L'existence est une conquête, le sommeil une usurpation, la nourriture une victoire. Il semble toujours qu'il y ait trop d'hommes, ou que Dieu, père imprévoyant, n'ait pas songé d'avance aux besoins de ses enfans.

C'est que personne ne veut rester là où il est, ni tel qu'il est ; c'est que personne ne comprend l'harmonie, que chacun veut jouer des *solos* ou au moins des *dessus*, et aime mieux causer une discordance que de ne pas paraître, dût-il jouer faux et blesser l'oreille, pourvu qu'on l'entende personnellement, lui en dehors des autres ; c'est qu'on ne comprend pas que dans la nature le moindre atome est autant qu'un homme, un fétu de paille autant qu'un monde ; parce que là il y a harmonie ; parce que si vous ôtez le fétu, il y aura discordance comme si vous ôtiez ce monde.

C'est qu'on ne comprend pas que si la grosse caisse, dans un concert, ne veut obéir ni aux *pauses* ni aux *silences*, et prétend chanter, que si chaque instrument veut se faire entendre toujours et par dessus les autres, il y aura cacophonie et charivari ; tandis que si chacun se contente de jouer sa partie, il y aura et musique et harmonie, et que chaque instrument, fût-il un chaudron et n'eût-il qu'une note, aura pour sa part contribué à cette harmonie.

Chaque homme est bien tel qu'il est, avec ses vertus, ses vices, ses passions, ses cheveux, ses yeux et ses dents : il a sa partie à jour ; mais la plupart veulent prendre les vices, les vertus, les passions, les cheveux, les yeux et les dents d'un autre. Tout le monde veut s'emparer d'une seule chose, tandis que chacun a sa vie dinstincte à vivre. Aujourd'hui tout le monde veut être gouvernement ; ce n'est ni plus ni moins ridicule que si tout le monde, dans une ville, s'avisait de se faire bottier.

Cela m'explique la jouissance infinie que je trouve dans la solitude, au sein de la nature, où tout est ordre, calme et harmonie ; tandis que dans la société tout est désordre, guerre et confusion.

Il faut que je sois bien irrésolu et bien lâche pour ne pas vivre dans la retraite et la solitude.

Il faudrait se faire une solitude à deux.

Une femme qui comprît la vie comme moi et qui mêlât son existence à la mienne, comme un ruisseau à un ruisseau, comme le son d'une harpe au son d'une harpe ; puis clore sa vie, vivre ensemble, sentir ensemble, mourir ensemble, comme si Dieu n'avait créé qu'elle et moi ; jouir du soleil, de l'ombre de l'air, comme s'ils n'avaient été faits que pour nous deux.

A ce moment, Maurice se retourna en entendant des pas : c'était Richard qui revenait. Ils rentrèrent tous deux ensemble, prirent des fleurets et s'escrimèrent. Quoique Maurice fût naturellement plus vigoureux et plus adroit que son ami, il eut un grand désavantage. Tous deux ne s'arrêtèrent que lorsqu'ils furent accablés de fatigue et de chaleur.

— Remets ton habit, Richard, dit Maurice ; il fait un vent frais, et rien n'est si dangereux qu'une transpiration répercutée.

Richard remit son habit. Maurice continua :

— Tous les exercices violens produisent une irritation des poumons qui a pour cause la fréquence des mouvemens d'aspiration, et de respiration, et l'introduction d'une plus grande quantité d'air. Si cette irritation, qui se calmerait d'elle-même en laissant la transpiration cesser doucement et naturellement, est au contraire augmentée par un refroidissement, il s'en suivra des douleurs de tête ou céphalalgie, des frissons, une douleur de côté, une toux légère, c'est-à-dire, en un seul mot, une pleurésie aiguë, et vous vous trouvez exposé au médecin et à tous les antiphlogistiques connus.

Ou si la toux est plus forte, si la douleur de côté change de place, vous avez une pneumonie.

Enfin la répercussion de la transpiration produit depuis le rhume simple jusqu'au catharre, depuis le catharre jusqu'à la phthisie pulmonaire, depuis la phthisie pulmonaire jusqu'à la mort.

Il serait donc fort niais de s'exposer, je ne dis pas à la mort, qui n'a aucunes conséquences, et qui *n'est* que quand nous ne *sommes* plus, mais à des maladies longues et aiguës, pour avoir négligé un soin hygiénique aussi simple et aussi facile que celui de ne pas s'exposer au refroidissement après un exercice qui cause la transpiration.

Seulement alors Maurice s'aperçut que la sueur qui le couvrait était devenue froide ; il se rhabilla, mais ne put ramener la chaleur. La nuit il eut le frisson, puis une fièvre violente.

C'est pourquoi il fit appeler son ami Fischerwald.

XXXIII.

Je suis un homme vraiment singulier, dit en entrant le docteur Fischerwald ; je sors d'une maison où j'oubliais mon chapeau ; heureusement que l'on m'en a averti. Il n'y a pas de bizarrerie dont je ne me rende coupable. — Le docteur Fischerwald, l'homme le plus semblable à tout le monde qui se fût jamais rencontré, avait la prétention d'être singulièrement bizarre et original. — Il posa son chapeau sur le côté, pour qu'il eût avec la table le moins de contact possible, mit doucement sa canne dans un angle, l'éloignant du mur par le bas, de manière qu'elle ne pût tomber, et s'assit près du lit de Maurice en écartant les pans de son habit, pour ne pas les froisser en s'asseyant dessus.

— Tu es malade ; il faut bien prendre la chose ; cette vie est une vie de douleurs, comme dit Lucrèce :

> Nam nox ulla diem, neque noctem aurora secuta est
> Quæ non audierit mixtos vagitibus ægris
> Ploratus mortis comites.

« Jamais la nuit, jamais l'aurore ne se sont succédé, sans entendre à la fois, et les vagissemens des enfans qui souffrent en naissant et les sanglots sur la tombe des vieillards. »

— J'ai la fièvre, dit Maurice.

— Il y a en moi ceci de fort original, dit Fischerwald, que la pétulance de mon esprit m'a toujours empêché de me soumettre aux lois préétablies et aux préceptes donnés par d'autres. Je n'ai jamais pu penser d'après les autres, ni suivre d'autre guide que mes propres idées. Aussi, comme dit Catulle :

> Jucunda cùm ætas florida ver ageret...

« Quand ma vie se couronnait des fleurs du printemps, »

Je passais pour un jeune homme fougueux.

> Impatiens freni et moderaminis.
>
> TACITE.

Je n'ai jamais voulu me servir des idées de personne, ne reculant pas devant la fatigue de penser moi-même.

> Μισῶ σοφιστην, ὅστις οὐχ αὐτῷ σοφος.

« Je hais le sage qui n'est pas sage par lui-même », dit Euripide.

— Je hais le médecin qui ne me parle pas de ma fièvre, dit Maurice.

— J'allais arriver à ta fièvre ; je te recommanderai de te couvrir un peu plus que d'ordinaire, comme le prescrit Celse, ***de febrili affectu***, et t'abstenir de nourriture, ainsi que l'indiquent Damascius, ***de cibo***, et Artemidore Capito, dans son livre : ***quæ, quando et quomodo sit edendum et non edendum.***

Je te quitte, ajouta le docteur. Ainsi, je suis venu te voir préférablement à la maîtresse du comte de Leyen, pour laquelle on m'a fait demander. La maladie, comme dit Horace de la mort,

Æquo pede pulsat
Pauperum tabernas regumque turres.

On m'a fait dire que cette belle fille était arrêtée dans la vie de délices par un malaise général.

Non Siculæ dapes
Dulcem elaborabunt saporem ;
Non avium citharæque cantus
Somnum reducent.
HORACE.

« Les mets les plus délicieux ne peuvent réveiller son appétit ; les chants des oiseaux ni ceux de la harpe ne peuvent rappeler le sommeil. »

Le docteur se leva.

— Puisque tu ne veux pas, ou plutôt, puisque Damascius et Artemidore Capito ne veulent pas que je mange, lui dit Maurice, rien n'empêche que tu manges mon déjeûner que l'on apporte.

Le docteur n'avait pas déjeûné et accepta, puis brossa son chapeau avec sa manche, arrangea sa cravate devant un miroir, et dit :

— Tiens-toi chaudement et fais diète, et dis-toi, pour te consoler, comme Ovide :

Heu ! patior telis vulnera facta meis.

« Je suis l'auteur de mon mal. »

Adieu, ou *vale*, comme dit Cicéron *ad Atticum*.

Le docteur partit ; mais Hélène l'avait attendu long-temps, s'était impatientée, et avait demandé au comte Leyen à partir pour la campagne où ils devaient aller passer la belle saison. Le comte, qui était plus amoureux d'elle que jamais, et qui respectait ses moindres caprices, l'avait emmenée, et Fischerwald ne trouva personne.

Quand il raconta à Maurice ce désappointement :

— C'est une fille d'esprit et de sens, et j'ai envie d'en faire autant qu'elle, dit Maurice.

— Ne t'en avise pas, dit Fischerwald.

Maurice partit le lendemain.

XXXIV

Scellée du grand scel de cire jaune.
Formule de la chancellerie.

Le comte et Hélène arrivèrent dans une petite maison riche et élégante. Hélène y trouva une chambre entièrement semblable à celle de la ville ; une harpe pareille, des corbeille pareilles, des vitraux pareils.

Seulement l'air était plus frais et plus pénétrant ; les oiseaux chantaient plus mélodieusement, les arbres étaient plus verts, les pelouses plus vivantes, et parsemées de boutons d'or.

Hélène d'abord sentit un mouvement de joie et de bien-être ; mais bientôt sa mélancolie reparut ; elle cherchait la solitude sous les berceaux de chèvrefeuille, où se cachaient les oiseaux, et d'où sortaient à la fois des parfums et des chants suaves et mystérieux : elle s'y trouvait bien, et cependant elle souffrait ; il lui semblait qu'elle avait aussi à exhaler des parfums et des chants, comme les fleurs et les oiseaux. Un instinct secret lui disait que ce qui lui manquait c'était de l'amour ; elle se rapprochait du comte. Leyen n'avait à lui donner que des caresses et du plaisir.

Alors elle revenait seule sous les chèvrefeuilles, préférant le vide au dégoût, une souffrance poétique à des plaisirs qui laissaient l'âme triste et froide.

Un jour, Hélène était dans sa chambre, vers le milieu de la journée, à l'heure où le soleil couche l'herbe et fait pencher les fleurs, à l'heure où tout cherche l'ombre et le repos, où l'on ne voit que le lézard qui étale au soleil sa peau tigrée et verte comme une émeraude, et de petits papillons bleus qui voltigent sur les épis de sainfoin, — où l'on n'entend que le chant monotone des sauterelles.

Tant les oiseaux s'enfoncent profondément sous la feuillée ;

Les fauvettes dans les aubépines ;

Les rossignols dans les broussailles ;

Les merles dans les haies de pruneliers ;

Les pinçons dans les lilas.

Hélène était dans sa chambre : — partout au dehors ses regards ne voyaient qu'un soleil brûlant; pour elle seule, il y avait de l'ombre et de la fraîcheur ; cependant, comme le reste de la nature, elle s'abandonnait à une sorte d'accablement et de torpeur voluptueuse. Elle n'avait pour vêtement qu'un peignoir de mousseline blanche.

Elle était couchée sur un divan, sans être étendue ; ses pieds, blancs comme du marbre, sortaient nus de son peignoir.

Le comte rentra.

Il s'assit sur le divan, et glissa son bras sous la tête d'Hélène, dont les beaux cheveux bruns se détachèrent. Leyen les baisa, et s'amusa longtemps à manier leurs boucles élastiques et soyeuses.

. . . .

— Qui peut lire dans l'avenir ? dit Leyen. Sans doute un jour, toi, mon bonheur et mon orgueil, tu seras à un autre comme aujourd'hui tu es à moi.

Qui peut lire dans l'avenir ? qui peut lire dans le cœur d'une femme ? qui peut savoir si, dans mes bras, déjà tu ne penses pas à un autre ?

Hélène détourna la tête. Il y avait du mépris dans ses yeux et sur sa bouche.

— Qu'y a-t-il de certain dans ce monde ? continua Leyen. Qui peut savoir si ce dégoût que t'inspirent mes paroles, si cet air de candeur et d'innocence, si ce noble orgueil, qui embellissent ta divine figure, ne sont pas un art plus sûr pour me tromper, une perfidie plus grande et plus profonde ? Quelles preuves positives peut-on avoir ou donner ?

— Monsieur, dit froidement Hélène, quoique votre amour pour moi soit par instant assez humiliant pour ne pas me donner le goût de multiplier les épreuves, s'il m'arrivait d'aimer quelqu'un, vous vous en apercevriez au dégoût avec lequel vous me verriez repousser votre première caresse ; l'homme que j'aimerais me posséderait seul.

— Hélène, dit le comte, ne m'aimez-vous pas ?

— J'ai pour vous de l'affection et de la reconnaissance.

— Est-ce tout ?

— Et encore, ajouta Hélène rouge comme une cerise, j'ai parfois goûté dans vos bras des plaisirs qui m'ont enivrée. Est-ce là ce que vous appelez l'amour ?

— Eh ! fille céleste, que peux-tu imaginer de plus que cet enivrement qui fait que l'on se sent mourir avec délices, que ces baisers où la vie est sur les lèvres, que ces étreintes ou deux êtres n'en font qu'un ?

— Je ne sais, mais il me semble par instant que...

Hélène s'arrêta en rougissant plus fort.

— Parle, n'es-tu pas mon Hélène, mon amante?

— Il me semble que mon âme a des désirs comme mon corps, et mille fois plus ardens ; il me semble qu'à songer combien les angoisses de l'âme sont plus pénétrantes que les douleurs du corps, ses plaisirs aussi doivent être plus incisifs. Vous n'avez rien qui réponde aux besoins de mon âme : vous me donnez des plaisirs suivis de fatigue et de honte. Je rêve parfois un bonheur noble, calme, et toujours le même.

— Enfant, dit Leyen en souriant, ce sont croyances et folies de ton âge ; un jour tu en riras avec moi.

Un jour... dit-il d'un accent triste et pénétré, si pourtant tu ne m'abandonnes pas pour un autre.

— Ecoutez-moi, dit Hélène, j'ai trop d'orgueil pour mentir; je vous quitterai ; j'abandonnerai vous, et la terre et la vie, si je trouve un homme dont l'âme aime et caresse mon âme, comme vous aimez et caressez mon corps.

— C'est un rêve, dit Leyen.

— Sans cela, je ne changerai pas seulement pour changer ; je vous suis liée par un lien de reconnaissance et d'affection, mais aussi par un lien de honte et d'opprobre, car je me suis vendue à vous ; cette idée m'a fait trop souffrir pour que je recommence jamais ; je resterai donc avec vous tant que vous ne me chasserez pas, et tant que vous voudrez nourrir ma mère.

— Tu as un frère aussi, un frère soldat ; ne lui envoies-tu pas de l'argent pour rendre son sort plus heureux?

— De l'argent? dit Hélène, j'aurais voulu lui en envoyer ; mais je n'en ai pas.

— Enfant! tout dans cette maison n'est-il pas à toi? et chacun de tes désirs que je puis satisfaire n'est-il pas un bonheur pour moi? Cherche, invente, désire, et je te remercierai ; je suis riche ; tout ce que je possède est à toi.

— Mon frère est parti en pleurant ; ne pourrait-il être libre?

— On peut tout avec de l'argent.

— Je voudrais bien aussi voir ma mère et la maison où je suis née?

— Rien n'est si facile.

— Je n'oserai jamais y entrer, ni soutenir les regards de ma mère.

— J'aime à croire qu'aujourd'hui tu es heureuse, mon Hélène ; mais n'as-tu pas fait pour elle un grand sacrifice, quand tu ne comprenais pas mon amour, quand tu t'es donnée à moi comme une brebis au boucher, quand tu t'es immolée pour la nourrir? Ton frère sera libre ; mais il faut auparavant lui écrire. Peut-être ses idées sont changées ; il faut aussi lui envoyer de l'argent. Nous irons voir ta mère.

— Oh! dit Hélène épouvantée, qu'elle ne vous voie pas, qu'elle ne vous voie jamais ; respectons ses cheveux gris.

— Comme tu voudras.

— Leyen, dit Hélène, vous êtes bien bon pour moi.

— Me promets-tu de ne me quitter jamais?

— Je vous le promets, si ce que je désire est un rêve.

— J'ai aussi quelque chose à te demander, dit le comte.

Il sonna, se fit apporter un poinçon et de la poudre ; il découvrit son bras, et, avec la pointe du poinçon, traça sur son bras son chiffre et celui d'Hélène, puis sur le sang versa de la poudre.

— C'est un signe ineffaçable. Veux-tu que je dessine le pareil sur ton joli bras?

— Le désirez-vous? dit Hélène.

— J'en serais plus heureux que tu ne le peux comprendre.

— Voici mon bras.

Le comte hésitait à appuyer le poinçon.

— Je n'ai pas peur de voir mon sang, dit Hélène.

Le comte commença en tremblant. Hélène devint un peu pâle, mais ne dit rien.

Quelques jours après, sur le bras d'Hélène et sur celui de Leyen, il y avait deux chiffres bleuâtres et ineffaçables.

XXXV.

Ce chapitre-ci n'a d'autre but que de prendre note, à propos de lézards, dont il nous est advenu de parler dans le chapitre précédent, que nous avons à faire un chapitre sur les lézards, lequel nous placerons où, quand et comme nous pourrons.

XXXVI

Un Châle vert.

— Madame, une lettre.

— Madame, le chasseur de monsieur le comte.

Hélène mit négligemment la lettre à près d'elle.

— Faites entrer le chasseur.

Le chasseur était suivi d'une femme qui portait des cartons. Cette femme étala les plus riches châles.

— Madame, dit le chasseur, en s'inclinant profondément, j'ai fait placer dans vos écuries un nouvel attelage blanc. Monsieur le comte désire que madame sorte avec aujourd'hui, et aille se promener au parc. La baronne de Soltzbury y sera, et j'ai donné au cocher de madame les instructions de monsieur le comte.

Voici pourquoi il était question de la baronne de Soltzbury.

A la promenade, elle avait ordonné à son cocher de passer devant la voiture d'Hélène, et au moment où les deux voitures étaient près l'une de l'autre, se tournant vers un officier qui l'accompagnait :

— Il est singulier, dit-elle haut, que de pareilles femmes osent paraître au grand jour. Cette femme se croit comtesse, parce qu'elle s'est prostituée au comte Leyen.

Hélène fit tourner bride et rentra en pleurant.

Le comte fut saisi d'une fureur difficile à décrire.

Il fit ordonner au cocher d'Hélène de couper la voiture de la baronne dix fois dans la promenade, dût-il renverser ses chevaux ; et si les gens de la baronne se plaignaient, de leur donner du fouet au travers du visage.

— Ah! madame la baronne, disait Leyen, qu'êtes-vous donc pour qu'Hélène s'humilie devant vous ?

Hélène est belle et spirituelle ; vous êtes laide et sotte.

Vous cachez vos intrigues sous le manteau officieux de votre mariage avec le vieux baron, et Hélène s'est donnée à moi pour nourrir sa mère.

Croyez-vous ne vous être pas prostituée, quand vous êtes entrée au lit du vieillard pour avoir de plus beaux châles et des diamans mieux montés?

Tandis que la marchande étalait ses châles, Hélène ouvrit la lettre ; et quand elle eut vu la signature, elle la lut rapidement.

— Madame, dit la marchande, voici un cachemire vert; on n'en voit presque jamais. C'est la couleur du prophète, et tout ce qui s'en fait est vendu dans le pays.

— Laissez-moi, laissez-moi, dit Hélène; vous reviendrez dans un autre moment.

Tout le monde sortit: Hélène était pâle et tremblante.

La lettre qu'elle avait reçue était de son frère Henreich.

XXXVII

Henreich à Hélène.

Voici ce qui m'est arrivé: quand j'ai reçu votre lettre avec de l'argent dont j'attribuais l'origine à quelque présent de votre parrain, j'ai invité les bas officiers, mes camarades, à un dîner.

Au dessert, j'ai dit à tous:

— Mes amis, nous autres soldats ne sommes pas riches, et l'argent qui me procure le plaisir de vous réunir ici est une libéralité d'une sœur que j'aime plus que mes deux yeux: buvons à sa santé.

— A la santé de la sœur d'Henreich! cria tout le monde un peu échauffé par le vin.

— A la santé de toutes les filles de joie! — cria un de mes camarades, notre voisin Lewald, que la landwehr a emmené avec moi, et qui était plus ivre que les autres. — Ce sont les seuls parens qui soient bons à quelque chose.

J'ai deux sœurs honnêtes femmes, ajouta-t-il; elles me laisseraient manger mon baudrier avant de m'envoyer un pfenning; je les donnerais toutes deux pour une fille d'esprit comme la tienne, Henreich, et je t'offrirais encore une paire de guêtres neuves par dessus le marché.

Je devins rouge et me levai.

— Lewald, dis-je, que signifie cette folie?

— Allons, allons, dit-il, ne sais-je pas que ta sœur est la maîtresse en titre d'un riche seigneur? je l'ai vue, lors de mon congé, dans une belle voiture; je la connais assez pour avoir joué avec elle quand nous étions enfans.

Echauffé moi-même par le vin, je lui jetai à la tête une bouteille que je tenais à la main. Il riposta.

— Tu as menti! m'écriai-je en le secouant vigoureusement, tu as menti, toi et tous ceux qui diront comme toi, et je vous ferai rentrer les paroles dans la gorge avec la lame de mon sabre.

— Soit, dit Lewald; mais je n'ai rien dit que de vrai. Ta sœur est la concubine d'un grand seigneur, et je t'en fais mon compliment.

Le lendemain, nous tirâmes le sabre, et je lui donnai un coup de pointe dans le bas-ventre; on l'emporta à l'hôpital demi-mort. Il me fit appeler.

— Henreich, me dit-il, tu m'as tué; et pourtant j'avais dit vrai. Si je n'avais pas été ivre, je n'aurais pas ainsi parlé devant nos camarades; mais je te jure en mourant que ta sœur est la maîtresse d'un comte.

Il mourut dans la nuit d'hier.

Moi, je reste déshonoré et assassin de mon meilleur camarade.

Je vous renie pour ma sœur; je ne veux plus entendre parler de vous.

Toi, cette jolie petite Hélène aux cheveux blonds, si pure, si naïve, aujourd'hui une prostituée! c'est infâme! Ne m'écrivez pas, je ne recevrais pas vos lettres.

XXXVIII.

A la lecture de cette lettre, Hélène arracha et jeta loin d'elle avec horreur son collier et les bijoux que lui avait donnés le comte.

Puis elle pleura long-temps.

Le comte ne put apporter quelque adoucissement à son désespoir qu'en lui proposant d'aller voir sa mère.

La maison de Marthe était à quelques lieues de celle du comte. Il fut convenu qu'Hélène irait seule voir sa mère, et qu'elle rejoindrait ensuite le comte, qui l'accompagnerait jusqu'à une petite distance.

Fischerwald, que l'on avait fait venir pour Hélène, fut du voyage.

Hélène descendit de voiture à une demi-lieue de la maison, et ne voulut être suivie d'aucun domestique.

Elle était vêtue simplement, et portait quelques présens destinés à sa mère.

Le comte et Fischerwald s'établirent sur l'herbe et déjeûnèrent.

XXXIX.

Fischerwald sortit de sa poche un foulard qu'il étendit sur l'herbe; puis il s'assit vis-à-vis du comte et s'écria:

— Qu'il est doux de s'étendre sur l'herbe! *In cespite viridi*, comme dit Tibulle.

Patulæ... sub tegmine fagi.

Sous l'ombrage touffu d'un hêtre, comme dit Virgile.

— O nature! s'écria-t-il.

A ce moment il s'arrêta; car il ne trouvait dans aucun auteur un passage qui pût achever sa pensée. Il craignait d'être sur le point de penser une chose que personne n'avait encore pensée. Mais heureusement il se rappela encore Virgile.

— O nature! dit-il; j'aime ta riche table de velours vert et tes festins sans apprêts.

Dulcia poma
Castaneæ molles, et pressi copia lactis.

« Des pommes, des châtaignes et du fromage. »

— Passez-moi, je vous prie, cette cuisse de volaille, monsieur le comte, j'ai un horrible appétit; et si vous n'aviez abondamment pourvu aux vivres, je serais tenté, comme les Troyens, *Lavina ad littora*, de manger nos tables.

— Monsieur, dit le comte, nous n'avons d'autre table que l'herbe.

Quand le tête-à-tête n'est consacré ni aux épanchemens de l'amour, ni à ceux de l'amitié, il ne peut se subdiviser qu'en deux classes:

1o Les tête-à-tête ennuyeux; — 2o les tête-à-tête insupportables. — Celui du comte et de Fischerwald, qui avait commencé naturellement par être de la première espèce, après qu'on eut épuisé quelques lieux communs, commença à approcher de la seconde.

Le comte était ce qu'on appelle d'ordinaire un homme d'esprit, c'est-à-dire qu'il joignait à un grand usage du monde une certaine grâce de manières et de langage, et que, s'il n'avait, le plus souvent, rien de neuf ni d'attrayant à dire, il savait parfaitement tout ce qu'il ne fallait pas dire,

C'est un esprit négatif avec lequel beaucoup de gens se tirent d'autant mieux d'affaire, qu'il n'offense et ne blesse personne.

On trouve fréquemment tel homme qui passe pour très spirituel dans une maison, et mérite en effet cette réputation tant qu'il est entre les murailles de ladite maison, mais qui compromet cette renommée aussitôt qu'il en a passé le seuil. C'est que son esprit consiste dans une connaissance approfondie de certaines formes, de certaines convenances, de certaines relations adoptées dans cette maison.

Il en est de même des différentes classes de la société. Un maçon ne fera pas rire les gens rassemblés dans un salon; mais vous pouvez être sûr que l'esprit le mieux orné du salon ennuiera le maçon à la mort.

C'était la situation réciproque de Leyen et de Fischerwald. Tous deux étaient hors de leur monde et dépaysés; chacun comprenait parfaitement qu'il n'amusait pas son compagnon, et, ce qui est pis, qu'il n'y avait aucune probabilité que la chose changeât.

Aussi Leyen se mit à pétrir dans ses doigts des boulettes de pain pour son lévrier; Fischerwald compta les pétales d'une petite fleur qui se trouvait près de lui.

Puis, quand chacun eut tiré de son occupation particulière tout le plaisir qu'il jugea en pouvoir tirer, Fischerwald dit :

— Nous avons eu une belle journée.

— Magnifique, reprit le comte.

Et il recommença à jeter au lévrier des boulettes de pain.

Et Fischerwald cueillit une seconde fleur pour voir si le nombre des pétales égalait celui des pétales de la première.

Comme ceci dura quelque temps, et qu'il n'est personne à qui il ne soit arrivé d'en faire autant, le lecteur peut facilement se passer de plus longs détails à ce sujet.

XL

Les Églantiers.

Tout en se promenant dans la forêt, Maurice passa près de l'étang où, pour la première fois, nous l'avons vu avec Richard. Il aperçut la cabane de Marthe, et entra pour demander un peu de lait. Marthe sortit une vieille petite table, et plaça dessus du pain et du lait.

Vous êtes seule? dit Maurice.

— Oui, monsieur.

— N'avez-vous donc ni un fils ni une fille?

— J'ai un fils et une fille. Le fils est soldat; la fille m'a abandonné, et je ne puis me souvenir d'elle que pour la maudire.

— Je vous plains; car il faut qu'une fille soit bien coupable pour que sa mère croie devoir la maudire.

— Oh! oui, monsieur, elle est bien coupable! elle a fait mourir son père de chagrin, et elle ne tardera pas à me conduire aussi au tombeau.

— Mais, ma bonne mère, vous me semblez jouir d'une santé excellente, quoique vous ne soyez plus jeune, et vous ne paraissez pas devoir mourir de si tôt.

— Oh! monsieur, je commence déjà à me sentir du catarrhe qui a enlevé mon pauvre Eloi.

— Qui était cet Eloi?

— Mon mari.

— Celui que votre fille a fait mourir de douleur?

— Hélas! oui, monsieur.

— Mais vous paraissez dans l'aisance ; vous avez donc quelque bien ?

— Non, la conduite de notre fille avait fait perdre à Eloi sa place de garde forestier.

— De quoi vivez-vous ?

— D'une rente de 500 florins qu'elle me fait.

— Votre maison est charmante. Ces églantiers qui la tapissent sont d'un effet ravissant.

— C'est mon fils Henreich qui les a plantés. Le pauvre enfant ! Tenez, en voilà des blancs. Il disait en souriant : « Ce sera pour la couronne de mariée de ma sœur. »

— Eh bien ?

— Eh bien ! sa sœur ne se mariera pas.

— Pourquoi ?

— Ou si elle se marie, elle n'osera mettre dans ses cheveux une couronne blanche.

Maurice fit un geste d'étonnement. Marthe continua :

— Je puis vous le dire, car sa honte et la nôtre ne sont que trop publiques. Elle s'est vendue, monsieur ; elle s'est prostituée ; mais la malheureuse râlerait et demanderait sa mère, que je ne sais si je consentirais à la voir.

— Pauvre fille ! dit Maurice.

Marthe fut tellement surprise que la compassion de Maurice tombât sur sa fille au lieu de tomber sur elle, qu'elle prit sa réponse pour une distraction.

— Pauvre femme ! voulez-vous dire ? car je suis bien et légitimement mariée, moi. Oh ! oui, je suis bien malheureuse d'avoir une semblable fille !

Maurice laissa une pièce de monnaie sur la table, et s'enfonça dans le bois en rêvant à ce qu'il avait entendu ?

LXI.

Les plaisirs auxquels se livraient Leyen et Fischerwald avaient perdu à peu près tous leurs charmes, quand Maurice, sortant d'une allée épaisse, fut reconnu par le docteur Fischerwald, qui alla à sa rencontre, et fit la présentation d'usage. — Monsieur le comte, je vous présente un malade rebelle et fugitif, qui, confié à mes soins, a pris la fuite depuis une semaine, sans que j'aie pu le rejoindre, pour errer seul dans les bois, comme Nabuchodonosor après sa transformation.

— C'est pour éviter cette transformation que je me suis enfui, dit Maurice.

— Quand Maurice voulut continuer sa route, le comte et le docteur insistèrent fortement pour qu'il restât avec eux. Ils redoutaient de retomber dans l'ennui et l'embarras du tête-à-tête dont sa présence les avait tirés, car ce n'était pas à son mérite que Maurice aurait pu attribuer un tel accueil. Tout autre qui se fût présenté à sa place en eût reçu un semblable.

— Je ne dirai pas pour te retenir, dit Fischerwald, que *plus on est de fous, plus on rit*. D'abord parce qu'il ne s'agit pas ici du plus ou du moins, attendu que nous ne rions pas du tout ; ensuite, parce qu'aucun de nous n'a la prétention d'être fou, et que, si tu l'es, ta folie n'a rien de jovial ni d'amusant.

— Il ne te reste alors qu'un seul argument, dit Maurice, et je suis surpris que tu ne l'aies pas encore employé.

— Lequel ?

— *Numero Deus impare gaudet.*

— C'est vrai, c'est irrésistible.

Maurice se coucha sur l'herbe.

LXII

Des Lézards.

Il ne croit pas en Dieu, et n'ose sortir le vendredi.
JUL*** D***.

Nous nous sommes réservé de placer notre chapitre des lézards où, quand et comme nous le jugerions convenable. Néanmoins, nous ne nous conduisons pas en ceci purement d'après notre caprice ; mais, au contraire, nous pensons que c'est ici la place qu'assignent à ce chapitre important la raison et la logique.

Maurice, Leyen et Fischerwald sont couchés sur l'herbe, et causent. Certes, le lecteur s'étant laissé conduire là, nous aurions le droit de lui faire subir leur conversation. Nous n'abuserons pas de nos avantages, et nous lui offrirons une capitulation honorable.

A savoir : de lire notre chapitre des lézards.

D'autre part, notre histoire va prendre une nouvelle face. Nos personnages vont avoir entre eux des relations nouvelles. Jusqu'ici nous n'avons fait qu'exposer notre drame, comme quand Agamemnon arrive en disant :

Oui, c'est Agamemnon, c'est ton roi qui t'éveille.

Nous pouvons nous permettre un entr'acte, et le remplir comme on faisait autrefois par un intermède.

Enfin, si quelqu'un n'approuvait pas la place que nous assignons à ce chapitre, il est libre de le passer, sauf à le lire à tout autre moment qui lui semblera plus convenable ; car ce chapitre mérite d'être lu, en cela qu'il sape par la base un des plus vieux préjugés que nous connaissions.

Sérieusement, à ce propos, si nous nous étions trouvé vivre en un temps où fussent restées quelques croyances, nous n'aurions pas plus osé porter la main sur la moindre d'elles, que les Hébreux sur l'arche d'alliance. Car, à dire vrai, il n'est pas encore bien établi combien nous avons gagné à la destruction des croyances et des préjugés. Loin de là, nous avons souvent pensé — qu'il n'y a de beau dans la vie que ce qui n'y est pas, — c'est-à-dire que la vie nue, dépouillée des riches couleurs que lui prête le prisme de l'imagination, ne vaut guère la peine qu'on la vive, et ressemble à un papillon dont les ailes, froissées par une main maladroite, ont perdu leur brillante poussière écailleuse.

Tuer les croyances et les préjugés, c'est borner le monde à votre horizon, c'est rétrécir le cercle de vos sensations à la largeur de vos bras étendus ; c'est, à l'exemple de l'éphore spartiate, couper deux cordes de la lyre ; — c'est, comme le tyran de Syracuse, jeter à la mer sa plus belle bague ; — c'est se mutiler comme Origène ; — et d'ailleurs, qui pourrait dire, sans risquer de se tromper, ce qu'il faut croire et ne pas croire ? Où est le régulateur de nos croyances ? Est-ce notre intelligence ? mais nous ne comprenons ni le soleil ni les étoiles ; et jusqu'ici pourtant on croit au soleil et aux étoiles. — Qui comprend la sève, qui chaque printemps, de la terre nue et du bois mort, jaillit en gerbes de verdure, en fleurs et en parfums ? Personne encore cependant n'a songé à nier l'ombrage des chênes, la verdure des prairies, l'odeur des roses et des jasmins. — A seize ans, nous étions incrédule et blasphémateur — presque autant qu'un marchand de toiles de la rue Saint-Denis. — Depuis, la solitude et l'étude nous ont suffisamment démontré la faiblesse de l'homme et de son esprit, et nous avons pris le parti de ne nier presque rien, de ne presque rien affirmer; nous, dont le génie ne peut analyser un brin d'herbe, nous qui avons passé des journées devant une fleur des champs, sans avoir vu tout ce qu'il y avait là de grand et d'incompréhensible; — nous, à qui M. Serville, le savant naturaliste, a fait voir autrefois, sur les élithres d'un scarabée, plus de miracles et de prodiges qu'il n'y en a dans la religion d'aucun peuple.

Mais nous n'irons pas marcher seul contre le courant, et nous ferons comme les autres : nous tâcherons de détruire, — parce que nous ne sommes pas assez forts pour édifier. Un bûcheron abat, dans une année, quatre cents chênes. Tous les peuples du monde se réuniraient en vain pour créer un brin d'herbe. Il y a toute la puissance d'un Dieu dans cette feuille de saule qu'emporte l'eau du ruisseau.

Le Lézard ami de l'Homme.

Il n'est pas que vous n'ayez entendu dire, et même que vous n'ayez dit vous-mêmes : *le lézard est l'ami de l'homme.* C'est un axiome, une vérité fondamentale, que l'on accepte sans examen. Il y a même, à ce sujet, des histoires fort touchantes constatant la sensibilité du lézard. Il est des gens qui, étouffés des vertus qui leur remplissent le cœur, en imposent une partie aux animaux.

C'est ainsi que l'on a étrangement abusé du chien.

Or, le lézard n'est nullement *ami de l'homme.* Du plus loin que l'homme manifeste sa présence par le plus léger bruit, le lézard prend la fuite avec une rapidité incroyable, et se réfugie dans les fentes des pierres. Si cependant vous êtes assez leste pour mettre la main dessus, il rompra sa queue et vous la laissera dans les mains; si vous le saisissez par le corps, il vous mordra, et la force seule lui manquera pour ne pas vous couper le doigt; ensuite, et nous avons pour garant, outre notre expérience, M. de Buffon, qui cependant considérait le lézard comme son ami, gardez-le pendant un mois, il refusera obstinément toute nourriture; il se dessèchera et mourra.

Nous ne savons pas que le loup ni le tigre, eu égard à leur force, témoignent à l'homme moins d'amitié.

Et remarquez que ceci ne nous est inspiré par aucun sentiment de haine personnelle contre le lézard. Loin de là, nous passions au collége pour donner à ceux que nous possédions des soins beaucoup plus assidus qu'il ne semblait convenable à nos professeurs.

XLIII

— Je gage, dit mon père, que Trimm n'attache à cet article du Décalogue aucun sens déterminé. — Caporal, dit Yorick, qu'est-ce qu'honorer son père et sa mère? — Monsieur, répondit Trimm, c'est leur donner trois sous par jour de sa paie, quand ils deviennent vieux. — Et l'as-tu fait? — Oui, monsieur, il l'a fait, dit mon oncle Tobie. — Eh bien! dit Yorick, en se levant de dessus sa chaise et prenant le caporal dans ses deux mains, tu es le meilleur commentateur que je connaisse de ce commandement, et je t'estime plus que si tu avais mis la main au Talmud.

STERNE.

Il se fit un tressaillement dans le feuillage des noisetiers.

Leyen et Fischerwald se retournèrent brusquement.

— Ce n'est pas elle, dit le comte.

— C'est le vent, dit Fischerwald,

Ventus leves permurmurat umbras.

— Vous attendez quelqu'un? dit Maurice; et il se leva.

— Ce n'est que ma maîtresse, dit le comte; vous m'obligerez de ne pas vous déranger. Je ne suis pas fâché que vous la voyiez. C'est la plus belle créature que vous puissiez rencontrer.

— Je ne le puis, dit Maurice; une affaire me rappelle...

— La voici, dit le comte. A la faveur de ce sentier si droit, j'ai aperçu sa robe blanche. Attendez-moi.

Quand le comte fut parti :

— C'est, dit Fischerwald, un objet de luxe qui lui coûte 4,000 florins par mois.

— Adieu.

— Tu n'attends pas le comte?

— Non, je n'aime pas à rencontrer cette sorte de femme.

— C'est réellement une très belle fille.

— C'est une raison de plus que tu me donnes de m'en aller. Il me semblerait voir une belle rose rongée par un ver.

Et ici Maurice commença une dissertation sur ce qu'avait de triste pour lui la vue d'une belle nature flétrie et salie. La dissertation fut assez longue, comme presque toutes les dissertations de Maurice.

Le comte rejoignit Hélène.

Elle marchait rapidement. Ses yeux étaient fixes et ardens; elle ne voyait pas Leyen qui l'arrêta.

— Où allez-vous donc?

— C'est vous?

— Oui; qu'avez-vous?

— Je ne vous reconnaissais pas.

— Repondez-moi. Vous êtes souffrante; qu'avez-vous?

— Il faut partir loin, très loin.

— Calmez-vous. Auriez-vous été exposée à quelque insulte? Je vous jure que celui qui vous a offensée ne sortira pas vivant de cette forêt. Je vais appeler.

— Monsieur, monsieur, dit Hélène, que personne ne me voie; je mourrais de honte. Ma mère m'a chassée, ou plutôt elle m'a défendu d'entrer dans la maison où je suis née; elle m'a appelée fille perdue, monsieur; elle m'a dit que ma présence la faisait rougir; que mes pas salissaient la chambre où est mort mon père. Alors deux grosses larmes tombèrent des yeux d'Hélène.

— Mon Hélène, reprends ta raison, méprise le délire d'une vieille folle. Remets-toi : nous approchons. Il y a un étranger ; essuie tes yeux.

— Pourquoi y a-t-il un étranger ? reprit Hélène. Qu'ai-je besoin de voir un nouveau visage, un nouveau témoin de ma honte ? Et surtout, pourquoi faire croire que je la supporte sans désespoir? Vous me dites d'essuyer mes yeux : pour votre vanité, il faut que je paraisse belle, n'est-ce pas ? vous faites de moi comme de votre cheval, que vous faites piaffer et caracoler quand il y a du monde. Je ne veux pas voir cet étranger.

— Hélène, vous êtes folle.

— Ah ! c'est vrai ; vous avez tous les droits ; je me suis vendue. Voici mes yeux essuyés ; menez-moi devant cet étranger : je vais tâcher d'être belle pour vous faire honneur, pour qu'on dise : Son Excellence le comte Leyen a de beaux chevaux, de beaux chiens, une belle maîtresse et un beau carrosse. Allons, monsieur.

Quand ils arrivèrent, Maurice était encore à sa péroraison ; il achevait de prouver qu'il ne pouvait rester, — mais il n'était plus temps de se retirer. Il salua silencieusement Hélène. Hélène rendit le salut froidement, et ne regarda pas Maurice.

On se remit en place.

On servit des fruits, des gâteaux, des vins fins.

Long-temps Hélène fut sombre et préoccupée, et garda les yeux baissés.

Maurice dit bas à Fischerwald : — Elle est bien belle !

Alors Hélène leva la tête et regarda Maurice pour la première fois. Maurice rougit, et parut contrarié et embarrassé qu'elle l'eût entendu. Hélène ne put comprendre pourquoi, contrairement à tous les hommes qu'elle voyait d'ordinaire, il renonçait à la petite reconnaissance que toute femme ne peut s'empêcher de ressentir pour l'homme qui lui fait un compliment.

Alors elle jeta sur lui quelques regards furtifs, et vit un sourire de mépris errer sur ses lèvres, quand Leyen et Fischerwald vinrent à parler de l'amour comme ils pouvaient en parler.

Il ne prit aucune part à la conversation tant qu'elle roula sur ce chapitre. — A-t-il donc, pensa Hélène, quelque chose à dire que ces gens ne comprendraient pas ?

— Tu ne dis rien, mon Hélène? dit le comte.

— Eh ! monsieur, reprit-elle avec une profonde amertume ; sais-je rien de ce que vous dites, moi ?

Et dans son regard, dans l'accent de sa voix, il y avait de la douleur et du désespoir. Repoussée par sa mère, elle avait jeté les yeux sur elle-même, et sentait douloureusement son humiliation. Elle regrettait la pauvre petite maison et l'amitié d'Henreich, et elle se rappelait ces paroles de son frère : *Tu épouseras un brave garçon.*

Maurice à son tour la regarda ; leurs yeux se rencontrèrent et se détournèrent aussitôt.

— Ma belle malade, dit Fischerwald, je suis, comme vous savez, assez original, et mes idées sont bien à moi, et ne me sont suggérées par personne.

Je ne pense pas comme les bœufs ruminent, ainsi que s'exprime un écrivain. J'ai imaginé de substituer des drogues morales et métaphysiques aux drogues végétales et pharmaceutiques, en quoi je suis approuvé par beaucoup de savans et de philosophes, qui conseillent au médecin de guérir l'esprit avant le corps. C'est pourquoi je vous ordonne formellement un peu d'oubli des idées tristes qui semblent vous préoccuper, et une légère dose de cette aimable gaîté que je vous vois quelquefois.

— A l'approbation des savans et des philosophes, le docteur peut joindre la mienne, si toutefois il la juge de quelque attention, dit le comte Leyen.

— C'est ce qui vous consolera facilement de ne pas obtenir la mienne, docteur Fischerwald, dit Hélène; ma gaîté est d'ordinaire exempte de préméditations, et les idées tristes qui me préoccupent sont trop profondément entrées dans mon âme pour que je les puisse secouer, ainsi que vous secouez avec les doigts les miettes de gâteau qui sont tombées sur votre jabot.

— Croiriez-vous, dit Leyen en se tournant vers Maurice, que cette *profonde douleur* n'a d'autre cause que d'avoir été mal reçue par sa mère, vieille folle, que cette pauvre fille accable de soins et de prévenances?

— Non, non, dit Hélène, s'adressant aussi à Maurice; ma mère a tort, j'aime à le croire; car, si je me suis prostituée et vendue...

— Hélène... dit sévèrement le comte, lui rappelant par un signe des yeux la présence de Maurice.

— Oh! monsieur, reprit-elle en haussant les épaules, à quoi bon ce mystère? monsieur ne sait-il pas qui je suis. Si je me suis prostituée et vendue, c'était pour nourrir ma mère. Vous le savez, monsieur le comte, et je vous adjure de le dire hautement. J'étais pauvre et j'ai résisté à vos offres brillantes et à votre persévérance. J'étais mourante à l'hôpital, et je vous ai vu pleurer sur mes pieds et sur mes mains, en me suppliant d'accepter vos bienfaits, et j'ai refusé, aimant mieux mourir de faim et de misère, jeune et belle, sans avoir encore vécu : je n'ai cédé qu'à la voix de ma mère qui me demandait du pain. Est-ce vrai, monsieur le comte?

— Oui, dit Leyen; et pourquoi n'avez-vous pas dit cela à votre mère, quand elle a osé vous chasser de chez elle?

— Parce que cela aurait été trop affreux pour elle, de voir que c'était elle qui m'avait jetée là, — dans cet abîme de honte et d'opprobre, comme elle dit, — qu'il lui aurait fallu traîner sa tête grise à mes pieds, dans la poussière, pour demander pardon; car je lui ai donné plus que ma vie. J'ai fait plus qu'ouvrir mes veines et lui donner mon sang à boire; j'ai fait plus que d'arracher mon cœur de ma poitrine, et le lui donner à manger. Car alors je serais morte, tandis que je vis pour porter le deuil de mon bonheur et de ma vie.

Maurice regardait Hélène sans presque respirer, pour ne pas perdre une seule de ses paroles qu'elle prononçait avec une véhémence extraordinaire, avec une voix profonde et déchirante.

— Ma mère a eu tort, continua-t-elle; car même ignorant ce que j'ai fait pour elle, elle ne devrait pas repousser sa fille, parce qu'elle est malheureuse. — Qu'est-ce donc que l'amour et l'amitié, si l'on ne vous aime plus quand on est coupable? — Mais ce qui fait que je pleure, c'est que j'ai senti là mon malheur, malheur irréparable, et qui durera autant que moi. C'est que j'ai vu les guirlandes blanches et parfumées de ces églantiers, dont mon frère Henreich voulait tresser ma couronne de fiancée. C'est que j'ai vu, sous les arbres à l'ombre desquels j'ai passé mon enfance, comme sortir de l'herbe, où fleurissent encore les violettes que je cueillais, et voltiger autour de moi les rians fantômes de ma jeune imagination. C'est que j'ai reconnu mes joies pures et mes douces espérances, et qu'elles n'ont pu rentrer dans mon cœur, semblables à l'oiseau qui fuit les marécages fétides.

— Madame, dit Maurice, ce que vous avez fait pour votre mère est bien beau! Si on ne peut vous appeler vertueuse, qu'est-ce que la vertu?

— Monsieur, monsieur, s'écria Hélène en lui saisissant la main, dites-vous vrai? Répondez-moi, ajouta-t-elle, en plongeant de ses yeux dans ceux de Maurice, répondez-moi : qui vous fait parler ainsi? est-ce une sotte complaisance comme on en a tant pour moi ? ou vos paroles sortent-elles de votre cœur ?

— Madame, dit Maurice, avec le calme de la conviction, j'ai dit ce que je sentais. Pour moi, vous êtes la femme la plus vertueuse que je connaisse.

— Hélène ne répondit pas ; mais il y avait dans son regard la reconnaissance qu'elle aurait ressentie, si Dieu lui avait dit :

Pauvre fille, dépouille ta vie flétrie, — comme les frêles demoiselles sortent de leurs larves qui vivaient dans la bourbe des ruisseaux, et s'élancent balancées sur leurs ailes de gaze, semblables à des émeraudes, à des saphirs, à des topazes vivantes, pour voltiger dans l'air et sur les fleurs des prairies ; — dépouille ta vie flétrie, et recommence, pure et innocente, une vie de bonheur et d'amour.

XLIV

Ne courez pas deux lièvres à la fois.
La Sagesse des Nations.

Il faut avoir deux cordes à son arc.
La même Sagesse.

Maurice raconta à Richard sa rencontre avec Hélène.

— Tu es pris, dit Richard, et d'une façon d'autant plus remarquable que tu aimes une prostituée. Toi, qui me disais, il n'y a pas long-temps : *Je ne comprends l'amour que pour une femme vierge.*

Quoique Maurice dût être un peu accoutumé à ses inconséquences, il se trouva honteux de celle-ci, et tant pour lui-même que pour Richard, s'efforça de traiter légèrement un sujet qui l'intéressait plus qu'il ne le voulait.

— Non, dit-il ; cette fille est belle, et son âme n'est pas moins belle que son corps ; mais je le répète, *je ne comprends l'amour que pour une femme vierge*. Ainsi, ne pensé-je nullement à lui donner ma vie, et à lui demander du bonheur. Je lui consacrerai quelques jours, et je ne lui demanderai que des plaisirs.

Il faut que je lui écrive.

— Déjà ?

— Fischerwald m'assure qu'elle est fort occupée de moi.

Maurice prit une plume et du papier, et tomba dans une profonde rêverie.

— Ami Maurice, dit Richard, le plaisir n'est pas habituellement si grave, et tu es étrangement préoccupé.

— Nullement, dit Maurice, qui par hasard, ce jour-là, avait mis dans sa tête d'être ou de paraître conséquent.

Et pour le prouver, tout en écrivant sa lettre à Hélène, il continua sa conversation avec Richard.

— Il y a quelques jours, dit-il, j'ai trouvé Abel Saldorf fort occupé ; il avait à la fois chez lui un maître d'escrime et un professeur de langue française. Quand j'arrivai, il prenait sa leçon d'escrime ; je m'assis, pensant qu'il s'arrêterait bientôt, d'autant que la sueur ruisselait sur lui.

Ici Maurice s'arrêta et écrivit la première phrase d'une lettre banale, et d'une légèreté qui ne lui convenait guère.

« Mademoiselle,

» Il dépend de vous que le jour où je vous ai rencontrée soit le plus heureux ou le plus malheureux de ma vie. »

Puis il continua :

— En effet, il ne tarda pas à tomber accablé sur les coussins d'un canapé ; je m'approchai de lui, et j'attendais qu'il eût repris haleine pour causer avec lui. Mais alors le maître de langue s'approcha, qui commença sa leçon. Je pris un livre, un peu surpris de cette manière d'agir ; mais cependant, l'attribuant à la liberté que j'exige que mes amis gardent avec moi, pour avoir le droit de la prendre avec eux. Le maître de langue s'arrêta. Abel se leva, remit son masque, et la leçon d'armes recommença.

« L'impression que vous avez produite sur moi est telle qu'il faudrait pour la peindre, etc., etc. »

Après un quart d'heure, on apporta le déjeûner. Je pensai alors que les deux professeurs allaient partir. Mais il y avait quatre couverts, et ils se mirent à table avec nous.

Quoiqu'il ne soit guère d'usage de garder à déjeûner son maître d'escrime et son maître de langue, qui probablement ont autre chose à faire, et d'ailleurs ne peuvent déjeûner chez tous leurs élèves, je n'y fis guère d'attention que parce que le maître de langue et Abel, pendant tout le temps du déjeûner, ne cessèrent de parler français, chacun de son mieux, tandis que le maître d'escrime jetait de temps en temps quelques préceptes de son art, entre deux bouchées.

Comme j'avais grand appetit, je pris le parti de ne pas dire un mot, et de ne m'occuper que de nourrir mon *misérable* corps, comme disent les sages, quand ils n'ont pas de quoi dîner.

Je mangeais encore, quand on enleva la table ; et, tour à tour, recommencèrent la leçon d'escrime et la leçon de langue française.

Je me crus victime d'une mystification. — D'où vient, dis-je à Abel, ce goût subit pour l'exercice et l'étude?

« Si j'étais assez heureux, etc., etc.

» Ce serait avec un ravissement inexprimable que je mettrais à vos pieds, etc., etc. »

— Depuis deux jours, me répondit Abel, ces messieurs ne me quittent pas : ils mangent et ils dorment ici. Je n'ai plus que cinq jours à prendre leurs leçons, et il faut que j'en profite.

Je crus qu'il voulait faire un voyage. Je lui manifestai mon étonnement de l'emploi qu'il faisait des derniers instans qu'il avait à passer avec nous ; je lui fis également observer qu'il trouverait partout des maîtres d'escrime et des maîtres de langue française.

Il sourit et me dit : — Je n'ai aucune intention de voyager, et voici ce qui m'arrive :

« Non, vous ne repousserez pas inhumainement un amour que vous savez si bien inspirer. Vous ne réduirez pas au désespoir un homme qui, etc., etc. »

— Je me suis trouvé, continua Abel, il y a trois jours, à souper dans une maison où se trouvait également le baron de Solm, jeune homme assez impertinent, et fort bien vu de l'électeur qui le protége en toute occasion.

Tu sais que je suis naturellement peu bruyant dans un cercle, et que je n'aime pas à occuper les autres de moi. Le baron prit mon silence pour de la timidité, et ma modestie pour la conscience de ma sottise. Aussi lui échappa-t-il à mon égard quelques unes de ces quasi-impertinences, qui font d'autant plus de mal qu'elles ne sont pas assez marquées pour qu'on puisse les relever sans paraître un esprit difficile et querelleur. Je me contins le plus qu'il me fut possible, tout en adressant tout bas des vœux fervens à tous les saints du paradis pour qu'ils inspirassent à M. le baron la pensée d'être impertinent tout à fait.

« Ne me laissez pas languir dans la plus cruelle incertitude. Répondez-moi, si ce n'est pas par amour, etc., etc. »

J'eus à me louer de l'intervention du ciel. M. le baron, encouragé par mon calme, donna dans le piége et se laissa aller à une bonne impertinence.

— Monsieur le baron, lui dis-je à l'oreille, vous êtes un sot; êtes-vous aussi un lâche?

— Monsieur, me répondit-il un peu étonné, je vous mettrai volontiers à même de vous en assurer.

— Je doute, répondis-je, que ce soit aussi pleinement que de votre sottise.

Il m'entraîna dans l'embrasure d'une croisée, et me dit :

— J'ai une affaire à terminer dans une semaine. A pareil jour, soyez à sept heures du matin derrière les murs du parc; mon arme est l'épée.

— Depuis ce temps, on m'a fait avertir de deux choses, continua Abel :

La première, que le baron manie parfaitement l'épée;

La seconde, que si, contre toute probabilité, il m'arrive de le tuer, l'électeur poursuivra le meurtrier avec persévérance.

C'est pourquoi j'apprends l'escrime, pour tuer mon homme, s'il est possible, et le français, pour trouver à qui parler si je suis forcé de prendre la fuite.

Allons, messieurs, dit Abel en finissant, ne perdons pas de temps.

— Excuse-moi, me dit-il, mais je n'ai plus que cinq jours.

« Le plus sincère et le plus dévoué de vos admiraieurs, »

» MAURICE. »

Ainsi finit à la fois Maurice et son anecdote, et l'une des lettres les plus ridicules qui jamais aient été écrites.

XLV

Deux Amis mortels.

— Décidément, dit Maurice, je suis bien lâche et bien veule de rester ainsi à la ville, moi qui ne vis qu'à la campagne; de marcher sur une terre que l'on cuirasse de grès, dans la crainte qu'elle ne s'avise de produire quelque brin d'herbe, moi qui préfère au plus moelleux tapis un long gazon vert.

Je dors et je vis dans une maison de pierre, et pourtant il n'est rien de si beau pour moi que ces tentes mobiles que forment sur la tête les châtaigniers touffus, les sycomores au feuillage rougeâtre et découpé comme la vigne, les tilleuls aux formes transparentes, les ormes aux feuilles étroites et d'un vert sombre.

Je me laisse entraîner aux théâtres et aux réunions, où je dors et m'ennuie, tandis que les champs m'offrent une multitude de plaisirs variés et sans cesse renaissans :

Ces fleurs, qui, sortant toutes de la même terre, prennent des couleurs différentes, et exhalent différens parfums ; — ces insectes, qui vivent sur les fleurs, sont nés avec elles — et mourront avec elles, au premier souffle des vents froids de l'hiver, qui balaient, en tourbillonnant, les dernières feuilles des arbres dépouillés, et emportent à la fois les graines et les œufs qui doivent reproduire les fleurs et les papillons.

— C'est pourquoi, dit Richard, il m'est venu une idée.

— Ami Richard, reprit Maurice, je me défie beaucoup de vos idées : — de trois idées que je me souviens vous avoir vues, l'antépénultième m'a fait passer une soirée entière dans une caverne de musiciens qui jouaient faux ; — l'avant-dernière a failli me faire rompre le cou dans des chemins que vous prétendiez connaître — et la dernière m'a fait perdre deux heures à vous l'entendre laborieusement développer, sans y pouvoir rien comprendre, sinon que vous ne la compreniez pas plus que moi.

— Je suis blasé sur tes impertinences, elles roulent sur mon esprit comme la pluie sur un manteau de toile cirée. Voici mon idée : demain, il se fait la nuit une charmante promenade sur la rivière ; il y aura deux dames, le comte Leyen, Fischerwald et moi ; c'est, il me semble, une société quelque peu séduisante, et il dépend de toi d'y joindre ta personne et les agrémens de ton esprit.

— Le comte Leyen, se dit Maurice, l'une des deux dames est Hélène. — Il ouvrit la bouche pour le demander, mais il lui sembla voir déjà le sourire de Richard ; il hésita, puis se décida à le demander, avec un air de grande négligence. — Le comte Leyen, dit-il, accompagne-t-il... il allait dire : sa maîtresse, cette idée lui fit mal, il se reprit et dit : mademoiselle Hélène ?

— La maîtresse du comte y sera, dit Richard, l'autre dame est son amie, et je suis fort amoureux d'elle.

— Tu la connais ?

— Je ne l'ai jamais vue.

— Tu es fou.

— C'est possible, car en ce moment je me sers de ta sagesse.

— Ah !

— C'est toi qui m'as dit : « L'amour, dépouillé des riches couleurs que lui prête l'imagination, n'est qu'un plaisir que l'on ne peut prendre qu'à deux, — comme une partie d'échecs ou de dominos. Il serait sage, peut-être, de ne demander aux femmes que des plaisirs ; » c'est ce que je fais. Viendras-tu ?

— Tout ce monde me gâtera ma nuit, mes arbres, mon vent dans le feuillage ; car c'est là surtout le grand charme de la nuit, que toute cette voûte étoilée, cette eau qui roule en murmurant, ce rossignol qui chante, ces lucioles qui luisent dans l'herbe comme des étoiles au ciel, ces arbres qui frémissent harmonieusement, ces grenouilles qui coassent dans les joncs ; on a cela sans partage pour soi tout seul, tandis que les autres hommes, par leur sommeil, vous laissent leur part. On est roi du monde, le monde n'existe que pour le poète qui veille ; pour lui, la lune monte derrière les peupliers et se mire dans l'eau ; pour lui, le vent emporte les parfums plus concentrés du chèvrefeuille et des églantines : ou plutôt il s'identifie à cette grande harmonie de la nature, son âme se mêle au frémissement des feuilles, et aux parfums, et au vent, et au chant des oiseaux. Il vit de toutes ces vies. Il est l'âme du monde : il est Dieu !

— Viendras-tu ?

— J'irai.

On se réunit vers la fin du jour. Leyen reçut avec de grandes prévenances Maurice, dont on lui avait parlé avantageusement.

Hélène laissa errer sur ses lèvres un sourire amical.

Quand on fut arrivé au bateau, la dame qui accompagnait Hélène hésita beaucoup, alléguant une invincible crainte de l'eau. Chacun s'efforça de lui donner du courage, à l'exception de Maurice, qui vit dans cette terreur une grande affectation, d'autant que le but de la promenade était connu dès la veille, et que cette dame, si ses craintes n'eussent été nulles, était parfaitement libre de s'en dispenser. Richard, fort mauvais nageur, assura la belle effrayée qu'en cas d'accident il répondait de ses jours précieux. Maurice, qui nageait très bien, se contenta de sourire.

Hélène vit ce sourire et le comprit : les moindres mouvemens de Maurice avaient pour elle un intérêt auquel elle ne cherchait pas à se dérober. Les paroles consolantes de Maurice, lors de leur première entrevue, étaient restées sur son cœur. Salie par le vice, elle était fière de cette approbation d'un honnête homme, de cette sorte d'affinité qui s'était établie entre elle et lui ; et elle ressentait un certain orgueil, quand, sur sa physionomie mobile, elle pouvait saisir au passage une pensée qu'il ne communiquait pas aux autres, et dont elle s'emparait pour elle seule.

Maurice aussi, quoiqu'il se livrât de moins bonne grâce à l'influence qu'elle exerçait sur lui, cherchait dans les moindres paroles d'Hélène un sens caché pour les autres et intelligible pour lui seul. Il ressentait un secret mécontentement quand elle parlait sans tourner les yeux de son côté. Il lui semblait déjà avoir des droits sur elle, sur ses pensées, sur son âme. Il ne s'avouait pas qu'il l'aimait, mais il lui semblait qu'il avait à son amour des droits qu'on ne pouvait lui disputer sans injustice. Une parole d'Hélène qui ne lui était pas adressée, un regard qui ne cherchait pas son regard, lui faisaient éprouver une sensation pénible et un sentiment haineux. Pauvre raisonneur, qui ne comprenait pas que ces droits qu'il croyait avoir, il les avait en effet, mais qu'il les achetait par son amour pour Hélène.

On glissa le long de la rive. Richard s'était emparé de Gabrielle, et causait avec elle comme s'il eût été dans un salon. Leyen, pendant quelques instans, céda à l'influence de la nuit et de l'eau; puis s'ennuya et se mit à écouter Fischerwald, non pour s'ennuyer moins, mais pour changer d'ennui. Maurice et Hélène restèrent silencieux; mais, si quelque accident de lumière, si quelque arbre balançant son feuillage noir jusqu'au ciel, et paraissant porter les étoiles comme des fruits d'or, attiraient leur attention, leurs regards se rencontraient pour se communiquer leurs sensations, et un frémissement simultané leur courait par tout le corps.

Il ne leur fut pas long-temps possible de se laisser aller aux impressions de la nuit et de ses mystérieuses harmonies. Fischerwald, Richard et Gabrielle parlaient haut. Richard pria Gabrielle de chanter. Après avoir long-temps résisté, elle chanta la romance la plus nouvelle et la plus à la mode.

Il y a telle musique qui plaît dans un salon, et qui est insupportable la nuit, sous la feuillée. Gabrielle, qui n'avait songé qu'à faire briller une assez jolie voix, acheva de désenchanter la promenade. Hélène refusa de chanter.

N'aurait-elle pas une belle voix, se dit Maurice; ce serait une ridicule injustice de la nature, car au moins elle mettrait de l'âme dans son chant; mais un regard d'Hélène lui fit comprendre que le chant était pour elle, comme pour lui, une langue sacrée qu'on ne parle pas devant les profanes.

— Je suis, dit Fischerwald, un homme fort original. Voici que je laisse, depuis notre départ, traîner dans l'eau les pans de mon habit. Entre autres singularités qui me caractérisent, je n'ai jamais pu m'occuper de toilette. J'ai, à ce sujet, d'insupportables distractions. Il n'y a pas quinze jours, mon ami Maurice peut dire si c'est la vérité, je suis sorti d'une maison oubliant mon chapeau,

Frigido sub Jove.

Avant-hier, j'avais mis un de mes bas à l'envers; et ce matin même, après avoir bu un verre d'eau sucrée, j'ai mis le verre à côté de la table, et le reste de l'eau est tombé sur moi.

Gabrielle assura que tous les hommes de génie étaient sujets à de semblables distractions, et que tous les gens d'esprit qu'elle connaissait mettaient leurs bas à l'envers.

Cependant Fischerwald s'occupait, avec toute l'attention dont il était capable, de tordre les pans de son habit pour en exprimer l'eau, et de les essuyer avec un mouchoir, bien dans le sens du drap, pour ne pas le délustrer.

Richard prit à son tour la parole :

— « Je suis, dit-il, bien veule et bien lâche, de rester à la ville, moi qui ne vis qu'à la campagne; de demeurer dans des maisons de pierre, moi qui préfère aux plus riches palais les tentes mobiles que forment sur la tête les touffes de châtaigniers, les sycomores au feuillage découpé et rougeâtre comme celui de la vigne, et les ormes à la verdure étroite et sombre.

» Je ne puis réellement comprendre comment je me résigne à marcher sur une terre que l'on cuirasse de grès, dans la crainte qu'elle ne s'avise de produire quelques brins d'herbe, quand les plus riches tapis ne sont rien pour moi auprès d'un long et épais gazon vert; quand tout, aux champs, occupe et charme mon esprit, quand je passe des journées entières à contempler ces fleurs qui, sortant de la même terre, se parent de diverses couleurs, et exhalent différens parfums; et ces insectes qui naissent, vivent et meurent avec elles, au premier souffle du vent froid qui balaie en tourbillonnant les feuilles jaunies des arbres dépouillés, et emporte à la fois les graines des fleurs et les œufs des papillons. »

Maurice regardait Richard avec stupéfaction. — Voilà, se disait-il, une prodigieuse mémoire.

Richard continua :

— « Ce qui peut expliquer le charme de la nuit, c'est que la nature semble appartenir tout entière à l'homme qui veille pendant que les autres, livrés au sommeil, semblent lui en abandonner leur part; c'est qu'il jouit sans partage des sensations qui, le jour, sont divisées entre tous les hommes; c'est que, pour lui seul, les étoiles brillent au ciel; pour lui seul brillent dans l'herbe les lucioles semblables aux étoiles; pour lui seul le vent frémit et apporte, plus concentré, le parfum des chèvrefeuilles; pour lui seul la lune monte, mystérieuse, derrière les peupliers : il est le roi du monde.

« Bien plus, l'homme alors s'identifie à la nature. Il vit de la vie des arbres, du vent et du chèvrefeuille; il rassemble en lui-même toutes ces existences : il est Dieu! »

Tout le monde s'ennuyait, on s'arrêta. Maurice, Richard et Fischerwald prirent congé de Leyen et des deux dames.

Quand les trois amis furent seuls: — Bonsoir, dit Maurice, je vais maintenant commencer ma promenade.

— Je suis original, dit Fischerwald, mais réellement je ne pousse pas encore la bizarrerie aussi loin que toi.

Richard, qui avait ses raisons pour ne pas se trouver avec Maurice, lui souhaita le bonsoir, et partit avec Fischerwald.

Maurice, presque involontairement, se dirigea du côté de la maison de Leyen; bientôt il l'aperçut avec Hélène et Gabrielle, comme trois ombres; car la lune, qui était à son dernier quartier, n'était pas encore levée. Son cœur battait comme s'il eût fait une mauvaise action; il lui semblait distinguer le frôlement de la robe d'Hélène de celui de la robe de sa compagne, et reconnaître le bruit de ses pas, — et il frissonnait.

Un petit bouquet de bois à traverser lui permit de s'approcher davantage; Leyen avait à peine à étouffer ses bâillemens, on n'entendait que Gabrielle.

— Ce médecin est un original très amusant, disait-elle; l'autre a de l'âme et sent vivement; as-tu entendu avec quel entraînement et quelle poésie il nous a parlé des champs et de la nuit? il y aurait du bonheur à être aimée d'un homme qui sent ainsi.

Pour le troisième, s'il y a quelque chose au dedans de lui, il a la peau bien épaisse, car rien ne paraît au dehors.

Maurice fit un geste de dépit, non qu'il tînt beaucoup à l'opinion de Gabrielle, mais il craignait qu'elle n'exerçât quelque influence sur Hélène, d'autant qu'Hélène, par son silence, semblait partager l'opinion de sa compagne.

Leyen entendit du bruit dans les feuilles.

— Qui va là? cria-t-il.

On ne répondit pas. Maurice était parti.

— Ce n'est rien, dit Hélène, c'est le vent.

Et son cœur battait. — Il y a des momens dans la vie où l'on se devine si bien!

XLVI

Deux Ombres.

— Allons, dit Maurice en sortant du bois, il n'y a pas moyen d'aimer les femmes; il n'y a rien dans ces âmes-là; elles ne voient qu'avec les les yeux, elles n'entendent qu'avec les oreilles, le cœur ne voit ni n'entend; — voici deux femmes: toutes deux belles et spirituelles, c'est-à-dire, réunissant les qualités les plus désirables: pas une des deux n'a compris mon silence, ni le bavardage de Fischerwald et de Richard.

Fischerwald, avec ses idées communes et rebattues, ses trivialités et ses pensées traduites avec le texte en regard, est pris au mot quand il s'annonce original.

Richard décrivant, avec les paroles dont je me suis servi ce matin, un spectacle qu'on a sous les yeux, — comme ces peintres qui mettent au bas d'un tableau de fleurs: *iris*, *pivoine* et *acacia*, se défiant, ou de la fidélité de leur imitation, ou de l'intelligence de leurs spectateurs, — passe pour un homme qui sent vivement et poétiquement.

Pas une de ces deux femmes n'a compris qu'on ne décrit qu'après la sensation, qu'on ne peint l'amour que lorsqu'on n'aime plus. — Richard avait raison quand il me rappelait mes paroles:

« Il ne faut demander aux femmes que du plaisir. »

Je suis fâché de n'avoir pas donné ma lettre à Hélène.

Il faut dire qu'au moment d'arriver au bateau, Maurice avait mis dans la poche de son gilet la lettre qu'il avait écrite pour Hélène, pliée très petite, pour pouvoir plus facilement la lui glisser dans la main, mais à la vue d'Hélène, au son de sa voix, il avait compris combien sa lettre était ridicule, et il l'avait, sans qu'on s'en aperçût, froissée et enfouie dans une autre poche.

Sans s'en apercevoir, et par un détour, il était arrivé au pied de la maison; il y avait de la lumière dans la chambre d'Hélène, il y porta les yeux, il aperçut deux ombres sur le rideau blanc.

— Non, non, dit-il, elle comme les autres! ni âme ni poésie; elle est là, avec lui.

Il s'en alla à grands pas. Au moment de perdre la maison de vue, il se détourna et regarda:

— Encore les deux ombres!

Il fit un pas et s'appuya contre un tronc d'arbre.

— Je suis fatigué, se dit-il, autant reprendre haleine ici qu'ailleurs.

Il resta les yeux fixés sur le rideau, puis la lumière disparut: il regarda aux fenêtres pour voir si la lumière passait, et si une des deux personnes avait quitté la chambre. — Il attendit long-temps: on pouvait être passé dans une pièce au fond.

La lumière ne reparut pas.

— Il est évident que les deux personnes dont j'ai vu les ombres sont couchées dans cette chambre.

Pas d'âme, répéta-t-il, — après cette soirée, elle eût voulu être seule, elle n'eût pas consenti à passer la nuit dans ses bras.

— Je partirai demain matin.

Il se rappela qu'il avait affaire à cinquante lieues de là, pour un procès dont dépendait une partie du peu de bien que son père avait à lui laisser, et qu'il avait toujours négligé d'y aller, depuis un mois que sa présence était nécessaire.

Le matin, il alla trouver Richard.

— Je vais à M***

— Pour quoi faire? dit Richard.

— Pour mon procès.

— Alors, rapporte-moi deux lignes à pêcher : c'est le seul endroit où on sache les faire.

— Adieu.

— N'oublie pas mes lignes.

Comme il partait, Richard le rappela :

— Tu es fou, lui dit-il. tu pars et tu as loué un appartement vis-à-vis des fenêtres d'Hélène, lequel doit être prêt aujourd'hui même.

— Je ne m'occupe plus de cette femme, dit Maurice.

— Eh bien ! moi je m'en occuperai ; prête-moi l'appartement.

Ici Maurice fut désagréablement impressionné. — Il voulait bien renoncer à Hélène, mais il ne voulait pas que Richard la possédât.

Néanmoins, comme il craignait que celui-ci ne le mît encore en contradiction avec lui-même, en lui rappelant les excellentes raisons qu'il lui avait données pour n'aimer qu'une femme vierge ,

Il lui dit :

— Volontiers, je vais t'envoyer la clé.

— N'oublie pas mes lignes. répéta Richard.

— Ne crains rien. répondit Maurice.

Mais il eut soin d'oublier d'envoyer la clé.

XLVII.

Hélène cependant, cette nuit-là. ainsi que celle qui avait suivi sa première rencontre avec Maurice, avait refusé de recevoir Leyen dans son appartement.

Et Gabrielle avait partagé son lit ; c'était Gabrielle la seconde personne dont Maurice avait vu l'ombre sur le rideau.

Elle fit semblant de dormir pour pouvoir se livrer tout entière aux pensées qui lui gonflaient l'esprit et le cœur : elle aimait Maurice.

Elle ne le connaissait pas, mais elle l'avait deviné. et d'ailleurs leurs deux âmes avaient rendu un son — semblable au son de deux harpes, dit Schiller :

Harfentöne in einander spielen
In der himmelvollen harmonie.

« De deux harpes qui s'unissent pour une harmonie divine. »

Il suffit qu'une note ait retenti à l'unisson. pour qu'on sache que les deux instrumens sont d'accord. et prêts à s'unir

« Pour une divine harmonie. »

XLVIII.

Le comte Leyen fut investi d'une charge honorifique près de l'électeur ; il annonça à Hélène qu'elle le rejoindrait à la résidence un mois après qu'il y serait arrivé.

On commença tout de suite à s'occuper des préparatifs de son départ.

XLIX

Comment Maurice n'oublia pas les lignes à pêcher.

Les routes étaient assez mauvaises.

Maurice mit deux jours à arriver à M***.

En sortant de voiture, il demanda à dîner, et se dit:

— Il est assez désagréable de faire cent lieues dans un vilain pays.

Le pays n'était pas plus vilain qu'un autre; mais on pare de tant d'attraits le pays, la ville, la maison, la chambre où est la femme que l'on aime, qu'il ne reste aucun charme au reste du monde.

C'est pourquoi, continua Maurice, il faut ne rien oublier de ce que j'ai à y faire.

Et il écrivit sur un morceau de papier :

1° Aller chez mon avocat;
2° — chez mon avoué;
3° — chez mon huissier ;
4° — chez ma partie adverse ;
5° — chez mon oncle Holler;
6° — chez mon cousin Holler.

Ah diable! dit-il, et les lignes de Richard: il n'y a rien de si difficile à faire comme les choses peu importantes: — c'est ainsi que tel homme qui brave en souriant les plus grands malheurs, tombe sous la plus petite.

Et il mit *les lignes* en grosses lettres :

ACHETER DES LIGNES POUR RICHARD.

Puis il passa encore une demi-heure à chercher s'il n'oubliait rien.

— Allons, dit-il, pour ne pas oublier les malheureuses lignes, je vais commencer par elles.

Il s'informa de l'adresse du plus célèbre fabricant et se mit en route.

— Monsieur, vous emportez la carte.

En effet, c'était sur la carte du restaurant qu'il avait écrit ce qu'il avait à faire, il la rendit et continua son chemin.

Mais il avait mis tant de temps à chercher où il devait aller, qu'il trouva la boutique fermée: il était également trop tard pour faire ses autres visites, il rentra à l'hôtellerie, calcula qu'il aurait assez de quelques heures pour faire ses affaires, et retint sa place pour le lendemain à midi.

Le matin en se levant, il relit la liste qu'il avait faite la veille.

Voyons:

Il est sept heures, le temps de m'habiller, une heure;

Il sera huit heures.

Aller chercher les lignes, une demi-heure;

Aller chez mon avocat et causer avec lui, une demi-heure ;

Chez mon avoué, une demi-heure: c'est-à-dire, comme j'ai plus de choses à lui dire qu'aux autres, une heure;

Chez mon huissier, un quart d'heure;

Chez mon adversaire, une heure. — Là, on ne peut traiter l'affaire sèchement: il faut employer certaines formes;

Chez les Holler, une demi-heure.

Il me reste justement un quart d'heure pour revenir ici.

Ce sera une matinée bien pleine, et j'aurai fait en cinq heures plus de besogne que je n'en ai jamais fait en cinq mois.

La vie active n'est pas sans quelque attrait, et peut-être est-elle, sous certains rapports, préférable à la vie contemplative.

Elle doit user l'homme moins vite.

Elle est plus conforme au vœu de la nature.

Si Fischerwald était là, il aurait mille citations à me faire pour me prouver qu'elle vaut mieux sous tous les rapports.

Quelle heure est-il?

Huit heures.

Diable! voici tous mes calculs dérangés.

Il faut recommencer et rogner.

Je ne mettrai qu'une demi-heure à ma toilette;

Un quart d'heure seulement pour aller chercher les lignes;

Trois quarts d'heure seulement chez ma partie adverse.

Quand il eut fini ce second calcul, Maurice s'aperçut qu'il avait encore perdu un quart d'heure à le faire; il se dépêcha tellement de s'habiller, qu'il y employa trois fois le temps qu'il y mettait d'ordinaire.

Puis il se mit en route.

— Commençons par les lignes, car je les oublierais.

Il arriva chez le marchand de lignes; il n'était pas à sa boutique, un voisin assura qu'il reviendrait dans un instant.

Maurice attendit, il ne fut de retour qu'au bout de vingt minutes.

— Monsieur, j'ai l'honneur de vous saluer, donnez-vous la peine de vous asseoir.

— Je vous remercie, je suis pressé.

— Je ne serai pas plus long-temps à servir monsieur quand il sera assis, et cela le reposera quelques instans.

— Que désire, monsieur?

— Des lignes, probablement, puisque je viens dans votre boutique.

— La réponse de monsieur est infiniment juste; si je demande cela à monsieur, c'est que je suis encore préoccupé de la cause qui me retenait dehors quand monsieur est arrivé. — Gardez donc votre chapeau. — Figurez-vous qu'un homme, il y a deux jours, entre ici. — Une bouteille de vin! — Mon ami, lui dis-je poliment, ce n'est pas ici un cabaretier. — Je ne suis pas ton ami, me dit-il; le seul ami de l'homme, c'est le bon vin, donne-m'en.

— Mon cher monsieur, repris-je, toujours très poliment, faites-moi le plaisir de regarder autour de vous, vous verrez que je suis fabricant de lignes et non pas marchand de vin.

— Alors, me dit-il, pêche-moi un poisson, et accommode-moi-le.

— Mon cher monsieur, dis-je, faites-moi le plaisir de passer votre chemin; dans l'état où vous êtes, vous seriez mieux au lit que partout ailleurs.

— Mon état vaut cent fois mieux que celui d'un malheureux marchand de lignes.

— Je voulus le mettre à la porte; il me frappa, et aujourd'hui, je l'ai fait paraître chez le juge; il ira huit jours en prison. C'est un vice bien honteux...

— Monsieur, dit Maurice, obligez-moi de me servir un peu vite, je suis extrêmement pressé.

— Quelles lignes désire monsieur?

— C'est une commission, et l'on ne m'a pas donné d'autres explications.

— Ceci devient embarrassant; car nous avons:

Les lignes à un et à plusieurs crins;

Les lignes en soie;

Les lignes en *racine;*

Les lignes en corde;

Les lignes en laiton;

Sans parler de trois cent trente hameçons différens.

Je vais cependant vous donner le genre de lignes qui s'applique au plus grand nombre de poissons possible. Le grand défaut de la plupart des pêcheurs est de s'exagérer la force nécessaire aux hameçons; avec les hameçons des lignes que je vais vous donner, on prendra :

Des ablettes;
Des éperlans;
Des goujons;
Des perches;
Des barbillons;
Des gardons.

Avec des hameçons pas plus gros, moi qui vous parle, j'ai pris une tanche, dont voici, au fond de ma boutique, le portrait d'après nature par un peintre de mes amis. C'est un garçon de talent et d'esprit, qui vient de faire un excellent mariage; c'est une histoire fort bizarre. Un jour il se rendait chez un parent...

— Pardon, monsieur, dit Maurice, mais des affaires...

— C'est trop juste : je vous disais donc que j'ai pris cette tanche, qui pesait sept bonnes livres, avec un hameçon pas plus gros que ceux que j'ai l'honneur de vous vendre; c'était par un grand vent, et avec bien peu d'espoir que je jetais ma ligne à l'eau; un homme du rang de monsieur, qui a reçu sans aucun doute une excellente éducation, ne peut manquer de savoir que le vent est extrêmement défavorable pour la pêche à la ligne.

Maurice se leva.

— Mais j'oubliais que monsieur est pressé. Dans quelle rivière monsieur se propose-t-il de pêcher?

— Je vous ai dit que ces lignes ne sont pas pour moi; la personne qui m'a chargé de les acheter demeure à A***.

— Très bien, cela me confirme dans l'idée de vous donner de fort petits hameçons; j'ai encore pêché, avec ces hameçons, un brochet énorme; il faut dire qu'ils étaient empilés sur un fil de laiton auquel moi seul jusqu'ici ai su donner toute la souplesse nécessaire.

— Mock, dit-il à son commis, va là-haut me chercher le cadre doré.

Mock se fit répéter l'ordre deux fois, puis revint dire qu'il n'avait pas trouvé le cadre.

Le maître s'emporta.

— Monsieur, dit Maurice, combien vous dois-je?

— Coquin, dit le maître, remontez de suite, ou plutôt j'y vais moi-même.

— Monsieur, dit Maurice...

Mais il ne put achever sa phrase, le marchand était monté.

Maurice allait s'enfuir sans les lignes, quand le marchand redescendit avec le cadre.

Comme il était couvert de poussière, il passa quelque temps à l'essuyer.

— Tenez, dit-il à Maurice, ce portrait est celui d'une femme qu'aimait beaucoup un de mes amis; cet ami était le propriétaire de l'étang où je pris ce brochet monstrueux, dont j'ai eu l'honneur de vous parler. Si je vous ai apporté ce portrait, c'était pour vous donner une preuve de ce que j'avançais : car je sais que les pêcheurs, comme les chasseurs, passent pour mentir aisément; et, en fait d'histoire de pêche, je ne raconte rien sans en donner immédiatement la preuve irrécusable.

Aussi ai-je un grand chagrin. J'avais fait peindre une perche fort grosse, que j'avais prise dans ce même étang; je donnai le portrait à mon ami : à sa mort, elle fut vendue; eh bien! un droguiste l'a achetée à vil prix et n'a pas voulu me la revendre, quelque prix que je lui en aie offert : cet homme du reste est un sot, comme on peut le voir à son crâne excessivement déprimé. Monsieur, quelle est votre opinion sur la phrénologie?

— Morbleu! monsieur, s'écria Maurice, dites-moi ce que je vous dois et laissez-moi partir.

Comme il sortait de la boutique, il entendit sonner une horloge, c'était onze heures.

— Allons! dit-il haut, je n'ai plus qu'une heure.

— Monsieur, dit un passant, cette horloge retarde d'un quart d'heure.

— Maudites lignes! s'écria Maurice, je n'aurai pas le temps de m'occuper d'autre chose.

Et il les jetta à terre, elles tombèrent dans une cave.

— Cependant, dit-il, si je ne puis m'occuper d'autre chose, au moins faut-il les emporter.

Quand on eut fait ouvrir la cave et trouvé les lignes, un homme passa en courant, il cherchait Maurice, la voiture n'attendait que lui.

— Il est assez ridicule, dit Maurice en montant en voiture, d'avoir fait cent lieues, dans le plus horrible pays, pour aller chercher des lignes à pêcher.

Remarquez que Maurice avait dit d'abord que le pays où il voyageait était un *vilain pays*.

Mais alors, au tort de n'être pas celui où était Hélène, il joignait celui d'être le théâtre d'une bévue de Maurice, et il le trouvait *le plus horrible pays*.

L

Où Maurice trouve d'excellentes raisons pour ne pas se présenter chez Hélène.

Comme la voiture marchait, Maurice. seul dans la partie où il se trouvait, se mit à penser, faute de mieux, et à raisonner avec lui-même.

— Au fait, dit-il quand il fut à quelques lieues de la ville, j'aurais mieux fait de laisser partir la voiture sans moi; je n'aurais perdu que le prix de ma place, tandis que ma négligence risque fort de me faire perdre mon procès, et conséquemment plus des deux tiers de ma très petite fortune.

Comment n'ai-je pas pensé plus tôt à cela?

Qui peut m'attirer si fort aux lieux que j'ai quittés il y a trois jours?

Est-ce Hélène?

Non, cette femme est comme toutes les femmes, et d'ailleurs...

Ici Maurice se répéta tous les argumens qu'il avait autrefois donnés à Richard, pour prouver qu'on ne peut aimer raisonnablement qu'une femme vierge, argumens que chacun est libre de retrouver au chapitre XIe de ce volume.

— Puis avec Leyen, se dit-il, elle est riche et accoutumée au faste et à la dépense; m'aimera-t-elle assez pour renoncer à ces habitudes? A-t-elle assez de noblesse dans l'âme pour y renoncer sans souffrir? car je ne pourrais la voir souffrir, j'aurais envie de la tuer.

Si elle me fait sans regret un pareil sacrifice, n'est-ce pas prendre un engagement sacré que de l'accepter? Si elle abandonne tout pour mon amour, mon amour ne doit-il pas remplacer tout ce qu'elle m'abandonne? ne suis-je pas à elle pour toute ma vie? C'est effrayant. Il me semble voir un torrent dans lequel je vais me plonger et qui va m'entraîner; je suis encore sur la rive, je puis encore ne pas entrer dans l'eau.

Il vaut mieux ne pas revoir Hélène.

Ici Maurice regarda sur la route et dit :

— Ces chevaux ne vont guère vite.

Et, continua-t-il, si Hélène n'abandonne rien pour moi, si elle ne sent pour moi qu'un goût passager, qu'elle veut satisfaire, si je m'avise de prendre un amour sérieux pour une femme qui ne m'aime pas, d'adorer une idole de pierre.

Je n'irai pas plus loin, je ne chercherai pas à la voir.

Postillon, dit-il, dormez-vous, ou craignez-vous d'user votre fouet? le chemin est magnifique, et les roues semblent rouler d'elles-mêmes.

Sais-je seulement, poursuivit-il, si elle a même pour moi ce goût passager? ne l'ai-je pas entendue approuver par son silence ce que sa compagne disait de moi?

Qui sait si elle ne s'est pas laissé séduire par les plumes que Richard m'a arrachées de l'aile, ou par la feinte originalité de Fischerwald?

Non, non, ce n'est pas à une fille entretenue que j'irai demander de l'amour; autant demander du miel aux frelons, on n'emporterait que des piqûres.

Comment? encore des genêts! nous ne sortirons pas de cette maudite forêt! il me semble que voilà une journée entière que nous sommes dedans. — Postillon, te serais-tu trompé de route?

— Monsieur, ce serait difficile, il n'y en a qu'une, et il y a huit ans que je dors, bois et mange sur cette route.

— Alors, mon ami, tu as de bien mauvais chevaux.

— Mais, mon maître, nous faisons deux lieues à l'heure; c'est, il me semble, fort raisonnable.

— As-tu un briquet?

— Un excellent briquet.

— Prête-le-moi.

— Maurice alluma sa pipe, fuma et s'endormit bercé par les vagues pensées que le tabac semble produire et emporter.

Au bout de quelques heures il se réveilla. On était à la couchée.

Le lendemain, il fut le premier levé, réveilla tous les voyageurs, gourmanda les palefreniers, aida à seller les chevaux, à les atteler, et ne permit à personne de déjeûner.

Puis aussitôt que la voiture roula, il se remit dans son coin, et se dit :

— C'est fini, il ne faut plus penser à Hélène.

Et il se déduisit si longuement une foule d'excellentes raisons pour ne plus penser à Hélène, que toute la journée fut employée à penser qu'il ne fallait plus penser à elle, — de sorte qu'elle ne cessa d'occuper son imagination.

Et de temps à autre il appelait le postillon.

— Ohé! postillon! pour toi cette pièce de 12 kreutzers, si tu presses un peu tes chevaux.

Et le pauvre Maurice eût été bien embarrassé si Richard se fût trouvé là, qui lui eût demandé : — Où est-ce donc, mon ami Maurice, que vous êtes si pressé d'arriver?

Est-ce près de votre père?

Ou près de moi?

Ou près du docteur Fischerwald?

Ne serait-ce pas près d'Hélène?

Près d'Hélène à laquelle il ne faut plus penser.

Maurice descendit dans la forêt, près de la maison de la vieille Marthe.

Elle dînait à sa porte, au soleil couchant.

LI

Rompre n'est pas reculer.
GRISIER.

Maurice, une heure après, était devant la porte d'Hélène. Comme il allait frapper, la porte s'ouvrit.

Hélène sortait à pied, suivie d'un domestique.

Elle s'arrêta.

— Soyez le bien-venu, monsieur Maurice, lui dit-elle, ma promenade peut se remettre.

Il faut dire que Maurice était venu pour passer près d'Hélène le plus long-temps possible. Mais son sourire, le son de sa voix, l'aspect de son corps souple et gracieux, de sa démarche noble et légère, l'émurent à un tel point qu'il ne pouvait respirer, et qu'il lui dit :

— Pardon, madame, j'arrive de voyage; mon retour chez moi est nécessaire. Je ne voudrais pas interrompre votre promenade; je venais seulement vous apporter cette branche d'églantiers que j'ai cueillie — où vous savez.

— Vous êtes bien bon, dit Hélène.

Elle regarda la branche, et, feignant de sentir une fleur, y déposa un baiser; des larmes roulaient dans ses yeux.

— Je ne sortirai pas, dit-elle.

Elle attendit un moment, pour voir si Maurice demanderait la permission de lui tenir compagnie.

Malgré lui, son émotion était loin d'avoir diminué. Il salua et partit. Hélène le regarda aller avec surprise. Il avait l'air de s'enfuir.

Il allait respirer.

Mais, pour ne pas s'avouer à lui-même son émotion ou sa timidité, il se dit : — J'ai bien fait, je ne la verrai plus.

Et il alla se coucher dans le logement qu'il avait loué vis-à-vis des fenêtres d'Hélène.

LII

Comment les petites choses font les grandes, si tant est qu'il y ait de grandes choses.

Maurice s'endormit en se confirmant dans ses intentions par tout ce qu'il put imaginer de plus fort et de plus irréfragable.

Le matin, Richard arriva, qui demanda ses lignes, et reprocha à Maurice de ne lui avoir pas laissé sa clé.

Maurice, qui craignait les observations malignes de Richard, et qui d'ailleurs avait tout à fait pris son parti, lui dit :

— Il y a long-temps que j'ai envie de voyager.

— Et tu vas voyager néanmoins.

— Je ne plaisante pas.

— Ni moi.

— Eh bien ! je ne connais rien de sot comme de passer sa vie là où l'on est né, semblable aux cygnes captifs sur nos étangs, tandis que les autres oiseaux de leur espèce voyagent dans les plaines de l'air, fuyant les bises glacées, et trouvant partout des ondes entourées d'herbes vertes, de *vergiss mein nicht* bleues, de nénuphars blancs ou jaunes, et ombragées de saules bleuâtres; partout un vent tiède et parfumé pour enfler leurs ailes entr'ouvertes.

— Qu'adviendra-t-il de l'envie que tu portes aux oies et aux canards sauvages?

— Avant de vous répondre, ami Richard, permettez-moi de vous convaincre d'absurdité et de niaise intolérance.

— Comme chaque oiseau a son envergure, chaque homme a ses limites qu'il ne dépasse guère.

Chaque homme a son cercle d'idées et de sensations, et chaque homme est bien tant qu'il reste dans sa sphère; mais malheureusement, beaucoup, et je suis forcé de vous comprendre dans cette classe, méprisent ou nient les idées et les sensations qui se trouvent en dehors de leur cercle, persuadés qu'ils aiment à être qu'ils sont ce que la nature a créé de plus accompli; qu'ils sont le type le plus parfait de l'homme, et que les autres sont plus ou moins bien, à proportion qu'ils s'approchent plus ou moins de leur ressemblance; si vous n'avez pas leurs défauts, ou leurs ridicules, ou leurs vices, ils vous croient mutilé; si vous avez du talent ou du génie plus qu'eux, ils vous considèrent comme affligé de quelque superfluité, telle qu'un goître ou une gibbosité; il me semble voir un aveugle-né nier les couleurs et traiter d'infirmes ceux qui voient clair. Un orateur sacré a dit : « Personne ne se contente d'être fou, mais veut faire partager sa folie aux autres. »

— Tu n'es ni modeste ni flatteur, dit Richard; peut-être faudrait-il examiner quel est le fou de nous deux.

— Probablement tous les deux, reprit Maurice; mais moi, je te laisse ta folie sans te la prendre ni vouloir t'en priver et la retrancher de toi comme on émonde les branches stériles.

Si je t'entretiens de mes idées et de mes projets, c'est le plus souvent pour me les expliquer plus clairement à moi-même.

Car, lorsqu'on se laisse aller aux charmes de la rêverie, les pensées voltigent à peine dessinées, et glissent devant les yeux comme de légères vapeurs chassées par le vent; mais, quand je veux communiquer ces pensées, il faut que je les arrête, que je les fixe devant mes yeux, assez long-temps pour bien saisir leurs formes et les traduire en langage humain.

Revenons à mes projets.

J'ai le cœur et l'esprit vides.

Il me semble que j'ai dévoré et ruminé tout ce qui alimentait ma vie, et que je suis semblable à une lampe qui va s'éteindre faute d'huile. Il me faut de nouvelles choses et de nouvelles sensations; il y a d'autres cieux, d'autres végétations, plus poétiques, plus riches. En Amérique, les arbres ont des feuilles larges assez pour cacher un homme; des arbres hauts comme nos collines; les oiseaux ont d'autre plumage et d'autres chants; les fleuves semblent n'avoir qu'une rive, tant ils sont larges; la terre est couverte d'une autre herbe et parée d'autres fleurs; le vent porte d'autres parfums.

Les forêts sont habitées par des animaux inconnus à nos climats; là, tout est plus grand et plus éloquent; là, les orages sont vraiment la voix d'un Dieu irrité; des nuages cuivrés recèlent un tonnerre plus meurtrier; les hommes ont une autre couleur et d'autres passions.

Sous ce ciel, j'irais recommencer la vie, je retrouverais ces douces sensations de ma première enfance, ces sensations semblables à celles du premier homme essayant la vie; mon âme retrouverait sa virginité.

Je veux aller en Amérique.

Tout en parlant ainsi, Maurice s'était approché de sa fenêtre; il avait pris la ferme résolution de ne pas se montrer, mais il voulait savoir si son absence était remarquée.

Pauvre Maurice! c'est une faible résolution que celle qui n'est inspirée que par le dépit.

Arrivé à la fenêtre, il entr'ouvrit le rideau, et resta les yeux fixés sur les fenêtres d'Hélène; sans doute quelque chose occupa entièrement ses yeux et son esprit, car il oublia la présence de Richard, et resta un quart d'heure sans parler : quand il se retourna Richard était parti.

Maurice en fut ravi et se remit à la fenêtre.

Voici ce qui se passait à la fenêtre.

Hélène elle-même mettait dans l'eau fraîche la branche d'églantier que lui avait donnée Maurice.

Elle coupait avec des ciseaux l'extrémité inférieure de la branche, et la brûlait à la bougie avant de la mettre dans l'eau, c'est-à-dire prenait tous les soins connus pour conserver long-temps cette fleur, comme on fait à l'égard d'un bouquet donné par une main chère.

Maurice, qui ne s'était donné tant de peine pour découvrir des raisons de fuir Hélène que parce qu'il trouvait ou croyait trouver des obstacles à se faire aimer d'elle, perdit de vue ses meilleures raisons et ouvrit la fenêtre — *pour prendre l'air.*

Un mendiant passait : Maurice lui jeta quelques groschens.—Hélène jeta de l'argent au même pauvre.

Maurice sentit une émotion extraordinaire; il comprit ce qu'il y avait d'amour dans l'idée d'Hélène de s'unir ainsi à lui pour un acte de bienfaisance et d'humanité.

Tous deux ne s'étaient pas encore regardés.

Maurice avait jusque-là baissé les yeux sur les gens qui passaient dans la rue.

Hélène n'avait pas ôté les siens de la branche d'églantier.

Néanmoins, aucun n'avait rien perdu des mouvemens de l'autre, car lorsque Maurice, ajournant probablement son départ pour l'Amérique, salua Hélène, Hélène lui rendit son salut comme si elle l'eût attendu depuis long-temps.

C'est pourquoi si nous avions à refaire le présent chapitre, ou si nous n'avions pour effacer une répugnance presque invincible, nous l'intitulerions :

Comment Maurice partit pour l'Amérique, et n'alla que jusqu'à sa fenêtre.

Maurice s'endormit, etc. . . . .
. . . .

LIII.

Maurice mit promptement son habit et son chapeau, et emporta sa cravate, qu'il attacha en descendant l'escalier.

LIV.

On annonça Maurice. Hélène le reçut comme si sa visite eût été l'accomplissement d'une promesse. On approcha un fauteuil, mais Hélène fit une place à côté d'elle sur le divan ; Maurice s'assit et lui dit :

— Ma visite est un peu brusque : j'ai à vous parler.

Hélène répondit par un sourire gracieux et engageant.

Maurice continua :

— Je ne ferai pas d'exorde, je n'emploierai ni détours, ni précautions oratoires ; je vous crois capable de me comprendre.

— Voici déjà l'exorde et les précautions oratoires, dit Hélène.

— Ecoutez-moi, continua Maurice, sans remarquer le sourire d'Hélène, j'ai remarqué qu'il y avait en nous quelque chose d'homogène...

— Oh ! monsieur, dit Hélène, vous êtes trop savant.

Maurice ne comprit pas qu'Hélène ne l'interrompait ainsi que pour prendre une contenance et cacher le trouble que lui causaient ses paroles.

Il lui prit la main.

— Ne m'interrompez pas ; nos âmes sont sœurs, il doit y avoir entre elles un lien quel qu'il soit. Je vous demande une affection : amour ou amitié, il me faut une affection de vous.

— Et, dit Hélène, en fixant sur Maurice ses grands yeux, où cette fois il n'y avait plus de sourire, que me donnerez-vous en échange ?

— Mon amour, mon âme, ma vie.

— Si je vous connais bien, comme je le crois, vous m'offrez beaucoup.

— Si vous ne pouvez, poursuivit Maurice, m'aimer de toute votre âme, comme un amant, aimez-moi comme un ami, comme un frère : loin de vous, je sens comme une mutilation, je ne respire pas bien dans l'air auquel votre haleine ne s'est pas mêlée ; la nature est morte partout hors de l'horizon que peuvent parcourir vos regards.

— Mon amitié ! monsieur, dit Hélène, — répondant seulement aux premiers mots de Maurice, qui l'avaient assez frappée pour l'empêcher d'entendre le reste, — mon amitié ! me conseillez-vous donc de partager ainsi mon âme, et pensez-vous que ce soit trop de l'âme tout entière pour l'amour ? Si j'aime un homme, je veux me donner tout entière à lui : je veux garder pour lui mes pensées, mes regards, mon haleine : je n'ai rien pour l'amitié ; je ne vis plus pour le reste du monde.

Maurice pâlit.

— Aimez-vous donc quelqu'un ? dit-il ; et il attacha ses yeux mordans sur ceux d'Hélène.

— Je le crois, dit Hélène, si c'est aimer que de ne plus trouver son cœur dans sa poitrine, et de le sentir battre dans la poitrine d'un autre.

Si c'est aimer que de n'avoir plus d'yeux que pour lui, plus d'oreilles que pour lui ; de voir ses traits devant moi le jour et la nuit ; de ne voir que lui, même quand je me regarde dans mon miroir ; de n'entendre, quand d'autres parlent ou exécutent une musique harmonieuse, que sa voix pénétrante ; de ne me souvenir de rien, que de quelques paroles que je lui ai entendu prononcer.

— Madame ! madame ! dit Maurice avec une voix sévère et un regard sombre, vous jouez là un jeu cruel pour moi et dangereux pour vous, de m'ouvrir ainsi votre âme si ce n'est pas moi que vous aimez.

— Aussi, dit Hélène, est-ce vous que j'aime.

. . . .

Après ces paroles, elle avait caché son visage dans ses deux mains, et sur les coussins du divan, et des larmes abondantes s'échappaient de ses yeux.

Maurice s'était jeté à terre et baisait ses genoux et ses pieds.

Après un long silence, Hélène lui dit :

— Allez-vous-en, revenez plus tard, j'ai besoin d'être seule.

— Quand reviendrai-je? dit Maurice, qui, autant qu'Hélène, désirait être un peu abandonné à ses pensées.

— Je me mettrai à la fenêtre.

LV

Corollaire du Chapitre LII. — Une Parenthèse. — L'Auteur avoue sa secrète ambition.

Comme nous écrivions le LIIe chapitre de ce volume, et que nous rapportions comment Maurice gourmanda Richard, il nous vint en l'esprit, à propos de quelques paroles échappées au premier, un souvenir que nous voulûmes mettre entre deux parenthèses, de sorte que nous traçâmes sur le papier ce signe menaçant (—mais nous pensâmes aussitôt que notre parenthèse serait infiniment trop longue, et nous prîmes le sage parti de la réserver pour un autre moment.

La voici :

(— Feu madame de Genlis, entre autres prétentions, avait celle assez étrange d'avoir *inventé* la rose mousseuse.

Il faut dire à ceux qui ne connaissent pas la rose mousseuse, que c'est peut-être la plus belle variété de rose, après l'églantine.

Son bouton est couvert d'une fine mousse verte, et quand la rose sort de ce bouton, elle étale au soleil la plus fraîche nuance de rose qu'on puisse voir.

Madame de Genlis ne s'arrêta pas en si beau chemin, elle voulut inventer encore, et dans un livre intitulé *Maison rustique*, elle apprit au monde trois choses :

L'art de fricasser les citrouilles ;

Que J.-J. Roussau n'a rien fait qui vaille ;

Et enfin, la manière de faire naître des *roses noires* et des *roses vertes*.

Un horticulteur de nos amis lut par hasard la *Maison rustique*, et se mit dans la tête d'avoir des *roses vertes* et des *roses noires*.

Il suivit religieusement les conseils de son auteur.

A savoir : fit transporter en bonne terre

Un houx,

Un cassis;

Puis greffa en écusson sur l'un et sur l'autre *sujet* un rameau de rosier blanc, entoura sa greffe d'étoupe, enferma le houx et le cassis d'un treillis d'épines, défendit sévèrement à sa femme et à ses enfans de fréquenter cette partie du jardin — et attendit.

Or, il fallait le voir avec son air mystérieux et capable, quand il annonçait à ses amis qu'il aurait prochainement à leur montrer quelque chose *qui méritait quelque attention*.

L'hiver se passa.

Comme l'exemplaire de la *Maison rustique* qu'il possédait était le seul qui fût dans la ville, il déchira la page où était enseigné le grand secret.

Car pour l'horticulteur il ne suffit pas de posséder, il faut que les autres ne possèdent pas. Un fleuriste de Harlem avait une tulipe. Il passait des journées à contempler sa tulipe.

Chaque jour il y découvrait de nouvelles nuances et de nouvelles beautés.

Quand la fleur était passée, il la déterrait, débarrassait la bulbe des petits cailloux qui l'entouraient, la plaçait dans un endroit sec, et passait l'hiver dans l'espoir du printemps.

Un jour, un autre fleuriste auquel il avait montré sa tulipe lui apprit que la pareille existait à Paris, au faubourg du Temple.

La vie de notre homme fut dès lors empoisonnée. Sa tulipe avait perdu tous ses attraits.

Il partit pour Paris, paya la tulipe trois mille francs, l'écrasa sous ses pieds, et revint heureux.

La sienne était unique.

L'horticulteur, notre ami, vit donc arriver avec une satisfaction inusitée le mois de mai, *le mois des roses.*

Il faut faire tapisser à neuf le petit salon, dit-il à sa femme, il viendra du monde voir mes roses, il faut les recevoir décemment.

Un de ses voisins vint le trouver qui lui dit : Il m'est fleuri une oreille d'ours qui mérite votre suffrage.

Je ne méprise pas *l'oreille d'ours*, dit notre ami. — Mais son voisin s'aperçut qu'il prenait avec lui un ton de supériorité qui ne lui était pas ordinaire.

Au commencement du mois de juin,

Le cassis produisit d'excellent cassis;

Le houx, de superbes feuilles de houx.

Soit dit sans manquer au respect que nous professons pour les horticulteurs.)

S'il nous est resté une passion, c'est pour la campagne, pour l'herbe, le vent, le soleil, les arbres et les fleurs.

Nous avons d'abord aimé tout cela par instinct, puis par sagesse. La nature est une bonne amie. Toujours la même, toujours belle.

Et un jour, *si quis Deus hæc otia fecerit*, nous deviendrons horticulteurs, et nous serons peut-être assez heureux pour donner, nous aussi, notre nom à une rose ou à un œillet.

Après avoir vécu et étudié la vie, c'est le seul désir de gloire qui nous soit resté.

Nous n'avons pas désiré le sort d'Alexandre,

Mais nous portons quelque envie à M. Soyer, qui, vieux aujourd'hui, et presque aveugle, sait qu'il n'y a pas en Europe un horticulteur qui ne se fasse un devoir de ranger dans sa collection l'œillet feu Soyer.

Voici pour l'avenir notre ambition. Il est bon de la faire connaître. Elle ne gêne celle de personne ; la terre, l'eau, l'air et le soleil se chargeront de perpétuer notre gloire, et les jeunes filles nous devront les bouquets qui embaumeront leur chevelure.

DEUXIÈME PARTIE.

I

La nuit au Jardin.

> Il l'écoute, non pour ce qu'elle dit, mais pour sa voix.
>
> FRÉDÉRIC SOULIÉ.

Il y avait dans le jardin d'Hélène une sorte de tonnelle, fermée par quatre ou cinq grands acacias, qui mêlaient par le haut leurs branches mobiles, leur feuillage étroit et découpé... et déjà jauni par le soleil du mois de juin. Entre les acacias, des lilas d'un vert sombre fermaient de leur feuillée épaisse les espaces vides. Un houblon serpentait autour d'un acacia, et étendait ses branches et ses feuilles semblables à des feuilles de vigne, mais, d'un vert presque noir, sur les arbres voisins, — trois ou quatre chèvrefeuilles grimpaient aussi dans les arbres, et retombaient en guirlandes parfumées.

Par l'entrée étroite laissée à la tonnelle on ne voyait rien, si ce n'est, à trente pas environ, un rideau de peupliers serrés les uns contre les autres, et se balançant au moindre vent. Devant les peupliers, quelques saules au feuillage bleu servaient à masquer entièrement la vue.

Dans l'espace compris entre les peupliers et la tonnelle, il n'y avait rien que de l'herbe, qui cachait presque entièrement un petit ruisseau, de telle sorte que les yeux ne voyaient que de la verdure, mais variée de toutes les formes et de toutes les nuances. — Seulement le liseron grimpait après les joncs les plus élevés, et étalait ses grandes cloches blanches, — une sorte de plante marine, dont le nom nous est inconnu, élançait une touffe de verges vertes, terminées par un épi de fleurs violettes, qui se découpaient avec une inconcevable richesse sur le fond vert de l'horizon.

Nous aimons les horizons bornés; un horizon trop vaste nous écrase et nous rend trop petits à nos propres yeux : vis-à-vis d'un horizon semblable à celui de la mer, on est saisi par l'idée du vague et de l'infini, et les pensées se pressent, rapides, vagabondes, sans se présenter sous aucune forme convenue et dont on puisse se servir pour les communiquer. Il nous serait impossible de travailler, ou même de méditer sur un seul sujet avec un horizon aussi vaste ; notre imagination alors s'échappe et s'étend jusqu'aux bornes plus larges qui lui sont permises — et les rênes dont nous nous servons d'ordinaire pour la maintenir sur tel ou tel sujet perdent promptement de leur force par la longueur qu'il faut leur donner, ainsi qu'il est connu en physique, et ne tardent pas à être rompues.

Maurice et Hélène sont assis sous la tonnelle, près l'un de l'autre, les mains dans les mains, les yeux sur les yeux.

Jusqu'ici ils ont parlé de choses presque indifférentes ; il fait trop jour encore — derrière les peupliers, à travers leur feuillage, immobile alors, — car le vent se tait en même temps que les oiseaux, à l'heure majestueuse où le soleil se couche — on voit encore une bande d'un or pâle ; au dessus pèsent tristement des nuages gris ; au dessus des nuages gris le ciel est bleu-clair et parsemé de petits nuages blancs en légers flocons. Mais au zénith, le ciel est d'un bleu sombre et presque noir, et à l'horizon opposé, sur un fond noir commencent à scintiller les étoiles encore blanches.

C'est ce moment rapide, difficile à saisir, où le jour et la nuit se partagent notre horizon, le jour à l'ouest, la nuit à l'est; la nuit s'avance et gagne du terrain, et à mesure que le ciel noircit, les étoiles se multiplient à l'infini, et perdent leur clarté blanchâtre, pour en prendre une plus intense et plus bleue.

Maurice et Hélène parlent peu, et chacun d'eux aimerait mieux ne pas parler du tout, tant est puissante l'influence de cette heure, où l'eau même semble rouler plus doucement sur le gravier, où l'on ne peut s'empêcher de parler plus bas, tant l'homme a peu de force contre le bonheur et s'en laisse écraser. S'ils disent quelques mots, c'est que ce ravissement inexprimable du cœur, qui se replie et se renferme dans la contemplation de son bonheur, chacun d'eux ne sait pas que l'autre l'éprouve seul, et qu'il doit s'efforcer de le traduire en langage humain, pour le faire partager à l'autre.

Ces paroles inutiles, si pâles, si décolorées, ne sont qu'un effort impuissant que fait l'homme dans ces momens où l'amour lui fait entrevoir un bonheur plus grand que la nature ; il voudrait confondre ainsi ses sensations avec celles de la femme qu'il aime ; il voudrait réunir les deux âmes, il voudrait que chacun pût jouir de son bonheur et de celui de l'autre, et s'identifier ensemble, se perdre l'un dans l'autre, comme deux gouttes d'eau, comme deux flammes.

Mais alors, comme l'ange déchu, c'est aux attributs de Dieu qu'il ose prétendre, en voulant confondre avec soi l'objet de son amour, en voulant tout renfermer en soi.

Ou peut-être, parcelle de la divinité, comme tout ce qui est, il aspire à se réunir aux autres parcelles.

Désir qui suit l'homme partout, et qui se manifeste dans tous ses amours, dans tous ses bonheurs, dans toutes ses souffrances.

Quand l'homme aime et désire la femme, quand il contemple le ciel et le soleil, quand il s'enivre du parfum des fleurs et du feuillage, ce sont autant d'amours qui tendent au même but, à se compléter, — comme les tronçons séparés du serpent tendent à se réunir.

Car on dit Dieu est partout, il fallait dire Dieu est tout — Dieu est l'air et le soleil, et les arbres et les fleurs, et les hommes, et les terribles lions, et les crocodiles du Nil, et le vent, et les parfums que le vent recueille dans les prairies le soir.

Dieu est à la fois l'étoile qui brille au ciel et le ver luisant qui brille dans l'herbe.

Dieu est aussi cette herbe et les violettes qui l'embaument, ainsi que les cèdres du Liban et les plus hautes montagnes.

Dieu renferme tout dans son sein, et surtout tous les amours; ces amours si multipliés, dont chacun est si fort pour nous qu'il nous écrase, — ces amours des papillons qui font ensemble frémir leurs ailes, et ressemblent à des églantiers dont les pétales se doublent par les soins du jardinier, — ces amours de fleurs qui se fécondent en mêlant leurs parfums, — ces amours des tigres qui rugissent et se donnent avec leurs dents blanches et aiguës des baisers sous lesquels le sang ruisselle, — ces amours harmonieux des oiseaux — et ainsi des *demoiselles* qui, semblables à des saphirs, à des topazes, à des émeraudes vivantes, se poursuivent et se caressent, emportées par le vent sur leurs frêles ailes de gaze.

Dieu a tout cela en lui, — Dieu est tout cela.

Et l'homme est une parcelle de Dieu; et dans les momens où l'amour le grandit, alors ses yeux un instant s'ouvrent à la grandeur de Dieu, il la comprend, il la désire; mais bientôt cet éclat trop fort l'étourdit, lui fait fermer les yeux, et il retombe comme foudroyé, et il reste ce qu'il était — parcelle de Dieu — sans avoir la conscience de ce qu'il est.

Nous ne vous dirons pas ce qu'éprouvèrent Maurice et Hélène dans cette soirée; si vous avez des souvenirs, éveillez-les en vous représentant leur situation.

La nuit obscure, les arbres et leurs feuilles noires, parmi lesquelles brillent les étoiles, l'air embaumé, la solitude, le silence et l'amour qui embellit tout cela, comme le soleil qui donne à tout la couleur, le mouvement et la vie.

II

Il s'éleva un vent frais. Hélène eut froid et demanda à rentrer. Maurice fut choqué qu'elle s'aperçût de cette incommodité; lui qui fût resté toute la nuit sur le pic d'une haute montagne, couché sur la neige, sans savoir qu'il fît froid, pourvu qu'Hélène fût auprès de lui.

Il sentit qu'il fallait la quitter, et, comme elle s'appuyait sur son bras pour traverser le jardin, il marchait le plus lentement possible; de temps à autre, s'arrêtait pour la regarder, soupirait, et recommencait à marcher.

— Pourquoi nous quitter ce soir? pensait-il. Elle m'aime, elle est à moi; pourquoi nous séparer quand nous sommes si heureux ensemble!

Cependant, il ne voulait rien dire, car, s'il eût demandé à Hélène à rester près d'elle, et qu'elle l'eût refusé, ce refus l'eût profondément blessé, et d'ailleurs tant qu'il n'avait rien demandé, il pouvait espérer ce qu'il désirait; en parlant, il craignait d'avoir trop tôt la certitude d'une séparation qui lui était si douloureuse.

Il attendait, et cependant tirait du moindre mouvement d'Hélène des inductions favorables ou contraires. Il remarquait si le côté de l'allée qu'elle prenait était plus près de la maison ou plus près de la porte qui conduisait dehors; — en approchant, un léger frisson d'Hélène fut par lui interprété de deux manières différentes.

Elle partageait son regret de cette séparation.

Ou elle éprouvait cette émotion mêlée de crainte que toute femme ressent au moment de s'abandonner aux caresses de l'homme même qu'elle aime le plus.

Comme ils étaient arrivés au pied de l'escalier de pierre qui conduisait à la maison, Maurice s'arrêta, serra la main d'Hélène, et les yeux fixés sur les siens, avec un regard suppliant, il ne prononça qu'un mot :

— Hélène!

Mais, dans ce mot, il y avait et l'aveu de ses craintes et de ses désirs, et une prière éloquente.

— Qu'avez-vous? dit Hélène.

— Faut-il nous séparer? dit tristement Maurice.

— Et pourquoi? dit-elle; me croyez-vous une femme coquette et sotte qui, considérant comme une défaite le moment où elle se donne à son amant, le retarde par mille petits artifices, et se donne en détail, aujourd'hui la main, demain les joues, ensuite le cou, puis les lèvres!

Pour de telles femmes, l'amour n'a pas d'excuse, puisqu'il est si peu puissant qu'il leur permet de semblables gradations; ce sont d'ignobles créatures qui donnent facilement leur âme et marchandent pour donner leur corps.

Du moment où je vous ai dit: Je vous aime! j'étais à vous, mon corps et mon âme, ma vie tout entière. Vous appartenir est un triomphe pour moi autant que pour vous, loin de refuser de vous donner quelque chose, je voudrais être plus belle ; je voudrais réunir en moi les charmes de toutes les femmes, non par vanité, mais pour te donner plus de plaisirs : je ne mettrai pas ma gloire à te résister, mais à t'appartenir, mais à te voir heureux. Quand je t'aurai tout donné, je gémirai de t'avoir tout donné... mais parce que je n'aurai plus rien à te donner. Cherche, imagine, invente des bonheurs que je puisse faire pour toi, et ce sera moi qui serai heureuse et fière, et qui te remercierai.

Ils entrèrent dans la maison ; Maurice marchait en suspendant ses pas pour empêcher le parquet de crier. Une femme de chambre entra. Maurice voulut se lever pour qu'elle ne le vît pas ; Hélène le retint doucement et donna quelques ordres sans aucun embarras.

On servit une collation ; puis Hélène passa dans un cabinet où une autre femme la déshabilla ; ensuite elle entra avec Maurice dans sa chambre à coucher. La femme de chambre plaça les bougies et se retira.

Maurice ne comprenait pas qu'Hélène ne prît pas plus de précautions. Il s'attendait à entrer la nuit mystérieusement, par dessus les murailles, et c'était à la connaissance des domestiques qu'il passait la nuit dans la chambre d'Hélène.

Les bougies s'éteignirent, et la chambre ne fut plus éclairée que par la clarté douteuse que jetait la lampe d'albâtre suspendue au plafond.

III

> Nous ne sommes pas ici pour nous amuser, — mettons-nous à table.
>
> ÉDOUARD FERRY.

Il y a certaines choses que nous regrettons des temps qui nous ont précédé.

Ce n'est
Ni la poudre,
Ni les paniers,
Ni les culottes,
Ni les boucles d'or aux souliers,
Ni les épagneuls,
Ni les carlins,
Ni les petits vers sous la régence et sous Louis XV,
Ni les grands vers, sous Louis XIV et sous Napoléon-le-Grand ;
Nous regrettons les soupers.

Les autres repas sont la satisfaction d'un besoin, le souper seul est un plaisir. Il n'y a rien qui trouble le souper. On peut souper sans souci, et avec une entière nonchalance de corps et d'esprit. Au moment où vous soupez, la maison est close ; elle ne s'ouvre ni aux importuns, ni aux huissiers ni aux parens. — Le reste de votre journée est renfermé avec vous ; — vous n'avez plus à sortir, votre plaisir n'est pas empoisonné par les affaires qui vont suivre, vous vous réjouissez à la fois d'être sorti des tracas de la journée et d'entrer dans votre lit.

Et vous pouvez ôter votre cravate.

Ainsi nous soupons — et nous prions nos deux ou trois amis de venir quelquefois souper avec nous.

Nous ne leur promettrons pas, comme Horace « A Mécène, chevalier romain, » un vin mis en bouteille à l'époque où ledit Mécène fut par trois fois salué des applaudissemens du peuple.

Nous excluons de nos soupers toute idée de politique, de gloire ou d'ambition.

Ils auront, comme dit l'Allemand :

Ein gericht und in frundlieh gesicht,

Un seul plat et un visage ami.

Et encore, de bonnes causeries sortant de cœurs ouverts ; de gais et de tristes souvenirs ;

— Des pipes, — et du tabac, dont il ne nous appartient pas de faire l'éloge — à discrétion.

IV

Que les riches peuvent passer. — Où il se dit des choses profitables aux gens qui ont peu de fortune, et aux gens qui n'en ont pas du tout.

Richard trouva Maurice très occupé, ayant devant lui du papier, de l'encre et une plume — qu'il taillait depuis une demi-heure.

— Mon procès est perdu, dit Maurice ; tes lignes à pêcher me coûtent précisément, y compris les frais de justice et les dépenses de la route, 15,600 florins 30 kreutzers, et qui pis est, la plus ennuyeuse journée de ma vie que j'ai passée à *** pour les aller chercher. Je suis en train de calculer ce qui me reste pour vivre après la perte dudit procès ; mais je ne connais au monde rien d'aussi fatigant et d'aussi difficile que de compter. On dit que dans l'état social on doit se rendre utile ou agréable ; tu ne peux guère m'être agréable en ce moment, mais tu peux m'être utile.

Je vais établir mon actif et mon passif, tu me feras les additions et les soustractions.

Richard prit la plume. Maurice fouilla dans un tiroir dont il tira plusieurs mémoires passifs.

— Je dois :

A mon tailleur, 418 florins ;

A mon bottier, 157 florins 20 groschens ;

A mon chapelier, 60 florins ;

A Josué l'usurier, 2,450 florins ;

Pour intérêts de ladite somme, 4,900 florins ;

Pour frais de poursuites exercées contre moi, 2,450 florins.

— C'est à peu près tout, dit Maurice en finissant le dernier papier.

— Passons à l'actif, dit Richard.

— Passons à l'actif dit Maurice.

Il s'écoula dix minutes, après lesquelles Richard dit :

— Tu sais que je t'attends.

— Ecris en grosses lettres *actif*.

— C'est fait.

— Bien.

— Après ?

— Après? Attends un peu je cherche.

Quelques minutes s'écoulèrent encore.

— Mais, dit Maurice, tu n'as pas fait l'addition du passif.

— Je vais la faire.

Ton passif se monte à 10,435 florins 20 groschens.

— Ah ! ah! il faut maintenant que je t'explique pourquoi je fais ce travail. Je ne veux pas te faire travailler sans te dire ce que tu fais, et les causes de ce que tu fais, ainsi que l'on en use à l'égard d'un mercenaire.

— Et avec d'autant plus de raison, répliqua Richard, que probablement je travaille gratis.

— Voici mes raisons, dit Maurice, qui le plus souvent ne daignait guère écouter ce que disait Richard.

— D'abord, je pose comme maxime fondamentale cet axiome :

Il faut être riche.

— Bien commencé, dit Richard.

Maurice poursuivit sans remarquer ou peut-être sans entendre cette interruption.

Il faut être riche.

J'entends par être riche, vivre sans aucune privation : c'est-à-dire — tenir un équilibre juste et constant entre ses besoins ou de ses désirs, et les moyens de les satisfaire. — En effet, la vie de privations est intolérable, quand on regarde, autour de soi, avec quel luxe et quelle apparente prodigalité procède la nature.

Les chèvres, les hommes et les chenilles vertes qui, plus tard, se transforment en papillons blancs, mangent les choux. Peu parviennent à monter en graines; quand ils sont en graines, les oiseaux en mangent une partie, et cependant les choux ne manquent pas de se multiplier, et l'espèce n'en manquera pas. On cueille en fleurs une partie des cerisiers ; la plus grande partie des noyaux, c'est-à-dire, des graines destinées à la reproduction, est anéantie ou plutôt détournée de sa destination naturelle et on en a fait du kirschenwasser. L'espèce des cerisiers ne paraît cependant pas diminuer, et le vent qui traverse la forêt Noire emporte encore au printemps le parfum amer de leurs fleurs.

Tandis que dans notre état de société, l'homme qui a prétendu tout perfectionner ne peut vivre sans vendre une partie de sa vie pour acheter sa subsistance. Les hommes mêmes qui passent pour riches ne prévoient ni leurs caprices, ni des besoins nouveaux, et quelle que soit leur fortune, ils ont tellement agrandi leurs besoins qu'ils n'ont que justement de quoi les satisfaire; tandis que — pour avoir assez il faut avoir trop.

C'est pourquoi lorsque je dis : il faut être riche, j'entends deux manières de le devenir. Quand on ne l'est pas ou par droit de conquête ou par droit de naissance.

Le premier est d'augmenter son revenu jusqu'à ce qu'il se trouve en équilibre avec les désirs et les besoins.

C'est le plus commun, le plus difficile, et le seul que l'on essaie.

Le second est de diminuer ses besoins et ses désirs, jusqu'à ce qu'ils se trouvent en équilibre avec le revenu.

Ce moyen est simple, facile, et personne n'y pense.

Le premier moyen est connu de tout le monde : il faut se faire négociant, voleur, héritier, ou homme politique incorruptible. Je ne parlerai que du second.

Des dépenses que fait un homme, il faut retrancher :

1° Les dépenses qui ne sont pas pour lui ;

2° Les dépenses qui, étant pour lui, ne contribuent cependant en rien à son bonheur ni à ses plaisirs;

3° Les dépenses qui, étant pour lui, et contribuant sous certains rapports à ses plaisirs, ne donnent cependant pas de plaisirs qui puissent balancer le travail et la sollicitude auxquels il faut se condamner pour les acquérir :

4° Examiner si des plaisirs réels, et rachetant bien le travail qu'ils coûtent, peuvent se remplacer par des plaisirs gratuits et alors faire cette substitution.

Par exemple :

Nous allons procéder par ces retranchemens sur mon passif que nous allons mettre en regard avec la pension annuelle que me fait mon père.

10,435 florins 20 groschens.

1,000 florins.

La différence est de 9,435 florins 20 groschens.

— Tu as fait cette soustraction, dit Richard, avec une rare habileté; mais, comme dans l'année qui s'est écoulée il faut compter les 1,000 florins de ton père, que probablement tu n'as pas enfouis, il faut mettre en regard de cette somme de 1,000 florins 11,435 florins 20 groschens que tu as dépensés dans l'annné.

— Tu as raison; donc ma différence se trouve de 10,435 florins 20 groschens.

Retranchons les dépenses inutiles de la première espèce.

Si je n'avais voulu briller aux yeux des autres, il m'eût suffi, pour me vêtir pendant toute l'année, de deux sarraux, l'un de toile, l'autre de drap, et de deux pantalons, le tout pour 30 florins.

De gros souliers, deux casquettes de cuir m'eussent coiffé et chaussé toute l'année, 30 florins.

L'argent de Josué a été employé en soupers, en gants, en voitures, en fantaisies; les fantaisies et les soupers appartiennent aux dépenses de la première espèce; les voitures à celles de la troisième espèce, c'est-à-dire aux dépenses qui, contribuant en quelque sorte à nos plaisirs, ne donnent pas des plaisirs tels qu'ils balancent la sollicitude qu'ils coûtent. Retranchons l'argent de Josué. Ensuite, pour mon logement et ma nourriture personnelle, une chambre de 50 florins par an, et par jour deux repas pour une pièce de 24 kreutzers.

— Cela fait 230 florins, dit Richard.

— Total, pour ma dépense d'une année? dit Maurice.

— 290 florins, dit Richard.

— Donc, continua Maurice, avec les 1,000 florins de mon père, j'eusse eu de reste?

— 710 florins.

— 710 florins à consacrer à mes caprices personnels, j'eusse été riche, et encore n'avons-nous pas fait subir à mes dépenses les quatre sortes de retranchemens que j'ai indiquées.

Quand j'ai dit: on doit être riche, c'est que je suis convaincu qu'il dépend de l'homme de n'être jamais pauvre.

— Mais, dit Richard, tout homme ne possède pas un revenu de 290 florins.

— Alors il faut adapter à ses dépenses les deuxième et troisième sortes de retranchemens, et en dernier recours la quatrième espèce, c'est-à-dire supprimer rigoureusement toutes les choses coûteuses, plaisirs ou nécessités, qui peuvent être remplacés par des plaisirs ou des nécessités gratuits.

Par exemple, sur les côtes de la mer, en Bretagne, la mer apporte des coquillages; des forêts giboyeuses offrent des animaux pour la nourriture de l'homme; quelques peaux de bêtes dont on se nourrit servent de vêtemens.

Et on peut être logé ponr 5 ou 6 florins par an.

— Mais, dit Richard, beaucoup de gens ne possèdent pas en revenu ces 5 ou 6 florins, et il est probable que dans un pays où on peut être logé pour cette somme, l'argent est extrêmement rare, et qu'il est plus difficile de gagner ces 6 florins qu'ailleurs 500.

— On pourrait à la rigueur se construire soi-même une cabane ou consacrer un peu de temps à se faire un petit revenu avant de se retirer ainsi. Un homme qui a quelque éducation peut gagner à une occupation quelconque 1,000 florins dans une année. Nous avons calculé que les dépenses d'une année, dépenses qui pourraient être considérablement diminuées, ne se montaient qu'à 290 florins; donc en trois mois un homme peut, après avoir payé ses dépenses, avoir à lui 150 florins pour toute sa vie.

— Fort bien, dit Richard, mais ce serait là une triste vie.

— Elle te paraît telle parce que tu y cherches les plaisirs qui occupent la tienne, et que tu es niaisement semblable à l'enfant qui ne croit pas qu'il y ait d'autre terre au delà de son horizon, au sauvage qui pense que le soleil est éteint quand il n'en est plus éclairé.

Même telle que tu la conçois, ce serait une vie moins ridicule que celle du bureaucrate, qui vend sa vie à d'autres, et ne garde pour lui que le temps du sommeil, temps qui peut à chaque instant être limité par une ordonnance ministérielle, temps pendant lequel on ne se sent pas vivre, c'est-à-dire pendant lequel on ne vit pas; moins ridicule que celle des hommes qui travaillent toute leur vie pour faire fortune, et n'obtiennent, pour résultat de leur dépendance, de leurs fatigues, de leurs privations, qu'une fortune inutile, une bonne table quand ils n'ont plus de dents, des forêts quand ils n'ont plus de jambes, des propriétés qui s'étendent au loin, quand ils n'ont plus d'yeux.

Gens qui travaillent misérablement toute leur vie, pour subvenir aux frais d'un riche enterrement, et payer le cercueil de plomb dans lequel ils ont l'espoir de pourrir quinze jours plus tard.

Mais cette vie est tout autre que tu la vois. Ce qui occupe la vie, ce sont :

Pour quelques hommes, les passions;

Pour d'autres, plus faiblement organisés ou fatigués, les plaisirs.

Eh bien! il y a dans cette vie que tu es libre d'appeler sauvage, des plaisirs que j'ai éprouvés plus suaves qu'aucun de ceux que donne la vie sociale.

L'aspect du ciel, des arbres, de la terre;

Les harmonies naturelles du vent et de l'eau;

Les parfums des fleurs et des feuilles.

Tout cela grandit par l'habitude, contrairement aux plaisirs de la vie sociale, et étend notre vie, qui s'immisce, par un effort divin, à toutes ces diverses existences.

Et encore cette vie est remplie par des passions, plus fortes sans doute que le jeu ou l'ambition :

La chasse, passion si puissante, que le chasseur, pour la satisfaire, est toujours prêt à risquer insoucieusement sa vie;

L'indépendance absolue, qui mêle un noble orgueil à tout ce que fait l'homme, à tout ce qu'il éprouve, qui se marque dans son regard et dans sa démarche, qui assaisonne ses repas simples, qui donne du charme à ses privations et même à ses souffrances;

Et encore la contemplation, la rêverie;

Et surtout la paresse, la plus voluptueuse de toutes les passions, la seule qui n'apporte ni fatigue ni désespoir.

— Monsieur le rhéteur, dit Richard, permettez-moi de vous arrêter ici. Vous avez parlé des passions, et vous avez éludé l'amour.

Souffrez, sophiste de mauvaise foi, que je répare cet oubli prémédité, et que je le rappelle à votre mémoire complaisante.

Dans cette vie *sauvage*, j'use de l'autorisation que vous m'avez libéralement accordée; les liens de quelque durée sont les seuls possibles; il faut donc une sorte de mariage. Que fera d'une femme votre homme riche de 7 florins par an.

— Je t'ai dit qu'il n'y avait d'autre dépense que pour le logement; le même peut servir à tous deux.

Mais nous n'avons raisonné que sur une situation d'extrême pauvreté; songeons un peu combien de gens, qui pourraient réaliser cent ou deux cents florins de revenu, languissent dans la misère, au milieu des plaisirs tout dispendieux qu'offre la vie sociale, et pourraient être riches, en changeant de pays et en faisant subir à leur budget les opérations que je t'ai indiquées.

— Et penses-tu qu'il soit si facile de quitter son pays, sa patrie?

— La patrie est la terre qui nous nourrit. La patrie est tellement un mot, qu'il manque tout son effet si on emploie un synonyme moins sonore, ce que tu as senti toi-même en te contentant du mot pays. L'amour de la patrie...

— Arrêtons, Maurice, dit Richard; c'est assez pour le moment d'une dissertation, et je te quitte.

— Nous n'avons pas compté mon actif.

— Ce sera pour un autre jour.

— Tâche d'y penser, parce que ce calcul a quelque importance. — Je songe à me marier.

— Contre qui?

— Ceci pourrait amener une dissertation.

— La curiosité me fera braver la dissertation.

— Eh bien! ce soir, à onze heures, ici.

— J'y serai.

Richard alla à la salle d'armes, où son ami refusa de l'accompagner. Maurice alla chez Hélène.

V

> Entre les variétés de l'espèce humaine, il faut compter : 1° l'homme vraiment amoureux, qui est au dessus de l'homme et participe de la nature de Dieu; 2° l'homme non amoureux, qui est au dessous de l'huître, et participe de la nature du polype.
>
> LÉON GATAYES.

Hélène était livrée à de délicieuses rêveries.

Quelqu'un qui eût pu lire dans son âme y eût vu toutes les sensations que dut éprouver la première femme quand, essayant la vie, elle trouvait dans tout autour d'elle un bonheur, et un bonheur nouveau, et de nouvelles modifications à cette nouvelle existence dont elle était encore surprise et étourdie. Comme le soleil donne aux végétaux la sève, la couleur et le parfum, de même, pour Hélène, l'amour colorait et parfumait la vie.

Tout était changé pour elle; ses yeux, son esprit et son âme s'étaient ouverts à un plus vaste horizon. Elle respirait comme si elle n'eût jamais respiré : elle regardait comme si, aveugle-née, elle eût vu pour la première fois.

Elle était heureuse de se sentir vivre, heureuse d'aimer, heureuse d'attendre Maurice, de se rappeler ses paroles, le son de sa voix, ses gestes, le bruit de ses pas sur le parquet.

Tout ce bonheur, elle l'attribuait à Maurice, et la reconnaissance qu'elle en ressentait augmentait encore son amour et conséquemment sa félicité.

IV

Que l'inconséquence est la conséquence nécessaire de l'organisation de l'homme. — Doléances sur ladite organisation. — Il ne faut pas toujours fumer le même tabac.

Maurice et Richard se rejoignirent à peu près à l'heure indiquée, c'est-à-dire que Richard n'arriva qu'à onze heures et demie.

— J'étais, dit-il, dans une maison d'où je ne pouvais m'esquiver brutalement; j'ai mieux aimé faire attendre un ami, avec lequel je n'ai pas besoin de me gêner, que de contrarier des étrangers, en interrompant une partie de cartes dans laquelle je m'étais laissé entraîner.

Maurice, qui sentait quelque embarras à faire à son ami l'aveu qu'il lui avait promis, profita de ces mots de Richard pour aborder un autre sujet.

— Grand merci de votre amitié, *mon ami* Richard! et voudriez-vous me dire pourquoi *on na pas besoin de se gêner* avec ses amis? Vous êtes comme ces chefs de maison qui, toute la semaine, font manger à leur femme et à leurs enfans du pain de seigle et des pommes de terre, afin de pouvoir traiter splendidement, le dimanche, des étrangers et de simples connaissances.

A quoi me servira votre amitié, ami Richard, si vous donnez aux autres le peu qui peut se trouver de bon en vous, et si vous me réservez, à moi votre ami, vos vices, vos défauts et vos ridicules? Je vous supplierai alors à deux genoux et les mains jointes de me vouloir bien traiter comme un étranger.

Si vos amis sont tels qu'ils doivent supporter vos inexactitudes, vos mauvaises humeurs, vos instans d'ineptie, vous ne les aurez certes pas pour rien, et il faut les acheter, comme on achète un mulet ou toute autre bête de somme.

Il y a long-temps du reste que je voulais vous chapitrer à ce sujet, et j'en ai manqué une belle occasion, grâce au public qui nous entourait, quand l'autre jour, vous avez laissé tomber, d'un air gracieux et tout à fait content de vous, une des plus lourdes sottises qui jamais aient été formulées en aucune langue: « Je chante assez mal, disiez-vous; aussi je ne chante que devant mes amis. » Encore une fois, merci de votre amitié, ami Richard; si vous avez la voix fausse, pourquoi la faire subir à vos amis? Comment! tous vos soins, toutes vos prévenances, toutes vos sollicitudes sont pour ceux que vous n'aimez pas? Votre indifférence, votre oubli, ce que vous pouvez causer d'ennui appartient de droit incontestable à ceux que vous aimez? Jurez-moi que vous me détestez, ami Richard, ou moi, je vous jure, par les manches du seul habit neuf que je possède en ce moment, de ne jamais m'exposer à souper chez vous: vous ne me donneriez que des os, sous prétexte que que je suis votre plus ancien ami.

Comme les femmes qui gardent leurs papillotes, leur bonnet de nuit et leurs pantoufles, tant qu'elles sont avec leur mari, et qui ne se font belles que pour les étrangers.

— As-tu du tabac? dit Richard.

Et quand il eut rempli sa pipe.

— Ce n'est pas ton tabac ordinaire.

— Non, répliqua Maurice, le meilleur tabac perdrait sa saveur, si on n'avait soin d'en fumer d'autre de temps en temps, pour ne pas se blaser le palais ni le cerveau; l'homme ne peut prendre continuellement ni la même nourriture ni les mêmes plaisirs.

— Est-ce pour cela que tu veux te marier? dit Richard.

Maurice s'était enferré, il ne pouvait plus éviter de parler du sujet pour lequel il avait fait venir Richard; il s'exécuta d'assez bonne grâce.

Il y a deux manières de faire un aveu pénible.

La première est celle qu'emploient les petites filles vis-à-vis de leur confesseur: — elle consiste à nommer, un à un, les petits péchés, pour arriver le plus tard possible à la déclaration du gros péché, du péché mortel: ce n'est là qu'une impulsion naturelle.

L'autre manière suppose plus d'art et de réflexion, et cette façon d'agir ressemble à celle du nageur, qui, craignant d'être saisi par l'eau froide, au lieu d'y descendre lentement, s'y jette la tête la première; — elle consiste à déclarer la chose, sans détours, sans ménagemens, sans circonstances atténuantes, en l'exagérant même, de manière à étourdir et à suffoquer l'auditeur.

Maurice fit donc comme un poltron qui ferme les yeux, et se jette au devant du feu, faute du courage nécessaire pour l'attendre. Il dit à Richard :

— J'épouse Hélène.

— Bah! répondit Richard.

— Du moins, dit Maurice, je veux l'épouser, car je ne lui en ai pas encore dit un mot.

— Faut-il donc, reprit Richard, que je te répète tout ce que t'a suggéré ton éloquence, pour me prouver qu'une femme vierge seule mérite l'amour d'un homme qui sent profondément.

As-tu découvert que tu te trompais en croyant sentir profondément, ou Hélène t'a-t-elle persuadé qu'elle était vierge et immaculée?

— Rien de tout cela, ami Richard, par la raison que votre esprit est le seul dans lequel puissent entrer de telles balivernes. Mais si tu veux que je t'explique mes raisons, abstiens-toi, pour quelques instans, des lourdes facéties dont tu as toujours été fort prodigue.

Toi et tous ceux qui avez vu Hélène, vous ne connaissez que sa beauté physique; mais ce beau corps est animé par l'âme la plus noble et la plus céleste; son corps si gracieux, si souple, si voluptueusement modelé, seule cause de la plate admiration dont vous la fatiguez, elle en est honteuse et humiliée, car il a été flétri, il a été couché dans la fange.

Et sa belle âme souffre et gémit.

Eh bien! moi, je réparerai ce qu'a fait le sort, Hélène sera ma femme, elle sera réhabilitée aux yeux du monde et à ses propres yeux; elle s'enorgueillira des devoirs honorables qu'elle aura à remplir.

Je la tirerai de cette vie ignoble où elle meurt, je lui donnerai une vie d'amour.

Hélène, devenue ma femme, sera honorée et respectée.

— Qui sait? dit Richard.

— Malheur à celui qui me ferait soupçonner le contraire!

— Tu le tueras, n'est-ce pas? mais après il en viendra un autre, puis cent autres, et ton épée pourra tout au plus te faire craindre, sans faire honorer ta femme; et d'ailleurs, que ferais-tu aux femmes assez irrévérencieuses pour ne pas adorer ton idole?

— Aussi ne pensé-je pas à vivre dans le tumulte; je mènerai cette vie close dont je t'ai quelquefois parlé, Hélène et moi, ce sera pour nous le monde entier.

J'aurai fait pour Hélène plus que Dieu. Dieu l'a créée pour une vie de douleurs et d'humiliations, je lui donnerai une vie pleine de joies célestes et d'un légitime orgueil.

— Est-ce donc toi qui me disais : « Il faut que la femme que j'aimerai m'ait donné toute sa vie, je serais jaloux des fleurs dont le parfum l'enivre, etc. »

— Oui, mais je t'ai dit en même temps : « Mes idées à ce sujet sont de brillantes illusions. »

— C'est vrai; mais c'étaient, disais-tu, des illusions nécessaires à ton bonheur.

— Je le croyais.

— Nieras-tu que je ne te prenne en inconséquence flagrante?

— Et pourquoi nierais-je ce qui ne me semble pas un mal? pourquoi s'obstiner à nourrir des idées que l'on reconnaît fausses? Si la couleur et la forme d'un fruit me l'ont fait juger bon, et qu'après l'avoir mangé j'en aie ressenti des douleurs d'estomac, faut-il que je persiste à le dire bon, et à m'empoisonner en en mangeant d'autres?

Si la nuit un cuisinier a cueilli de la ciguë, pensant cueillir du cerfeuil, doit-il, quand il reconnaît son erreur, pour être conséquent, employer la ciguë et empoisonner ses maîtres? Ce n'est pas ma faute, à moi, si les hommes, dans leur stupide vanité, ont érigé leurs infirmités en vertus, leurs ridicules en qualités, s'ils ont appelé l'obstination *conséquence*, et s'ils ont donné comme loi *d'être conséquent*, c'est-à-dire obstiné.

Certes, les illusions dont je t'ai entretenu sont plus riches que la réalité, et je me serais bien gardé de rien faire qui m'exposât à les perdre, si je pouvais espérer les conserver toute ma vie, si elle ne devaient nécessairement se flétrir, — comme les roses s'effeuillent au vent ; — si je voyais les acacias jaunis et dépouillés par l'hiver se couvrir encore de leurs grappes de fleurs blanches.

Il est évident qu'il viendra pour moi un temps, s'il n'est pas encore arrivé, où je ne chercherai dans la vie que ce qu'elle contient ; — où ayant perdu, — comme les acacias, leurs fleurs, — ces idées célestes, dont la comparaison a jusqu'ici gâté tous mes bonheurs, je m'efforcerai de recueillir tout ce que notre vie terrestre peut nous donner de joies et de plaisir ; alors je n'exigerai pas de la femme qu'elle soit telle que mon imagination s'est avisé de la faire, je n'admettrai plus que des idées positives ; — pourquoi ne pas faire aujourd'hui ce qu'il me faudra nécessairement faire plus tard ?

Et si je juge avec ces idées positives Hélène et notre situation relative, et d'autre part, les désirs que m'a créés mon imagination, ni moi ni personne, nous n'aurons rien à objeter à ceci :

« Le seul amour sur lequel on puisse compter, le seul dont on puisse s'enorgueillir, est l'amour d'une femme qui a eu des amans. »

Ici Richard laissa échapper un cri inarticulé de surprise et d'incrédulité.

— En effet, continua Maurice, le premier amour d'une femme lui est inspiré par une vague curiosité, par des besoins indéterminés, par un penchant involontaire qui la porte à obéir au vœu de la nature, à la reproduction de l'espèce.

Toi, ou moi, ou un autre, elle nous habillera indifférement des attraits que son impatiente imagination a prêtés à l'homme qu'elle dit aimer. — L'amour d'une jeune fille, à son insu, est plus pour le sexe que pour l'individu ; — plus tard, la femme sait discerner ses sensations, elle ne confond plus les désirs pour le sexe avec sa préférence pour l'individu ; elle s'est acquitté envers la nature, elle appartient à la société.

La femme, telle qu'elle est, est une fiction.

La nature a créé la femelle, et la reproduction par la jouissance ;

L'homme a créé la femme et l'amour ;

Deux belles fictions — sans lesquelles, après avoir satisfait à la loi de la reproduction, il nous faudrait comme les fleurs, et presque aussi rapidement qu'elles, jaunir et mourir.

La jeune fille vous aime, *peut-être* parce que vous êtes un homme agréable, ou plutôt parce que vous êtes le premier homme qui lui parle d'amour, ou plutôt encore et plus simplement, — parce que vous êtes un homme et qu'elle est une femme.

La femme qui a eu des amans, et qui peut comparer — et qui n'a pas dans la rétine une image fantastique qui s'attache comme un masque sur le premier homme qu'elle regarde, et le pare d'un charme qu'il n'a pas, — cette femme vous aime, parce que vous êtes *vous*, parce qu'elle est *elle*.

L'amour de la première est l'attrait d'un sexe pour l'autre. — Si elle ne vous aimait pas, *vous*, elle aimerait *nécessairement* un autre ; cet amour est la satisfaction d'un besoin : la jeune fille vous aime, comme elle aime l'eau qui la désaltère, fût-elle bourbeuse et désagréable au goût.

L'amour de la seconde est l'amour de l'individu : — si elle ne vous rencontrait pas, il serait possible qu'elle n'aimât jamais personne ; elle vous aime comme on aime la liqueur que l'on choisit au milieu de cent autres, et que l'on boit, non parce qu'on a soif, mais parce qu'elle est douce et agréable au goût.

— Je t'avouerai, dit Richard, que je suis plus touché des raisons que tu me donnes aujourd'hui, que des raisons contradictoires que tu m'avais données précédemment, et que tu prétendais également irréfragables; mais puisque tu t'étais alors trompé, qui t'assure que tu n'es pas aujourd'hui aveuglé par une nouvelle erreur?

— Cette observation, ami Richard, a plus de sens qu'il ne vous est accoutumé d'en mettre dans vos idées; ce que vous dites est possible et même probable, mais alors vous me verrez avouer, avec la même naïveté, — que l'homme est un sot animal, qui se creuse bêtement la tête à se faire la vie, quand la nature a pris soin de la lui tracer: — comme elle a fait les vers pour les oiseaux, les oiseaux pour l'homme, et l'homme pour les vers.

Qu'il n'a autre chose à faire dans cette vie que de naître, ce qui se fait sans sa participation, — boire, manger, dormir, besoins qui sont plus forts que lui, et qu'il a reçus impérieusement; — puis, *venir à graine* comme les plantes, c'est-à-dire faire des enfans, sans savoir comment, — et enfin mourir, ce pour quoi on ne le consulte guère, — sans avoir rien compris à la naissance, à la vie, ni à la mort.

— Mais, dit Richard, tu as astucieusement éludé l'obstacle le plus difficile à combattre.

— Lequel?

— Tu justifies la femme qui a eu des amans, mais Hélène n'a pas aimé Leyen: elle s'est vendue à lui, Hélène s'est prostituée.

— La justification n'en est que plus facile: dit Maurice; la prostitution, quand elle a pour cause les besoins les plus impérieux de la vie: la faim, est justifiée d'elle-même, le blâme retombe sur l'état social, que je ne me charge pas de défendre.

Je serai plus sévère pour cette sorte de prostitution appelée mariage, à laquelle une fille se livre, pour pouvoir satisfaire des caprices inutiles et coûteux.

Mais si ta face prosaïque n'était là vis-à-vis de moi, et qu'elle ne retînt mon esprit, comme un plomb à la patte d'un oiseau, je chercherais comment on en est venu à ne laisser aux femmes qu'une vertu inutile et impossible: — la chasteté; comment on ne méprise pas l'homme qui vend son esprit, quand on méprise la femme qui vend son corps, puisqu'il est reçu en vérité fondamentale et axiome indiscutable, que le corps est ininfiniment au dessous de l'esprit.

Mais Hélène, avec l'horreur de la prostitution, s'est prostituée pour nourrir sa mère; qu'eussiez-vous dit, si Hélène fût restée chaste, et que sa mère fût morte de faim?

Ce qui, à vos yeux, fait la honte d'Hélène, devrait à ces mêmes yeux faire sa gloire, bien plus qu'aux miens, puisque selon vous Hélène a fait un sacrifice plus grand qu'il ne me semble à moi.

On était devant la porte d'Hélène. Maurice quitta Richard.

VII.

— Depuis que je suis aimée de toi, dit Hélène, les paroles que j'entends, celles que je suis forcée de prononcer, me fatiguent et m'attristent; tout ce que l'on usurpe de ma vie et de moi, un regard, une parole, un moment d'attention, on m'empêche de te le donner, et c'est le meilleur de mon bonheur que l'on me prend.

En te donnant toute ma vie, je ne crois pas donner encore assez.

Si tu savais comme je suis heureuse, Maurice; si tu savais combien elle est belle cette vie, dont je passe les nuits à te voir et les jours à t'attendre !

Une seule chose empoisonne mon bonheur, c'est l'état d'avilissement où le sort m'a montrée à toi, c'est le malheur de n'avoir pu te donner, comme je te donne mon premier et mon seul amour, mes premières et mes seules caresses ; jamais ma honte ne m'avait autant humiliée que depuis que je t'aime. Pour toi, je voudrais être si belle et si pure !

Cette idée que rappelait Hélène s'empara de l'esprit de Maurice ; il songea que cette femme nue pour lui avait été nue aussi dans les bras de Leyen ;

Que cette bouche qu'il venait de baiser avait frémi sous les lèvres d'un autre : — il essuya sa bouche avec la main.

— Oh ! Maurice, dit Hélène, qui depuis quelques instans cherchait à pénétrer ses sentimens secrets, et le regardait avec effroi, pardonne-moi une faute involontaire, plus que toi j'en suis malheureuse, plus que toi je sens tout ce qu'il y a en moi d'abject et de repoussant.

Mais, dit-elle, en s'enfonçant ses ongles dans sa poitrine, comme si elle eût voulu la déchirer et l'ouvrir, si tu pouvais voir dans mon cœur, comme l'amour l'a purifié ainsi qu'un feu divin ; comme je me sens capable des plus nobles efforts pour me rendre digne de toi, digne de cet amour sans lequel il me serait impossible de vivre aujourd'hui. Si tu pouvais voir comme l'amour que je ressens pour toi le remplit tout entier, comme il est devenu ma subsistance et ma vie, tu m'aimerais bien, car ce sera un bonheur pour toi d'être adoré comme un Dieu ; ce sera un bonheur de m'avoir donné une seconde existence, plus belle mille fois et plus précieuse que la première, une existence qui t'appartiendra tout entière, et que je te consacrerai avec bonheur.

— Au fait, pensa Maurice, l'amour ne doit-il pas tout purifier ? Ce serait une petite et ridicule chose que l'amour, si ce que l'on aimait était le corps d'une femme ; ce qu'il y a de précieux en une femme, c'est l'amour qu'elle ressent ; Hélène m'aime, et si quelqu'un doit être jaloux et désespéré, ce n'est pas moi, c'est Leyen, qui l'a eue en sa puissance, — achetée, et livrée, sans pouvoir acquérir des droits sur son âme.

— Mon Hélène, dit-il, moi aussi, dans les instans où nous sommes séparés, je pense à toi, à notre avenir, à notre bonheur ; ta liaison avec Leyen, à mes yeux n'est pas une faute, c'est un malheur qui pèse à la fois sur toi et sur moi ; je t'aime et je t'honore, mais ce n'est pas assez, il faut qu'aux yeux de tous il paraisse évidemment que tu mérites l'amour et l'estime d'un homme honnête et respecté. Tu as perdu ce que l'on est convenu d'appeler l'honneur d'une femme ; celui des hommes est moins fragile, le mien est intact, il suffira pour tous deux, je te le confie sans crainte et sans hésitation.

Tous ceux qui me respectent te respecteront, car tu seras la chair de ma chair et les os de mes os ; nous n'aurons qu'une âme et qu'une vie, et pour que personne n'en puisse douter, il ne suffit pas de ce lien sacré d'amour qui nous unit, de cette sainte affinité de nos âmes qui les confond et les perd l'une dans l'autre, — aux yeux des hommes, et de la loi et de l'église, tu seras ma femme et tu porteras mon nom.

Hélène se jeta aux genoux de Maurice, et baisant ses mains :

— Oh ! oui, Maurice, oui, tire-moi de cette vie flétrie, abrite-moi sous ton honneur et sous ton nom, j'en serai digne, Maurice, et Dieu est bon, car il t'a fait lire dans mon âme ; autrement tu n'aurais pas osé.

Mais, reprit-elle avec effroi, est-il donc vrai que toi, si pur, tu veuilles associer non seulement ta vie secrète à la mienne, mais encore ta vie publique ? est-il vrai que tu veuilles faire ta femme d'une malheureuse prostituée ? Ne serait-ce qu'un sentiment passager que t'inspire la pitié de ma misérable existence. Penses-y, Maurice, et si ce n'est une résolution bien arrêtée dans ton cœur et dans ton esprit, hâte-toi de me désabuser, et ne souffre pas un instant de plus que je m'accoutume à un semblable bonheur.

— Lève-toi, dit Maurice, je ne pense pas te faire un sacrifice : c'est mon bonheur que je cherche en même temps que le tien. Ne disais-tu pas il y a quelques instans que tu voudrais avoir beaucoup à me donner; ne comprends-tu pas mon bonheur, en faisant ce que je fais pour toi? Tu seras ma femme.

— Oh! Maurice, dit Hélène, en sanglotant, mon ange! mon Dieu!

Et elle tomba dans ses bras, et elle couvrit sa poitrine de larmes.

. . . .

— Nous vivrons loin du monde, Hélène, dit Maurice, notre amour nous suffira, je serai tout pour toi, tu seras tout pour moi.

Nous serons à la campagne, nous aurons un petit logis, bien simple et bien chétif, près d'un bois.

Nous n'aurons ni meubles somptueux, ni riches tentures;

Mais la nature nous fera de moelleux tapis d'herbe et de mousse.

Nous aurons le ciel plus beau que le dais de velours et d'or sous lequel s'asseoient les pontifes; — nous aurons les étoiles plus étincelantes que les diamans; — nous aurons les fleurs et les parfums auxquelles les riches, quels que soient leurs trésors, ne pourraient donner pour eux plus d'éclat ni de suavité.

Nous aurons les touchantes harmonies du vent, des feuilles frémissantes et de l'eau qui roule sur le sable.

Nous aurons les mélodies pures et naïves des oiseaux.

Et plus que tout cela encore :

Nous aurons l'amour et la douce paix.

— Maurice, dit Hélène, mon cœur est gonflé de bonheur; je ne puis exprimer ce que je ressens pour toi, c'est plus que de l'amour, c'est de la dévotion; je ne t'aime pas, je t'adore.

— Penserons-nous au théâtre, où des histrions sans âme parodient, avec une incroyable audace, des sentimens qu'ils ne sont pas dignes d'avoir éprouvés, et crient, avec une voix fausse et des gestes faux, des vers ampoulés ou de la prose prétentieuse et guindée?

Regretterons-nous leurs arbres de toile et leur soleil d'huile de colza, moins faux et moins ridicules encore que les bornes prescrites à l'écrivain dramatique, moins faux et moins ridicules que les grimaces et les cris des acteurs?

Quand le soir, adossés à un rideau de coudriers, nous verrons le soleil se coucher majestueux et calme dans des nuages pourprés,

Et la lune se lever et glisser obliquement ses premiers rayons à travers les arbres au feuillage noir,

Et tout se taire, et tout dormir et rentrer dans le néant, le mouvement, la couleur et la forme,

Tous deux seuls au milieu du monde!

VIII

Hélène au comte Leyen.

Il est un homme qui m'aime et que j'aime, et qui veut bien me prendre telle que je suis, flétrie et déshonorée.

Vous comprenez que, pour reconnaître une semblable générosité, ce n'est pas trop de lui donner le reste de ma vie, malheureuse que je suis de ne pas la lui avoir donnée tout entière.

Nous ne nous verrons plus.

Si jamais nous nous rencontrons, soyez assez généreux pour ne pas vous souvenir où me faire souvenir du passé, la honte qui m'atteindrait à l'avenir rejaillirait sur lui, et c'est alors qu'elle me tuerait.

HÉLÈNE.

IX

Le comte Leyen à Hélène.

Si je ne vous ai pas répondu de suite, c'est que je voulais laisser passer le mouvement de mauvaise humeur que m'a donné votre lettre.

Vous êtes bien folle et bien imprudente, d'abandonner ainsi une position certaine et une fortune assurée pour un amour dont je n'ose augurer la durée à un mois, dans la crainte d'être trop généreux.

J'ai vraiment pitié de vous et de votre crédulité pour les promesses de quelque jeune homme qui, faute d'argent, vous paie en belles paroles, qui ne seront pas réalisées.

D'abord, je voulais vous laisser en souvenir de mon amour la maison que vous habitez; mais, malheureusement, j'ai confié notre situation réciproque à quelques amis, et ils m'ont ri au nez quand je leur ai confessé ce projet: je ne le crois pas plus mauvais néanmoins, mais je ne le mettrai pas à exécution pour ne pas jouer à leurs yeux un rôle ridicule et un personnage bouffon de mari trompé et content.

LEYEN.

X

Il n'y a qu'un amour dans la vie d'un homme.

La femme peut aimer plusieurs fois, quant à elle; mais elle n'a qu'un amour à donner, c'est le premier.

Cet amour, c'est le frais parfum de la rose nouvelle fleurie; — mais, quand elle aime une seconde fois, son amour n'a plus que la saveur que donnent les feuilles séchées des roses à une tisane salutaire, ou des conserves que l'on fait avec les baies écarlates des églantiers; — il y a quelque chose, qui n'a pas de nom, qui est perdu, et qui ne se retrouve jamais.

Sans parler à Maurice de sa rupture avec le comte, Hélène avait quitté la maison qu'elle occupait pour en prendre une beaucoup plus petite et moins coûteuse. Maurice, de son côté, n'avait pas voulu dire à Hélène :

— Il faut congédier le comte.

Il eût cru offenser Hélène en supposant qu'il y eût à lui donner ce conseil; aussi lui sut-il un gré infini de l'abandon qu'elle fit de la riche maison du comte.

Mais il remarqua, avec une douleur d'autant plus vive qu'il comprit alors qu'Hélène avait irréparablement perdu cette pureté instinctive qui a tant de charmes, il remarqua qu'elle ne songeait nullement à retrancher de sa toilette les colliers, les pendans d'oreilles et les bagues donnés par le comte. Certes, s'il eût été riche, il eût apporté un brillant écrin, et eût arraché et jeté ces importantes babioles.

Mais si l'avilissement dans lequel avait vécu Hélène l'empêchait de comprendre tout ce qu'avait de poignant pour lui l'aspect de ces bijoux, si elle n'avait pas senti un bonheur secret à se séparer sans retour de tout ce qui pouvait lui rappeler l'amour avilissant de Leyen, lui, Maurice, ne pouvait lui demander ce sacrifice d'argent, puisque Hélène n'avait pas trouvé dans son cœur de raison suffisante pour le faire sans qu'il le demandât. Et, d'ailleurs, il eût craint de la froisser douloureusement en lui faisant comprendre quelle manquait de délicatesse, et en lui laissant soupçonner que, malgré son amour, malgré celui de Maurice, il y avait sur elle une flétrissure qui ne se pouvait effacer. La pauvre Hélène prenait trop à la lettre ce que lui avait dit Maurice : *L'amour purifie tout comme le feu.* Et si quelquefois elle songeait au passé avec douleur, ce n'était pas surtout pour Maurice, qu'elle ne supposait pas pouvoir rien désirer ni regretter, aimé aussi ardemment qu'elle savait l'aimer, c'était pour elle, pour tout le bonheur qu'elle avait perdu.

Plusieurs fois Maurice la vit devant lui se parer des bijoux donnés par Leyen. Pauvre fille! c'était pour lui paraître plus belle qu'elle se parait ainsi ; elle était loin de comprendre ce qu'il y avait de rage et de désespoir au cœur de Maurice, quand il la quittait brusquement et passait le reste du jour sans revenir ; car, lui, il l'avait vue couverte de la fange de la prostitution.

Un matin surtout, le désordre de la toilette d'Hélène lui laissa voir sur son bras deux noms entrelacés : celui d'Hélène et celui du comte. « Malheureux ! dit-il, il y a des choses qui ne peuvent pas s'effacer ! »

Et il s'en alla.

La situation d'Hélène, cependant, était triste et embarrassante.

Elle ne recevait plus rien du comte.

D'autre part, comme Maurice lui avait dit : — Tu seras ma femme, elle pensait que c'était à lui à régler, comme il l'entendait, le train et la dépense d'une maison qui devait être commune ; et, dans l'état provisoire où elle se trouvait, elle n'avait qu'à peine modifié ses dépenses habituelles, attendant toujours que Maurice fixât lui-même ce qu'il fallait faire.

Maurice, de son côté, ne voyant pas diminuer les dépenses d'Hélène, crut qu'elle continuait à recevoir l'argent du comte ; qu'elle attendait une occasion favorable pour rompre entièrement avec lui, et qu'elle n'avait quitté sa maison que pour éviter un éclat.

Quand il était loin d'elle, il prenait fermement la résolution d'avoir avec Hélène une explication à ce sujet ; mais, quand ils étaient réunis, et qu'il la voyait si heureuse de l'oubli du passé, si fière de sentir un amour qui lui élevait l'âme, il n'avait plus en lui le courage d'effacer d'un mot cette sérénité qui embellissait le visage d'Hélène ; il se disait:

— Laissons-la heureuse, oublions aussi, et passons encore ce jour dans l'insouciance; demain, il sera temps de parler.

Mais ce qu'il ne pouvait oublier, c'étaient ces lettres gravées d'une manière ineffaçables sur le bras d'Hélène, et qu'il ne pouvait s'empêcher de regarder.

XI.

— Donc, occupons-nous de la fin de notre calcul, dit Maurice.

— Volontiers, dit Richard.

En regard de la colonne où il avait écrit quelques jours auparavant PASSIF, il écrivit ACTIF.

— Je t'attends.

— D'abord, dit Maurice, nous ne pouvons compter les 14,000 florins que j'aurais eu si je n'avais pas perdu mon procès.

Ensuite, de ce qui me reviendra de mon père, 10,000 florins environ, il faut distraire pour les frais du procès...

— 1,600 florins 30 kreutzers, dit Richard ; mais peut-être serait-il à propos d'examiner par un simple calcul de probabilité :

Si ton père donnera son consentement à ton mariage avec Hélène :

Si, au cas où tu te marieras sans son consentement, il ne te déshéritera pas, ou, au moins, ne te fera pas attendre les 8,400 florins jusqu'à sa mort.

— C'est très certainement ce qui arrivera. Ainsi, nous ne compterons pas la succession paternelle.

— Très bien, dit Richard, jusqu'ici nous avons parfaitement établi ce qu'il ne faut pas compter ; mais pour ce qu'il faut compter, il n'en a pas été dit un mot.

— C'est ce que je cherche...

Mauriche chercha long-temps. Richard proposa de déjeûner.

Pendant le déjeûner et après le déjeûner, Maurice chercha encore long-temps : puis, tout à coup, comme par une inspiration subite, il s'écria : — Tu me dois 3 florins et 6 groschens pour tes lignes à pêcher.

— Ah !... dit Richard ; alors, mettons à l'ACTIF 3 florins et 6 groschens.

— Puis, dit Maurice en riant et en tirant sa bourse — 7 florins 2 groschens 2 kreutzers ici renfermés.

— C'est écrit, dit Richard ; après ?...

— Ma foi, c'est tout ; tu n'as plus qu'à faire l'addition.

— Voici l'état de ta fortune, dit Richard :

PASSIF : — 10.435 florins 20 groschens.

ACTIF : — 10 florins 8 groschens 2 kreutzers.

— Donc, ma fortune se monte ?...

— Précisément à 10.425 florins 12 groschens 1 kreutzer — de dettes.

XII.

— En admettant les chances les plus favorables, dit Maurice ; à savoir : que mon père ne me déshérite pas, et qu'il consente à ajouter à mon patrimoine de quoi payer intégralement mes dettes, je me trouverai ne pas posséder un pfenning au delà de ma pension de mille florins, laquelle, si elle n'est pas supprimée auparavant par une mauvaise humeur de mon père,

Ou par une étourderie de ma part,

Ou par un accident,

Ou, ce qui est plus proche encore, par mon mariage avec Hélène,

Ne durera qu'autant que vivra mon père.

Rien — ne suffit pas pour un garçon, encore moins pour un homme qui prend femme.

— Sans compter les petits, ajouta Richard.

— Ne me parle pas ainsi, Richard, tu me ferais renoncer à mes projets les plus fermement arrêtés : je déteste les enfans, ces petites créatures rouges, informes, sales, bruyantes, maussades, pendant plusieurs années ; puis laides ou contrefaites, ou stupides. Je ne veux pas d'enfans.

Je reviens à ma situation : il faut que je trouve moyen de gagner ma vie et celle d'Hélène.

— De quoi t'embarrasses-tu, dit Richard, toi qui prétends que deux personnes peuvent être riches avec un revenu de huit florins.

— Et je n'ai pas changé d'idée ; je n'hésiterais pas sans la vie antérieure d'Hélène, sans ses habitudes de luxe et de dépense ; mais on m'a offert un emploi, par lequel je gagnerais par an deux mille florins. Deux mille florins et Hélène, je serai le roi du monde.

— Tu as accepté ?

— Pas encore, mais j'y dois aller dès aujourd'hui, si je me décide à le prendre.

— Pourquoi ne te déciderais-tu pas ?

— Je ne sais, mais c'est possible.

— Si tu ne le prends pas, je le prendrai.

— Soit : si je n'y vais pas aujourd'hui, c'est que j'y renoncerai.

Quand Maurice disait à Richard *qu'il ne savait pas* quelles causes pouvaient l'empêcher de prendre l'emploi qu'on lui offrait ; il ne disait pas précisément la vérité.

Ce qui le faisait hésiter, c'était une de ces idées qui frappent subitement l'esprit, et l'éclairent d'une lueur rapide et fugitive telle, qu'on voudrait tout de suite être seul, et fixer cette pensée avant qu'elle s'échappe.

On peut être riche avec un revenu de huit florins, avait dit Richard.

— Oui, oui, se dit-il, l'indépendance et Hélène, ce serait beau ; si Hélène vendait ses diamans, l'argent qu'on en pourrait retirer nous ferait un revenu de, peut-être, deux ou trois mille florins, nous pourrions vivre libres, ignorés, riches : je vais aller lui parler.

Au moment d'entrer chez Hélène, il s'arrêta un moment.

— Profiter des diamans donnés par Leyen, se dit-il.

Cependant, je prends bien Hélène avec sa honte, pourquoi ne la prendrais-je pas avec ses diamans ; et d'ailleurs, puisqu'elle les porte à son cou, à ses doigts, à ses oreilles, ne vaut-il pas autant assurer notre existence avec, et fuir loin du monde ?

Et ce n'est pas pour moi que sera employé cet argent, ce sera pour elle, tout pour elle.

— Où vas-tu, dit Fischerwald, qui passait.

Maurice allait tout naturellement répondre : *chez Hélène ;* mais ses amis ne lui parlaient de sa liaison avec Hélène que comme d'un triomphe qui devait flatter son orgueil, il voulut chercher une inflexion de voix naturelle et simple pour ne pas paraître aux yeux de Fischerwald prendre un air victorieux, — puis il craignit de mettre de l'affectation dans cette indifférence, et que Fischerwald crût qu'il attachait peu de prix à sa liaison avec Hélène, et que de là il vînt à ne pas traiter Hélène avec tout le respect dû à la femme qu'il adorait.

Et encore — Fischerwald avait, en faisant cette question, un air prétentieusement malicieux et perspicace, que Maurice ne voulait pas justifier, en lui avouant qu'il avait deviné.

C'est pourquoi à cette question : Où vas-tu ? il répondit assez niaisement :

— Nulle part.

— Vraiment ? dit Fischerwald, avec cet air incrédule et fin, qui, dans certains momens, ferait tuer un imbécile.

— Vraiment, dit Maurice.

— *Non Lychorim adis ?*

— *Non Lychorim adeo.*

— Alors tu n'as aucun prétexte de refuser l'invitation que je t'apporte.

— Quelle est cette invitation ?

— C'est une invitation à dîner.

— Qui m'invite ?

— Ce sera un dîner remarquable, *Cecubum bibemus vetustissimum,* comme dit Pline le jeune ; faute de Cécube, qui était un assez mauvais vin, que l'on séchait dans des outres pour le faire ensuite fondre dans l'eau — *vina miscent pueri,* — nous aurons du vin de Champagne.

— Mais, répéta Maurice, quel est l'hôte ?...

— J'ai entendu parler également d'un marcassin,

Quercûs hospes aper.
LUCAIN.

et d'un chevreuil dont les cornes seront dorées.

— Mais enfin, dit Maurice, chez qui dînons-nous?

— Chez le comte Leyen.

— Le comte Leyen! dit Maurice.

Leyen passait deux jours à la ville, — il ne savait trop quelle figure faire aux yeux de ses amis, qui tous connaissaient la liaison de Maurice avec Hélène, et affectant de regarder sa rupture avec cette belle fille comme un incident ordinaire et prévu, qui ne pouvait lui causer la moindre affliction, il les avait invités à un grand dîner, et il désirait surtout qu'on y vît Maurice.

Fischerwald ne comprit que ce que Leyen voulait qu'on comprît.

— Leyen, dit-il, en homme au dessus de semblables enfantillages, ne va pas, comme Orphée, pleurer son Euridice dans les bois,

Et solo in littore.
VIRGILE.

Il donne aujourd'hui un banquet, et il te prie d'y venir. Voici une lettre pour toi.

XIII

Le comte Leyen à Maurice.

Monsieur,

En politique et en amour, le vainqueur a raison; mais si je ne garde aucun ressentiment de ma défaite, il serait peu généreux à vous de m'en vouloir après votre victoire. Notre ami Fischerwald vous dirait :

Parcere devictis, et debellare superbos;

moi, je vous dirai seulement que c'est assez d'avoir perdu une jolie maîtresse, sans encore perdre une de mes plus agréables connaissances, un homme d'esprit et de savoir, auquel je tiens infiniment. Soyez donc, je vous prie, des nôtres; nous boirons à votre triomphe, et le vaincu n'y boira pas que des lèvres.

Comte LEYEN.

XIV.

A moins de passer pour un Huron, Maurice ne pouvait se dispenser d'assister au dîner de Leyen; cependant, dans la poignée de main que se donnèrent les deux amans d'Hélène, il n'y eut pas plus de franchise d'un côté que de l'autre.

Sans Leyen, la beauté d'Hélène eût été pure et sans tache.

Tout le monde évitait de parler d'Hélène par égard pour Leyen, qui, dans cette occasion, avait joué un rôle sacrifié, un rôle de tuteur ou de mari trompé. Mais quand le vin eut un peu échauffé les têtes, Leyen, qui, jusque-là avait fait bonne contenance, poussa l'indifférence jusqu'à la fanfaronnade.

— Messieurs, dit-il, ce vin ne vous ferait-il pas à tous oublier une infidèle, fût-elle aussi belle qu'Hélène?

— Le vin est bon, dit Fischerwald, et Hélène est belle.

Maurice se sentit rougir : le comte avait dit familièrement *Hélène*, il en avait un droit que Maurice eût voulu lui arracher avec le cœur.

Et Fischerwald aussi disait *Hélène*.

D'abord Maurice voulut professer tous ses sentimens pour Hélène; puis il s'arrêta. Ces gens-là ne me comprendraient pas, dit-il, et ils me croiront fou. Il ne dit rien.

— Oui, elle est belle, dit Leyen, belle pour vous, qui n'avez vu que son visage et ses mains; mais que dirai-je moi, qui ai contemplé comme vous avez pu contempler de belles statues de sculpteurs grecs, le plus beau corps que jamais, peut-être, la nature se soit plu à former.

D'autres vous ont félicité, monsieur Maurice; mais si quelques félicitations ont du prix pour vous, ce doivent être les miennes, à moi, qui connais toute l'étendue de votre bonheur.

Allons, dit-il en riant, félicitez-moi aussi, moi qui, semblable au mangeur savant, ai quitté la table avant d'avoir perdu tout mon appétit.

Et vous tous, messieurs, buvons à la santé des nouveaux époux.

Hymen, Io Hymen! cria Fischerwald.

— Je leur donne, ma bénédiction, dit le comte : je souhaite que Maurice soit heureux plus long-temps que moi, et que son bonheur lui coûte moins cher.

Maurice souffrait d'horribles tortures d'entendre ainsi parler d'Hélène. Le dîner fini, on se mit à fumer, à causer un peu confusément, à se promener dans le jardin.

Quelques uns firent des armes.

Richard battit Leyen et Fischerwald.

— Et vous, Maurice, dit Leyen, ne tirez-vous pas?

Leyen et Maurice prirent des fleurets.

C'était une singulière situation.

Ces deux hommes, dont chacun aurait donné, peut-être, dix ans de leur vie pour avoir un prétexte suffisant aux yeux des autres de se précipiter l'un sur l'autre, l'épée à la main, pour se débarrasser d'une existence qui gênait la sienne; ces deux hommes jouaient avec des armes inoffensives, mais qui, pour chacun d'eux, pouvait augurer le résultat du combat, s'il arrivait qu'ils se battissent ensemble.

Aussi, l'assaut au fleuret prit un autre aspect; il n'y eut plus cette indifférence insoucieuse, cette légèreté qui avait présidé aux autres combats.

Chacun, comme si sa vie eût dépendu de sa force et de son adresse, ne négligea aucune des précautions que, jusque-là, ni les autres, ni Leyen lui-même n'avaient prises.

Ils se serrèrent le corps, assurèrent bien leurs fleurets dans leurs mains, et se placèrent bien d'aplomb, hors de portée des pointes.

Ils se tentèrent avec prudence, rompirent à plusieurs reprises, et dix minutes s'écoulèrent avant que ni l'un, ni l'autre s'exposât à attaquer réellement son adversaire.

A voir cette prudence et les regards fixes et attentifs des combattans, et aussi à voir l'attitude des spectateurs, qui avaient été frappés de la même idée qui occupait Leyen et Maurice, que ce combat fictif présageait d'une manière presque certaine l'événement d'un combat, qui avait pu, qui pouvait peut-être avoir lieu, il y avait dans ce jeu toute la solennité d'un duel véritable.

Plus impatient; ou moins heureux, Leyen le premier attaqua Maurice, qui para le coup, et de la riposte brisa en trois morceaux son fleuret sur la poitrine de Leyen.

XV

.... Restez, vierges pudiques,
Priez l'aveugle Hœder, père de nos guerriers;
Adressez-lui vos funèbres cantiques.
Pour vos bras n'est pas fait le poids des boucliers;
Jamais le sang des glaives meurtriers
Ne doit jaillir sur vos blanches tuniques.
Vous, soldats! Taranis a résonné dans l'air.
Hela, la triste Hela, de sa hache cruelle
Va frapper des Romains la horde criminelle;
Les corbeaux dévorans suivent à tire d'aile
La trace de votre fer.

En sortant de chez Leyen, Maurice avait le cœur ulcéré; il haïssait tous ceux qui avaient assisté au dîner : chacun avait, par ses paroles ou son attention aux paroles des autres, profané son idole, sa belle Hélène.

Il était plein d'une colère qu'il brûlait d'épancher, et si un seul passant se fût avisé de le toucher du coude ou de le regarder, le pauvre homme eût nécessairement payé pour tous les autres.

— Ohé! Maurice! dit Richard, sais-tu que tu as vigoureusement touché le comte? Il eût été fâcheux que vous eussiez eu des épées au lieu de fleurets.

— Je suis par trop original, dit Fischerwald, je cherche mes gants, et je les ai dans ma poche. Cela me rappelle qu'il y a quelque temps, une de mes inconcevables distractions me fit oublier mon chapeau. T'ai-je raconté, dit-il à Maurice, en lui secouant le bras pour éveiller son attention, que je suis sorti d'une maison sans songer à emporter mon chapeau?

— Ton coup de fleuret à Leyen, continua Richard, me fait penser qu'il était très possible que vous vous trouvassiez en présence avec des armes plus dangereuses. Heureusement pour lui que Leyen est pacifique pour ces sortes de choses.

Maurice pensa que toute la longanimité était de son côté; mais il s'abstint de le dire; car ni Richard, ni aucun de ceux qui se trouvaient là n'aurait pu comprendre tout ce que lui, Maurice, ressentait de haine contre celui qui, en l'achetant, avait souillé Hélène.

— Quel malheur, continua Richard, si tu avais tué un galant homme pour une catin!

Ce mot était à peine lâché que Richard avait reçu un horrible soufflet.

On intervint : il fut convenu qu'on se battrait le lendemain matin.

XVI

Comment Maurice avait raison au Chapitre XXIV.

Dans le temps que Maurice mit à franchir l'espace qui séparait la maison de Leyen de celle qu'habitait Hélène, son sang se calma, et il vit clairement ce qui s'était passé. Le lendemain, dans quelques heures, il se battait avec son meilleur ami.

— Pour une femme!

— Pour une femme prostituée!

Parce qu'il avait répété après les autres une impertinence que lui, Maurice, avait soufferte des autres, qui n'étaient pas ses amis.

Il se trouva lâche, et rentra chez Hélène, horriblement mécontent de lui-même : il reçut ses caresses avec indifférence et avec brusquerie; Hélène, voyant sa préoccupation, s'empressa davantage, il s'impatienta, puis se fit des reproches et demanda pardon.

Il partit avant le jour, et, comme Hélène dormait, il resta quelques instans à contempler ce beau corps mollement étendu, ces yeux fermés sous de longues paupières, cette bouche entr'ouverte, si fraîche, laissant voir à demi de petites dents blanches.

— Peut-être, se dit-il, ne la reverrai-je plus.

Il lui baisa doucement le front, ses long cheveux bruns étaient détachés; il les couvrit de baisers.

Hélène fit un mouvement.

Ce mouvement découvrit son bras, et, en même temps, les deux chiffres entrelacés d'Hélène et de Leyen. Maurice partit brusquement; en ce moment, il désirait être tué par Richard. Une seule pensée l'occupait, la flétrissure d'Hélène.

Il arriva chez Richard une demi-heure avant l'heure fixée par les témoins.

— Mon bon Richard, dit-il, écoute-moi sans colère et ne m'interromps pas.

Entre nous deux seuls, tu pourrais peut-être, sans m'offenser, t'exprimer sur le compte d'Hélène ainsi qu'il te semblerait bon; et d'ailleurs, je n'aurais qu'à te dire : « Richard, tes paroles me blessent au cœur, » tu t'arrêterais;

Mais tu connais mon amour pour Hélène; tu sais que je veux lui donner mon nom et l'abriter de mon honneur; si j'avais souffert tes paroles devant quelques sots qui nous accompagnaient, ils se seraient crus autorisés à t'imiter et à aller plus loin que toi.

Et aussi, pense à ce que j'avais souffert pendant tout le dîner; mon cœur était plein de fiel, une goutte de plus l'a fait déborder.

Ma brutalité n'a pu t'offenser, mon bon Richard; et, si elle t'a offensé, je t'en demande pardon, et je te prie de me tendre la main.

Richard lui tendit la main, puis les bras; ils s'embrassèrent en pleurant.

Les témoins entrèrent.

Par un mouvement involontaire, Maurice et Richard s'éloignèrent l'un de l'autre, et s'efforcèrent de dissimuler leur émotion.

Richard, seul avec Maurice, avait oublié promptement une insulte qui tire toute sa gravité d'une convention; mais la vue des personnes qui en avaient été spectatrices rafraîchit son ressentiment.

Pour Maurice, les excuses qu'il avait demandées à Richard ne lui avaient rien coûté, mais il lui eût semblé humiliant de les faire devant d'autres.

Cependant il dit :

— Messieurs, je vous ai précédés ici, et j'ai obtenu de mon ami Richard le pardon de mon emportement ridicule.

Les témoins parurent surpris et se rassemblèrent à l'autre extrémité de la pièce; et parlèrent à demi-voix.

Maurice et Richard évitaient de se regarder.

Quelques paroles vinrent à leurs oreilles.

« La chose ne peut se passer ainsi; — un soufflet est une insulte grave; — il n'y a que le sang; — l'honneur de M. Richard exige une réparation plus complète. »

Cependant Maurice songeait que si lui, Maurice, n'avait pas conçu le projet, au moins bizarre, d'épouser une fille entretenue et de la faire honorer, Richard ne se serait pas trouvé dans la difficile alternative de se faire tuer ou de tuer son ami, ou de passer aux yeux du monde pour n'avoir pas suffisamment vengé son insulte.

Richard n'avait rien fait pour se trouver dans cette triste situation; Maurice ne voulut pas l'y laisser.

— Messieurs, dit-il, je comprends comme vous que mes excuses ne sont pas suffisantes, et que le combat est nécessaire.

Richard respira, car il ne pouvait le demander, et il craignait de paraître supporter trop patiemment son soufflet.

— Richard, continua Maurice, il faut nous battre.

Messieurs, dit-il aux témoins, si je me suis laissé emporter aussi loin hier, c'est que la personne que vous connaissez jusqu'ici sous le nom d'Hélène sera prochainement ma femme, que je prétends qu'on lui porte tout le respect que m'accordent les honnêtes gens, et que si quelqu'un se permettait à son égard une parole imprudente, ce serait là réellement une offense, que je croirais à peine lavée dans le sang. Attendez-moi.

Il sortit pour aller chercher des épées.

. . . .

— Si vous le tuez, dit à Richard un des témoins, vous l'empêcherez de faire une grande folie.

— Ce monsieur, dit un autre, a un ton bien menaçant; le résultat de l'affaire qui va se passer nous montrera jusqu'à quel point il est redoutable.

Richard ne répondit rien à ces paroles, non plus qu'à quelques autres plaisanteries que l'on fit sur Maurice: — comme ce dernier rentrait, il entendit ce qu'on disait, et il fut désagréablement affecté du silence de Richard, qui le laissait ainsi attaquer en son absence sans prendre la parole pour le défendre.

Néanmoins il ne quitta pas la résolution qu'il venait de prendre, de ne faire que se défendre sans attaquer Richard. — J'aime Hélène, se disait-il, il est juste que je supporte toutes les conséquences de mon amour; Richard ne doit pas recevoir un coup d'épée, parce que je suis l'amant d'Hélène.

On partit. Le long du chemin, les deux amis ne se regardèrent pas une seule fois; Richard se laissait conduire par une sotte vanité et était honteux de sa situation; un regard de Maurice n'eût pu être qu'un reproche.

Après une demi-heure de marche, les témoins choisirent un terrain convenable; Maurice et Richard prirent les épées, et pour la première fois leurs yeux se rencontrèrent.

Jusque-là Maurice avait vaguement pensé que le combat n'aurait pas lieu, que Richard, dont tout dépendait, de la manière dont les choses avaient tourné, aurait assez de courage pour refuser de se battre.

Dans le regard qu'il adressait à Richard, il y avait de la surprise; pour Richard, quoique ses yeux fussent fixés sur ceux de Maurice, ils restèrent vagues et sans regard: ils n'avaient rien à répondre à la question que Maurice semblait leur adresser.

Les fers se croisèrent.

Maurice rompit.

Un dégagement fait par Richard porta son épée presque sur la poitrine de son adversaire: Maurice ne l'évita qu'en rompant encore une fois: Richard avança sur lui et se mit à le presser vivement.

La vue de l'épée nue si près de lui, l'instinct si naturel de sa conservation, l'indignation que lui donnait l'acharnement de Richard, qui, par un an de leçons, avait un grand avantage sur lui, tout changea les dispositions de Maurice: — il cessa de rompre, et, à son tour, marcha sur Richard, qui fut forcé de rompre à son tour; mais au moment où Maurice marchait, il reçut un coup d'épée qui lui entra de plus de trois pouces dans le sein droit: il tomba sur les genoux, mais se releva aussitôt, et se remit en garde: — puis il pâlit et laissa tomber son épée.

On le reconduisit chez lui.

Hélène l'attendait.

On soigna Maurice, qui s'endormit ; à son réveil il était dans la chambre d'Hélène.

XVII.

Il y avait huit jours que Maurice était au lit ; Richard avait fait demander chaque jour de ses nouvelles, et, sur l'invitation de son ami, était venu le voir.

Malgré la répugnance qu'avait d'abord montrée Hélène pour recevoir Richard, la franche réconciliation des deux amis lui avait presque fait oublier que Richard avait failli tuer son amant, l'homme qu'elle adorait comme un dieu.

Richard et Maurice étaient venus au point de rire de leur aventure.

— Vois-tu, disait Richard, j'ai appris et j'apprends encore à faire des armes ; si tu avais fait comme moi, si tu avais agi selon tes sages préceptes, tu n'aurais pas reçu un coup d'épée.

Depuis quelques jours, Hélène paraissait triste et préoccupée, elle semblait éviter les caresses de Maurice.

Ils étaient seuls, par la fin d'une belle journée de septembre. Il y avait encore un reste de jour au dehors, mais la chambre était tout à fait sombre ; cette obscurité avait de tels charmes qu'Hélène ne songeait pas à faire apporter des lumières.

Maurice parlait de leurs projets d'avenir ; et, s'il eût pu voir les yeux d'Hélène, il n'y aurait pas trouvé cette attention amoureuse qu'elle prêtait ordinairement à sa voix ; loin de là, les paroles de son amant paraissaient lui faire mal.

— Nous serons heureux, disait Maurice, loin du trouble et de l'agitation, ne donnant rien aux autres de notre vie, la réservant tout entière, moi pour toi, toi pour moi.

Hélène avait le cœur gros depuis que Maurice avait commencé à parler ; elle ne put se contenir plus long-temps, et se cacha le visage sur son lit, en pleurant amèrement.

— Pourquoi pleures-tu, mon Hélène? dit Maurice ; ne seras-tu pas heureuse, et ne suffirai-je pas à ton bonheur, comme tu suffiras au mien?

— Maurice, répondit-elle, c'est ce bonheur, si grand à mes yeux, qui me fait pleurer, quand je songe combien j'en suis indigne ; car tu ne sais pas tout, et quand tu sauras tout, tu me repousseras, tu ne m'aimeras plus, il faudra que je meure.

Mon Dieu, s'écria-t-elle, c'était du fond du cœur que je vous rendais grâce de cette félicité que vous m'aviez donnée, en inspirant à Maurice cet amour qui me rendait si heureuse et renouvelait ma vie, et vous allez me l'ôter, il ne m'aimera plus.

— Parle, parle, dit Maurice ; au nom du ciel, ne me livre pas plus long-temps aux horribles tableaux que forme ton imagination.

— Maurice, continua Hélène, Dieu m'est témoin que, depuis que je t'ai dit que je t'aimais, tu as rempli toute mon âme et toute ma vie, je n'ai pas eu une pensée qui ne fût à toi.

Je ne suis pas coupable ; je suis malheureuse, bien malheureuse.

Je suis enceinte.

— Enfant, dit Maurice en souriant, n'est-ce pas un nouveau lien entre nous, un lien qui unit à jamais nos deux existences?

— Qui sait? dit Hélène.

— Doutes-tu, reprit Maurice, que je ne t'en aime davantage, si mon amour peut croître encore?

— Oh ! tais-toi, Maurice, tais-toi, tes paroles me font mourir.

— Je ne te comprends pas.

— Eh bien ! cet enfant que je porte dans mon sein... que je sens remuer...

— Eh bien?

— Cet enfant, je ne puis en nommer le père ; je ne sais si c'est toi, toi que j'aime plus que Dieu, ou l'homme qui a fait ma honte et mon désespoir, le comte Leyen...

XVIII

> T'abandonner! mon Dieu! sans toi, que deviendrai-je? n'es-tu pas l'âme de ma vie?
>
> CAMILLE S***.

— C'est horrible, dit Maurice.

— Oui, répondit Hélène, c'est horrible, ce mélange d'amour et de haine, de bonheur ineffable et de désespoir profond, que me jette au cœur chaque mouvement que fait dans mon sein un enfant...

Ton enfant, peut-être, ton amour et le mien confondus en un seul être, nos âmes à tous deux réunies dans un seul corps, le fruit de nos baisers, où nos vies sur nos lèvres se touchent et se confondent.

Il me semble te sentir en moi, et ne plus former avec toi qu'une seule créature.

Mais je n'ose l'aimer cet enfant, peut-être l'enfant du comte Leyen, la honte, l'opprobre que je porte dans mon sein, que je nourris de mon sang et de ma vie.

Honte et opprobre, non seulement pour moi, mais aussi pour toi!

Il y a trois jours, je doutais encore, j'espérais; je suis allée trouver un médecin : « N'est-ce pas, monsieur, lui ai-je dit, qu'un enfant ne peut pas naître de baisers vendus, de caresses impures et sans amour, d'une ivresse non partagée? N'est-ce pas qu'un enfant ne peut être formé que par l'amour? »

Il m'a cruellement désabusée ; je me suis jetée à ses genoux, je l'ai supplié pour qu'il m'enseignât un moyen de savoir la vérité ; car si c'est l'enfant du comte Leyen, je voulais mourir ; je n'aurais pas eu la honte de t'apprendre moi-même une nouvelle infamie.

« Il n'y en a aucun, m'a-t-il répondu, aucune science humaine ne peut pénétrer un semblable mystère.

— Mais, m'écriais-je, et mon regard et ma voix peignaient encore un reste d'espoir, si l'enfant ressemble à Maurice?

— Ce serait une preuve sujette à discussion, m'a-t-il dit, et qui ne présenterait aucune certitnde. »

Depuis ce temps, j'ai prié Dieu tous les jours, toutes les nuits, rien n'est venu m'éclairer ; je ne sais rien.

— Rien! dit Maurice accablé.

— Oui, tu as raison, c'est horrible, continua Hélène ; quand cet enfant naîtra, je n'oserai te demander pour lui ton amour et tes caresses, car c'est peut-être l'enfant de Leyen.

Et cependant si tu le hais, si tu ne laisses jamais tomber sur lui un regard, si tu l'abandonnes, lui et sa pauvre mère, c'est peut-être ton fils, formé de toi, de l'alliance de nos âmes, de notre amour.

Il faudra que je l'aime toute seule.

— Laisse-moi, dit Maurice.

Hélène ne dit rien et se retira.

Comme elle sortait, elle jeta un regard sur Maurice.

Maurice lui tendait la main ; elle prit cette main et la baisa, puis s'enfuit en sanglotant.

Quand Maurice fut seul, seulement alors il comprit tout ce qu'avait d'irréparable le malheur qui tombait sur Hélène et sur lui, tant d'abord il avait été étourdi et anéanti d'un coup aussi imprévu.

Que faire? quitter Hélène! pauvre fille, plus malheureuse que moi; la livrer injustement à son désespoir.

Et peut-être c'est mon enfant à moi.

Que de bonheur, si le ciel avait pitié de nous, si nous pouvions savoir d'une manière certaine...

Pauvre Hélène !

Ce serait trop lâche de l'abandonner, je resterai ; mon bonheur est perdu, je ne serai plus son amant, je serai son ange gardien ; je la ferai heureuse, mon bonheur à moi sera de voir son visage souriant et son cœur paisible. Oh ! comme elle m'aimera, comme elle devra m'aimer!

J'ai dit que mon bonheur était perdu !

Ne sera-ce pas encore un bonheur de tout faire pour la femme que j'aime, de lutter pour elle contre le ciel et contre la terre, de la rendre heureuse malgré Dieu et malgré les hommes, de triompher de moi-même, de lui faire un bonheur avec mes souffrances.

Oui, mon Hélène, tu seras heureuse ; je ne t'abandonnerai pas, je feindrai même d'être calme, d'être heureux. Quand ton enfant naîtra, je dirai : — Il me ressemble. — Je le caresserai, et d'ailleurs, n'y aura-t-il pas de toi en lui?

Je renonce à la vie, à mon bonheur, à mes passions.

Hélène ! cria-t-il, Hélène !

Elle accourut.

— Mon Hélène, dit-il d'une voix douce et calme, le malheur qui nous arrive frappe sur tous les deux; il faut rester unis pour le supporter ; mon cœur ne cessera pas d'être à toi.

Et, qui sait, peut-être n'est-ce pas un malheur; il y a des chances pour nous. Sans doute cet enfant est à nous; nous l'aimerons, Dieu nous protégera.

— Maurice, dit Hélène, sois béni ; tu fais plus pour moi que Dieu n'a jamais fait.

XIX.

La situation de Maurice et d'Hélène était toujours la même. Hélène attendait que Maurice fixât l'époque du mariage, et ainsi le train et la dépense de la maison restaient toujours sur le même pied ; elle subvenait par la vente cachée de ses diamans et de ses effets les plus précieux aux frais énormes de son intérieur.

Maurice croyait qu'elle recevait encore la pension de Leyen. Il attendait à avoir obtenu une place, pour avoir avec elle à ce sujet une explication définitive, faire donner à Leyen un congé absolu, et vivre modestement avec sa maîtresse, dans une obscure retraite, du fruit de son travail ; car, avec la fierté naturelle de Maurice, l'idée de se créer une fortune par la vente des diamans d'Hélène n'avait pu séjourner dans son esprit que quelques instans.

— Pour avoir les places, se dit-il un matin, il ne faut ni flâner, ni perdre de temps. Je vais, dès aujourd'hui, savoir si l'on me donne cette place de deux mille florins que l'on m'avait promise, et au sujet de laquelle on devait me rendre réponse et attendre ma décision, le jour où Richard m'a donné un coup d'épée.

Il se mit en route et rencontra Richard; ils allaient du même côté et cheminèrent ensemble.

— Je vais, dit Maurice, savoir si l'on veut me donner cette place dont je t'ai parlé.

— Quoi! dit Richard, cette place que tu voulais refuser, et que je devais prendre, si tu ne rendais pas réponse le lendemain?

— Précisément.

— Il y a dix jours que j'en remplis les fonctions.

Maurice retourna chez Hélène; elle était au lit, évanouie; le médecin, que l'on avait mandé, n'avait pu encore la rappeler à la vie.

XX

Ich liebe wie du mich.
Je t'aime comme tu m'aimes.
SCHILLER.

Il y avait dans l'amour de Maurice quelque chose de si noble et de si généreux, quoique l'avilissement où Hélène était précédemment tombée, et peut-être aussi sa nature de femme, l'empêchassent de sentir de combien de poignantes douleurs Maurice se rendait maître pour lui conserver son affection, qu'elle le vénérait autant qu'elle l'aimait, et ne dérobait à cet amour ni un instant, ni une pensée.

Tandis que Maurice était dehors, Hélène s'était enfermée dans sa chambre, et avait défendu qu'on laissât entrer personne.

La veille au soir, les regards de Maurice s'étaient encore arrêtés sur le chiffre gravé sur son bras, et l'émotion que lui causait cette vue n'avait pas échappé à Hélène. Une résolution s'était emparée de son esprit, et l'absence de Maurice lui donnait le temps de la mettre à exécution. Elle s'assit sur le divan, puis mit à nu son bras blanc et poli, et ouvrit un rasoir.

Alors un frisson courut par tout son corps; elle se leva, alla devant une glace, et vit qu'elle était pâle. — Oh! dit-elle, je suis bien lâche, je pâlis devant une douleur physique de quelques instans. Quand mon noble Maurice endure pour moi de longues tortures de l'âme, je pâlis; quand, par cette douleur physique, je compenserai une partie du bonheur qu'il me donne, et je lui montrerai combien je l'aime. Elle se remit sur le divan, et appuya le rasoir sur son bras.

Le froid de l'acier la fit encore frissonner, et elle ôta la lame.

— Ce n'est pas ma faute, dit-elle, c'est la nature qui se révolte. Oh! mon Dieu, j'ai du courage, car j'ai de l'amour. Donnez-moi donc aussi de la force! Alors elle se retraça tout ce que Maurice avait fait pour elle, tout ce qu'il lui sacrifiait, tout ce qu'il lui donnait de bonheur, et elle hésita encore.

Mais elle crut entendre du bruit: — C'est lui, dit-elle. Oh! il saura si je l'aime.

Et, d'une main ferme, elle enleva la chair et le chiffre ineffaçable.

Et elle tomba évanouie en jetant un cri.

On accourut: sa robe était couverte du sang qui coulait de son bras. Une affreuse hémorragie résista à tous les efforts de ses gens. Le médecin réussit à peine à l'arrêter, et la fit transporter sur son lit.

XXI

Ce qui advient d'une interjection.

> De la couronne nuptiale,
> Peut-être un jour un autre plus heureux
> D'une profane main ornera tes cheveux;
> Et sur ta bouche virginale
> Ses lèvres cueilleront ce baiser amoureux.

L'accident d'Hélène la retint quelques jours au lit.

Cependant Maurice, dont cette preuve d'amour avait un moment effacé tous les scrupules, recommençait à se livrer à de tristes impressions.

La grossesse d'Hélène était assez apparente pour qu'il ne pût la regarder sans songer à cette étrange et désolante situation.

Il eût mille fois mieux valu pour l'un et pour l'autre que l'enfant que portait Hélène appartînt évidemment au comte. Cette bonne fille, quoi qu'il pût lui en coûter, eût fait au bonheur de Maurice le sacrifice de se séparer de l'enfant aussitôt sa naissance, et Maurice eût encore tâché d'oublier.

Mais comment se résoudre à se séparer d'un enfant qui peut-être était à Maurice, à déshériter d'affections et de caresses le fruit de leurs amours?

Mais aussi comment Maurice pourrait-il se résoudre à aimer et à caresser peut-être l'enfant de Leyen, le témoignage de la flétrissure de celle qu'il aimait.

Cependant Richard, avec des intentions contraires, vint rendre à Maurice de la résolution et de l'énergie.

Maurice avait passé toute la journée chez lui; triste, inquiet, irrésolu, voyant, malgré lui, que l'avenir ne semblait apporter pour lui et pour Hélène que mauvaises chances et chagrins; que leur malheur à tous deux était relatif; que s'ils ne s'étaient jamais rencontrés ils seraient restés sinon heureux, du moins calmes et aptes à un bonheur possible.

Il serait difficile de dire jusqu'où de semblables idées auraient conduit Maurice, si Richard ne fût pas entré.

— Où es-tu allé aujourd'hui?

— Nulle part.

— Où iras-tu ce soir?

— Je resterai chez moi.

— Tu n'es pas allé chez mademoiselle Hélène?

— Non.

— Hum! dit Richard.

— Que veux-tu dire? demanda Maurice.

— Rien, sinon que cela devait finir ainsi.

— Quoi! finir? rien n'est fini.

— Ecoute-moi, mon cher Maurice, et laisse-moi profiter d'un des momens lucides qui chez toi deviennent prodigieusement rares, pour t'exprimer les inquiétudes de tes amis; songe à ce que tu vas faire, Maurice, à tout ce que tu risques en épousant Hélène; sois docile aux conseils de la raison.

Maurice fut choqué que la *raison* vînt se jeter dans une affaire de *passions*, qu'une *raison* à la portée de Richard voulût régler sa vie.

Et surtout qu'après avoir passé par les angoisses de la passion et de la douleur, lui, Maurice, ne fût que près d'arriver au point de sagesse où était naturellement Richard et les autres.

Et puis ce hum! de Richard, ce hum! qui signifiait passablement de choses: « C'était une folie, — du haut de ma sagesse, je l'avais ainsi jugé.

— Cela devait finir, cela finit. — Je ris, moi, sage, des folies qui te déchirent l'âme, — j'ai pitié de toi, et je te tends la main, je veux te sauver, enfant. »

Maurice ne put se résigner à justifier l'impertinence de ce hum! Quoi! se dit-il, Richard, avec sa courte vue, sans comprendre aucun des ressorts qui me font agir, aurait fixé d'avance le chemin que je dois suivre, et je le suivrais !

— Ami Richard, dit-il, qu'appelez-vous la raison? quel est, je vous prie, le type de la raison? où en sont les règles immuables, par lesquelles vous prétendez me juger? n'est-il pas à vous fort impertinent de me vouloir diriger d'après vos idées, et de dire : la raison, c'est ma manière de voir, quelque louches, myopes, presbytes que soient mes yeux?

La raison humaine, ami Richard, est une plaisante chose — dans votre bouche, comme dans celle de tout le monde ; il a tort, veut dire : il ne pense pas comme moi. Il a raison, signifie : il est de mon avis.

Mais si vous prenez pour prototype du bien et du bon votre propre raison — en admettant que vous en ayez une — pourquoi ne prendrais-je pas les mêmes droits que vous, et ne me servirais-je pas de la mienne? Si à vos yeux je suis fou, et si votre seul droit de me juger ainsi est que j'ai le malheur de ne pas penser comme vous, il s'ensuit nécessairement que vous ne pensez pas comme moi, et que je dois également vous trouver fou, en me réglant sur votre manière de procéder.

On ne pense pas assez à tout ce qu'il y a de suffisance et de vanité dans ce mot : vous avez tort, ou vous avez raison. L'homme qui le prononce dit implicitement : il y a en moi un régulateur infaillible, sans cela mon opinion ne compterait ni plus ni moins que la vôtre, ce serait une opinion d'un homme ; mais je renferme en moi la sagesse universelle, vous pensez bien ou mal à proportion que vos idées se rapportent aux miennes.

Au nom du ciel, ami Richard, si vous croyez voir que je me trompe, n'est-ce pas même pour vous une preuve certaine que l'homme n'est pas infaillible, et ne devez-vous pas, en faisant un syllogisme dans les formes de l'école, vous dire :

L'homme peut se tromper — majeure,
Or, je suis un homme — mineure,
Donc, je puis me tromper — conclusion.

Voici, continua Maurice, quelques unes de mes raisons pour aimer et pour épouser Hélène, malgré sa flétrissure :

Je connais Hélène, je puis compter et sur son amour et sur sa reconnaissance ; il est des choses que l'âme dit à l'âme, des choses dont on se trouve convaincu et persuadé sans qu'il soit possible de donner, par des paroles, des raisons de cette conviction ; pour moi l'avenir avec Hélène est sûr.

Pour le passé, voici mon raisonnement.

J'ai de l'amitié pour vous ; ce n'est pas ici le lieu de chercher jusqu'à quel point elle est juste et fondée. J'ai de l'amitié pour vous, et il m'importe peu que vous fassiez ce que bon vous semble, je ne me suis jamais inquiété de vos liaisons d'amour.

Qui m'empêche d'avoir de l'amitié pour Hélène, comme j'en ai pour vous? Hélène est plus poétique, plus spirituelle que vous, cette amitié vaudra bien la vôtre, et elle a à me donner en outre des plaisirs auxquels sa beauté peut ajouter quelque prix.

Long-temps je me suis contenté de votre amitié.

Hélène me donne l'amitié, plus, les plus vifs plaisirs qu'il soit donné à l'homme de goûter.

Si, à cause de sa vie précédente, je ne peux avoir pour elle ce que moi j'appelle de l'amour, et ce que vous ne pourriez comprendre, il me reste cependant avec elle des chances de bonheur assez grandes, et sans exagération ni illusions.

Maurice continua quelque temps sur le même ton, et les argumens qu'il n'opposait à Richard que pour ne pas paraître se ranger à un avis dont il était bien près, quand son ami était entré, finirent par le convaincre lui-même, et il alla chez Hélène.

Comme il entrait, il reconnut la voix d'Hélène, qui chantait :

Komm, lieber mai, etc.

Reviens, cher mois de mai.

XXII

Un Regard en arrière.

C'est singulier, dit Maurice, ce n'est pas la première fois que j'entends cette chanson, et il me semble même l'avoir entendue à une occasion que je ne me rappelle pas, chantée par la même voix.

— Pour la voix, dit Richard, qui l'accompagnait jusqu'à la porte, c'est celle de ta maîtresse ; pour la chanson, c'est une ronde à danser très connue, et il n'y aurait rien de singulier à ce qu'elle l'eût déjà chantée devant toi.

— Non ce n'est pas cela, dit Maurice.

— J'y suis, reprit Richard. Te souvient-il d'un soir où nous avons, par un temps affreux, été attendre des canards sur les bords d'un petit étang ? te souvient-il que tu ne tiras pas un coup de fusil ?

— Oui, oui, dit Maurice, distrait que j'étais par une voix de fille qui chantait cette même chanson :

Komm lieber mai, und mache.

C'est vrai, mais cela n'empêche pas que la voix d'Hélène me rappelle cette voix.

Richard quitta son son ami, qui, arrivé près d'Hélène, la pria de chanter encore.

— Décidément, dit Maurice, c'est la même voix ; mais, ajouta-t-il, la maison aux églantiers, la maison de ta mère n'est qu'à quelques pas de l'étang, il n'y a rien d'étonnant que ce soit toi que j'aie entendue.

Et comme il s'efforçait de réveiller ce souvenir.

Je me rappelle maintenant la maison ; ce soir-là, Richard et moi, nous avons failli y entrer pour demander à souper.

— Oh ! Maurice, dit Hélène, pourquoi n'y êtes-vous pas entrés, cela eût peut-être décidé de toute ma vie.

Après un long silence, elle répéta :

— Pourquoi n'êtes-vous pas entrés ?

Cela eût tout changé, j'ai été conduite où tu m'as trouvée, par des accidens si faciles à éviter !

Et elle conta comment, partie avec sa mère pour la ville, elles s'étaient endormies et réveillées à l'endroit d'où elles étaient parties.

Maurice se fit expliquer la route qu'elles avaient prise.

— C'est moi, dit-il, je me le rappelle bien, c'est moi qui ai retourné la charrette, j'étais sorti pour éviter le trouble où était la maison de ma mère, dans l'attente d'une demoiselle de compagnie, qui, du reste, n'est pas venue.

Hélène demanda où demeurait la mère de Maurice.

— A mon tour, dit-elle, c'était moi qu'on attendait.

— Et c'est moi qui t'ai empêchée d'arriver.

Hélène alors raconta son histoire, et Maurice aussi se rappela sa rencontre avec la civière qui portait Hélène à l'hôpital, et l'interruption, par sa faute, de l'ouvrage de Fischerwald, ce qui avait privé d'ouvrage Hélène et Marie.

— Pauvre Hélène, dit-il, j'ai, sans te connaître, exercé sur toi une funeste influence; sans ce jeu d'écolier qui me fit retourner la charrette, je t'aurais vue plus tôt et rien n'aurait altéré notre bonheur.

C'est moi qui t'ai conduite au malheur.

Pauvre Hélène, je réparerai le mal que je t'ai fait.

XXIII.

Les jours se passaient sans rien changer aux irrésolutions de Maurice. Quelquefois il sortait le soir avec Hélène; des hommes, qu'il ne connaissait pas, la saluaient avec un sourire amical, et quelquefois, derrière eux, il entendait dire : — C'est Hélène, la maîtresse du comte Leyen.

Tout cela lui remplissait le cœur de haine et de désespoir. Il lançait aux gens qui regardaient Hélène des regards menaçans; parfois il la brusquait elle-même, puis il songeait à cet amour tendre et désintéressé qu'elle lui témoignait avec tant de charmes, et par de douces paroles il cherchait à lui faire oublier le chagrin que lui avait causé sa mauvaise humeur.

Hélène, pour subvenir aux dépenses de sa maison, continuait à vendre ses diamans et ses effets les plus précieux. Dans les momens où Maurice était le mieux disposé pour elle, et lui pardonnait son malheur en faveur de son amour, il se disait : Je ne me réunirai entièrement à elle qu'après qu'elle aura mis son enfant au monde. Ce n'était qu'un prétexte qu'il se donnait à lui-même, pour retarder une démarche dont les suites lui faisaient peur, et il ne parlait de rien à Hélène, pour ne pas prendre envers elle de nouveaux engagemens.

Pour la pauvre Hélène, elle n'avait qu'une idée, son amour pour Maurice; en son absence, elle se faisait belle pour lui, se parant de ce qu'il lui restait de pierreries, sans penser que cet éclat blessait les yeux et le cœur de son amant; un jour cependant, elle avait lissé en bandeau ses beaux cheveux bruns, séparés à leur racine par la raie blanche de la peau, sur son front brillait une riche émeraude, des émeraudes pendaient à ses oreilles et à son cou, elle était vêtue d'une robe de cachemire blanc à larges plis et à manches tombantes.

Elle était si belle ainsi parée que Maurice, pendant tout le jour, la regarda avec admiration; quelques jours après, il lui envoya un billet où il lui disait :

« Je passerai la soirée avec toi; pare-toi comme l'autre jour, jamais je ne t'ai vue si belle. »

Quand il arriva, Hélène était vêtue d'une robe de mousseline, ses cheveux encore séparés sur le front, mais il n'y avait plus d'émeraudes.

Après quelques instans, Maurice l'examina avec étonnement, et

— N'as-tu pas reçu ma lettre? lui dit-il.

— Je l'ai reçue.

— Pourquoi n'as-tu pas fait ce que je t'avais priée de faire?

Hélène devint rouge, et, tout interdite, ne répondit pas.

Tu n'as pas voulu, continua Maurice, faire de la toilette pour moi seul.

— Non, dit-elle, ce n'est pas cela, j'ai eu quelques lettres à écrire.

— Eh bien, tu vas t'habiller, je t'aiderai.

— Non, dit Hélène, il est tard, et d'ailleurs tu serais trop maladroit.

— Eh bien, appelle ta femme de chambre : je me suis réjoui tout le jour de l'espoir de te voir ainsi parée; ne me refuse pas ce plaisir.

— Mon cher Maurice, tu es fou.

— Je t'en prie.

— Je suis souffrante, j'ai un horrible mal de tête.

— Tu ne souffrais pas quand je suis arrivé; quelle raison peux-tu avoir de me refuser ?

— Tu me feras plaisir de ne pas insister.

— Pourquoi ?

— Quelle opiniâtreté... dit Hélène avec un peu d'aigreur.

— Je ne sais, dit Maurice, de quel côté est l'opiniâtreté, mais je dirai plus facilement qui de nous deux manque de bonne grâce et de complaisance.

— Maurice, dit Hélène, et elle avait bien des larmes dans les yeux, je t'en prie, parlons d'autre chose.

— Non, dit Maurice impatienté, je veux au moins savoir pourquoi tu me refuses une chose aussi peu importante.

— Puisque c'est une chose si peu importante, pourquoi y tiens-tu aussi obstinément ?

— Hélène, vous jouez-vous de moi ?

— Non, reprit-elle, mais je ne me soumettrai pas à un caprice ridicule et dont vous ne donnez aucune raison.

En disant ces paroles, elle alla s'enfermer dans sa chambre, où elle se prit à pleurer.

Maurice prit son chapeau et sortit.

Hélène avait fait vendre la veille les émeraudes et le cachemire.

XXIV.

Par une belle fin de journée, Maurice sortit avec Hélène pour lui faire respirer les douces haleines du soir; depuis long-temps elle n'avait pas quitté la maison. Maurice trouvait toujours quelque prétexte pour ne pas l'emmener avec lui : son état de grossesse était devenu si évident que chaque regard qu'un passant dirigeait sur elle ou sur lui semblait une insulte, et que la contrainte qu'il s'imposait pour ne pas faire des querelles injustes et ridicules le mettait dans un état d'exaspération dont les douces caresses d'Hélène pouvaient à peine le tirer.

On était alors dans l'automne, le soir de l'année, au moment où la nature se pare de si riches couleurs.

Parmi les chênes encore verts, les peupliers étaient chargés de feuilles des plus belles nuances de jaune : les vignes laissaient pendre leurs pampres d'un rouge de pourpre, et les chèvrefeuilles sans fleurs et sans parfum n'avaient plus que des feuilles d'un vert presque bleu ; les genêts étaient couverts de baies noires.

Ce que le poète et le peintre voient avec de si douces sensations, au moment où le soleil se couche, où, comme un sourire d'adieu à ses amis, il jette encore sur la terre des teintes si riches et si harmonieuses et à la fois si fugitives ;

Ce silence, ce recueillement de la nature entière, ce moment de méditation mystique ;

L'automne fixe tout cela pour une saison entière ; l'automne est un long coucher du soleil ; l'automne est à l'année ce que le soir est au jour.

Hélène et Maurice, à l'entrée d'un bois, virent ouverte une grille que des planches rendaient d'ordinaire impénétrable à la vue.

Quoique Maurice eût souvent dirigé ses promenades de ce côté, jamais il ne l'avait vue ouverte : il s'arrêta pour regarder un beau parterre où brillaient les fleurs de la saison, des marguerites éclatantes de si riches nuances de pourpre, de blanc et de violet,

Les premières chrysanthèmes jaunes ou amarantes.

Un jardinier arrosait, qui leur dit : — Il n'y a personne, vous pouvez entrer.

Après le parterre, il y avait un rideau de coudriers chargés de noisettes mûres ; derrière les coudriers s'élevaient de hauts peupliers plus d'à moitié jaunis et dont le vent commençait à détacher quelques feuilles. Hélène et Maurice suivirent une allée étroite et tortueuse, couverte par les branches des lilas et des noisetiers ; à un détour du sentier, tout à coup, l'horizon s'étendit : un ruisseau large de quelques pieds murmurait dans l'herbe, et de l'autre côté du pont de bois, qui conduisait à un pré encore assez vert, s'élevait une petite maison blanche, derrière laquelle il y avait une épaisse charmille de tilleuls ; après les fenêtres de la maison grimpaient quelques rosiers du Bengale avec quelques roses inodores, les dernières de l'année.

Derrière la maison et la charmille, le ruisseau qui avait fait le tour du pré venait tomber dans un petit étang, au milieu d'un petit bois de châtaigniers, dont les feuilles commençaient à crier sous les pieds.

L'étang était entouré d'une herbe épaisse, de laquelle se penchaient encore sur l'eau quelques pâles wergiss-mein-nicht ; des saules presque dépouillés se courbaient par dessus ; on n'entendait d'autre bruit que le chant sec des mésanges à tête bleuâtre qui sautillaient sur les branches des sorbiers, dont elles se disputaient les baies écarlates ; de hauts arbres cachaient les murailles.

Hélène et Maurice s'assirent sur la mousse, et se livrèrent à la pénétrante et mélancolique impression de ce lieu semblable.

Après un long silence, Maurice serra la main d'Hélène et lui dit : — Ce séjour est enchanté; il serait beau de se renfermer avec toi et pour toujours dans un lieu semblable.

— Oui, dit Hélène, avec un soupir, ce serait beau.

— Sais-tu, dit Maurice, ce qui surtout me touche ici, et me charme? c'est cette solitude entière, ce sont ces hautes murailles que la vue même ne peut franchir ; c'est cet horizon borné, ce ciel et cette herbe, et ces ombrages pour nous seuls, ce serait de n'avoir ni craintes, ni espoirs, ni désirs, ni regrets, ni pensées au delà.

C'est, ajouta-t-il, oubliant qu'il était chez des étrangers, c'est d'être seul avec toi, à l'abri et de la haine et de l'amour des autres, à l'abri des regards et des opinions, à l'abri des convenances et du respect humain.

C'est de vivre seuls tous les deux aussi loin du monde que si une tempête nous avait jetés sur une île déserte et inconnue.

— Que cette petite maison est jolie, dit Hélène.

— Oui, dit Maurice devenu rêveur, elle est bien jolie; comme nous y serions bien renfermés, comme nous y serions seuls.

— Monsieur, dit le jardinier qui les cherchait, vous ne pouvez rester plus long-temps, ces dames viennent de rentrer, et d'ailleurs il fait tout à fait nuit.

Maurice fut réveillé péniblement du songe riant auquel il se laissait aller depuis quelques instans; il donna une pièce d'argent au jardinier, et emmena Hélène. Comme il allait passer le petit pont, il se retourna pour jouir encore du spectacle.

La lune qui montait par dessus les tilleuls argentait le ruisseau et éclairait le pré, tandis que sous les arbres la nuit était profonde.

Il vit comme deux ombres, deux robes blanches s'enfoncer sous les châtaigniers; ce sont, pensa-t-il, les maîtresse de la maison; cette soirée va être bien belle; elles sont heureuses de pouvoir rester.

Et il quitta le jardin avec regret.

Quand la grille eut crié sur ses gonds, et se fut bruyamment fermée, il dit encore: Une belle soirée! elle sont heureuses de rester. Puis, il ne dit plus rien.

— Mon ami, dit Hélène, qu'avons-nous besoin d'une si jolie maison et d'un parc aussi étendu? le plus aride désert, le plus pauvre grenier ne seront-ils pas un Eden et un palais, quand nous y serons ensemble?

— Tu as raison, dit machinalement Maurice; mais il resta silencieux jusqu'à la maison d'Hélène.

XXV

L'Auteur donne une explication.

L'an passé, nous écrivîmes un livre intitulé: *Sous les Tilleuls.* Dans ce livre il nous arriva de parler de wergiss-mein-nicht.

Plusieurs questions nous furent adressées à ce sujet. Un mot du chapitre précédent nous donne l'occasion de donner quelques explications.

Les wergiss-mein-nicht sont de petites fleurs d'un beau bleu de ciel, dont les boutons sont roses, et qui fleurissent sur les rives de quelques étangs.

Wergiss-mein-nicht veut dire *ne m'oubliez pas.* Cette fleur porte le même nom en français; on l'appelle encore myosotis. Les Anglais l'appellent *forget me not;* et les Suisses, herbe aux perles.

Nous profitons de cette occasion, pour engager nos lecteurs, qui n'auraient pas lu *Sous les Tilleuls*, à le lire sans délai. Outre le plaisir qu'ils y pourront peut-être trouver, ce que notre modestie nous empêche de garantir, leur curiosité engagera notre éditeur à faire de notre livre une nouvelle édition. Ce qui nous rapportera quelque argent qui ne viendra pas très mal à propos, pour plusieurs raisons que nous ne nous soucions pas de détailler en ce moment.

A ce sujet, cependant, notre conscience ne nous permet pas de passer sous silence un reproche grave, que fit à ce livre un sévère Aristarque. Nous ne voulons pas tromper le lecteur, au moins volontairement, et nous lui avouerons, quelque tort que cela nous puisse faire, ce qui, au dire dudit Aristarque, devait faire jeter au feu notre pauvre livre,

C'est que:

1° Nous avons, sans en donner aucune raison, écrit Magdeleine, au lieu d'écrire simplement Madeleine;

2° Nous n'avons pas parlé des tilleuls des Tuileries;

3° Nous avons parlé de fleurs, tandis qu'un auteur célèbre, dans un livre publié quinze jours après le nôtre, a parlé de papillons; ce qui est, de notre part un plagiat évident;

4° Nous avons raconté une chute de cheval, tandis qu'au su de tout le monde, J.-J. Rousseau, dans ses *Confessions*, parle de deux chevaux, que deux jeunes filles ne pouvaient décider à passer un ruisseau. Cheval, chevaux, c'est toujours la même chose — autre plagiat. On ne doit pas dire cheval, après que Rousseau a dit cheval.

Peut-être ici l'auteur n'a-t-il pas été assez loin, il aurait pu voir, dans notre livre, un certain nombre de lettres, telles que:

A B C D E F G H I J K L M N O P Q R S T U V X Y Z

qui se retrouvent toutes dans une foule d'excellens auteurs.

Nous n'aurions qu'une chose à dire pour notre défense si nous osions nous défendre — ce serait, que ce récit d'une chute de cheval, nous l'avions écrit de la main gauche, à cause de la situation assez critique de notre bras droit, et que nous n'avions pour cela besoin d'aller feuilleter aucun livre.

Pour ce qui est du reste du livre, nous avions, en l'écrivant, le cœur plus malade que le bras.

Le bras est guéri.

XXVI

Contre l'amour de la Patrie.

— Il n'y a pas, dit Richard, beaucoup moins d'une heure que je te parle sans que tu daignes remarquer ma présence, et sans que tu cesses de marmotter des paroles inintelligibles.

— Je suis, répondit Maurice, très préoccupé ; il me faut aller ce matin chez l'ambassadeur français, qui m'a fait proposer de m'emmener avec lui, comme son secrétaire particulier ; il est temps que je prenne un parti, mes affaires d'argent s'embrouillent tous les jours et sont arrivées à un tel point que je n'y connais plus rien. Mon mariage avec Hélène va augmenter mes dépenses du double et anéantir mes recettes : c'est un excellent moyen de sortir d'embarras qui se présente et je veux faire en sorte de ne pas l'abandonner. Ce qui m'occupait quand tu es entré, c'était de quelle manière il convenait de parler à un ambassadeur pour ne pas sembler plus fier et plus indépendant qu'il ne convient à un malheureux mercenaire, sans cependant m'humilier...

— Ainsi, pour Hélène, tu quitterais l'Allemagne, ta patrie ?

— Ami Richard, je vous y prends encore, dit Maurice enchanté de reprendre sur Richard l'avantage que sa position semblait lui faire perdre ; expliquez-moi une bonne fois ce que vous entendez par l'amour de la patrie ?

— Plaisante question ! j'entends par l'amour de la patrie le plus noble sentiment des plus nobles âmes, cet élan généreux et désintéressé qui fait sacrifier ses intérêts, ses affections et sa vie pour le bien de son pays, qui fait trancher la tête aux fils de Brutus.

— Voici, dit Fischerwald, qui entrait, de belles idées noblement exprimées.

— Voici, dit Maurice, des niaiseries parées de grands mots creux.

— Oh ! dit Richard.

— Oh ! oh ! dit Fischerwald.

— Soyez assez bons, continua Maurice, après m'avoir répondu si lucidement que l'amour de la patrie n'est autre chose que l'amour de la patrie, soyez assez bons pour me dire ce que c'est que la patrie.

— La patrie, dirent à la fois Richard et Fischerwald, la patrie ! c'est...

Ils s'arrêtèrent tous deux avec le même accord qu'il avaient eu en commençant ensemble. Fischerwald, le premier, reprit la parole :

A tous les cœurs bien nés que la patrie est chère !

dit-il en français ; car sa prodigieuse mémoire avait glané partout.

— La patrie, dit Richard, c'est le lieu où nous avons reçu le jour : c'est notre mère.

— *Alma parens*, interrompit Fischerwald.

— C'est, continua Richard, la divinité des héros.

— *Patriam et dulcia linquimus arva*, dit Fischerwald.

— C'est l'inspiratrice des plus nobles actions, reprit Richard.

— Πατρὶς ἡρώων μήτηρ καὶ θεὰ ἁγιωτάτη.

— Du reste, dit Richard, ta question est oiseuse ; il n'y a personne qui ne chérisse sa patrie.

— Je te défie, dit Fischerwald, d'ouvrir un livre sans y trouver quelque invocation à la patrie.

Et Fischerwald sortit de sa poche un *Parfait Cuisinier* qu'il ouvrit au hasard. L'auteur disait dans sa préface.

« Nous n'avons pas voulu priver notre pays des fruits d'une longue expérience et d'un travail assidu. »

— Quand vous parlez de la patrie, dit Maurice, est-ce la terre ou les hommes que vous aimez ?

Dans les chansons patriotiques, on parle souvent d'engraisser les guérets avec les cadavres des ennemis.

Il faut que l'ennemi soit bien peu de chose, puisque vous ne voyez rien de mieux à en faire que de l'engrais.

Mais, comme chaque pays à son patriotisme, ou du moins ses chansons patriotiques, ce que l'on confond volontiers, il s'ensuit que ceux que vous appelez les ennemis vous donnent le même titre, et veulent également vous employer en guise d'engrais.

On ne peut admirer le patriotisme dans un pays sans au moins le tolérer dans les autres, et la conséquence naturelle serait qu'il faut fumer toutes les terres avec les cadavres de tous les hommes, ce qui produirait d'excellentes moissons, mais pas de moissonneurs.

C'est pousser un peu loin l'amour du sol.

Et encore, si vous aimez la terre qui vous a donné naissance, comme dit Richard, cet amour ne doit s'étendre que jusqu'aux murailles de la chambre où vous êtes sorti au monde ; ou, si vous l'étendez plus loin, pourquoi l'arrêtez-vous aux rives du Rhin plutôt qu'à celles de la Seine ?

— Personne, dit Richard, n'a jamais entendu par l'amour de la patrie l'amour du sol.

— Je le croyais, dit Maurice, parce que les effets à peu près uniques dudit amour sont d'engraisser les guérets ou les sillons des cadavres ou du sang des ennemis.

Mais si l'amour de la patrie est l'amour des hommes qui habitent le même pays que nous, d'où vient qu'au milieu de la patrie, quelle qu'elle soit, il y a tous les jours des vexations, des oppressions, des duels, des vols, des empoisonnemens, des adultères, des assassinats, des incendies, des emprisonnemens, des viols ?

Faites-moi comprendre pourquoi on aime ses compatriotes en masse ; et pourquoi, à chacun en particulier de ces compatriotes, pour lesquels il est beau de mourir...

— *Pulchrum est pro patriâ mori !* interrompit Fischerwald.

— Pour lesquels il est admirable de faire décapiter ses deux fils, vous faites quotidiennement plus de mal qu'aux étrangers qui ont le bonheur d'être plus loin de vous.

« L'amour de la patrie n'est-il donc que la haine de tout ce qui se trouve placé en dehors de telles ou telles limites ?

Car, comme je l'ai dit, chaque patrie à son patriotisme qui se formule en paroles de haine et de mépris contre les étrangers.

Parcourez tous les pays et écoutez causer à table, au milieu des bouteilles.

En France : un Français vaut quatre Allemands, quatre Russes, quatre Hollandais, quatre Anglais, etc. ;

En Allemagne : un Allemand vaut quatre Français, quatre Anglais, quatre Hollandais, quatre Russes ;

En Angleterre : un Anglais vaut quatre Russes, quatre Français, quatre Allemands, quatre Hollandais ;

En Hollande : un Hollandais vaut quatre Russes, quatre Anglais, quatre Allemands, quatre Français ;

En Russie : un Russe vaut quatre Allemands, quatre Français, quatre Anglais, quatre Hollandais ;

— Je relèverai une inexactitude, dit Fischerwald ; c'est qu'en France, un Français vaut trente Allemands, trente Russes, etc.

— Ecoutez encore, dans tous les pays, les discours et les chansons, partout vous entendrez :

Oh ! le beau pays de France, — d'Allemagne, — de Russie, — de Hollande. — d'Angleterre.

Ecoutez encore :

Partout, comme titre de gloire, on vous dira, selon le pays ;

Je suis Français, — Allemand, — Russe, — Anglais, — Hollandais.

Et on se battra pour soutenir ce beau titre.

Partout, pour encourager les soldats, on leur dit :

Souvenez-vous que vous êtes Allemands ;

N'oubliez pas que vous êtes Français ;

Ne perdez pas de vue que vous êtes Ethiopiens ;

Rappelez-vous que vous êtes Otaïtiens ;

Qu'un jour de bataille, le soleil sorte des nuages, et fasse étinceler les piques, les casques et les cuirasses,

Dans les deux camps, on vous dira :

Aux Français : — C'est le soleil d'Austerlitz !

Aux Allemands : — C'est le soleil de Morat !

Aux Anglais : — C'est le soleil de Malplaquet !

Pendant que le soleil suit tranquillement son cours, et fait mûrir les pommes, également pour tous.

Imaginez que vous êtes habitans de la frontière ; à moins que les deux pays ne soient séparés pas un fleuve, vous ne pourriez tracer une ligne si ténue qui n'appartînt pour une moitié à un pays, et pour l'autre moitié à l'autre pays.

Certes, vous avez plus de ressemblance, plus de liens et d'affections avec l'ennemi, qui est de l'autre côté de la ligne, qu'avec votre compatriote, qui, à quatre cents lieues de vous, ne vous connaît pas, et ignore votre existence, comme vous ignorez la sienne. Vous avez avec l'ennemi le même soleil, la même herbe, la même nourriture. Cependant, dans vos discours et dans vos chansons :

En deçà de la ligne, on est brave ;

Au delà de la ligne, on est lâche.

S'il y a eu un combat à cent lieues, sans s'être battu, sans avoir rien perdu, ni gagné,— c'est-à-dire, sans avoir aucune raison de se réjouir ni de s'attrister,

Ici on pleure et on est humilié ;

Là on se frotte les mains et on lève la tête.

Sur cette ligne, il y a une touffe d'herbe ; vous en aimez la moitié ; cette moitié fait partie des « riantes prairies de votre belle patrie. » L'autre moitié, vous ne daignez pas la regarder. Il y a un caillou sur la ligne : vous en prendrez la moitié pour casser la tête de l'ennemi ; l'autre moitié cassera la vôtre.

Mais voici qu'un traité de paix amène la concession d'une portion de territoire ; ce qui était la patrie, ou ce qui du moins en faisait partie, ne l'est plus ; vous ne l'aimez plus ; « il était beau de mourir pour elle. »

— Αγιος θανατος, dit Fischerwald.

— Il est beau de tuer ceux qui la défendent et de mourir en la ravageant. Et, dans chaque patrie, il y a une foule d'autres patries ; on se bat pour sa province, pour sa ville, pour sa maison. Que deviendrions-nous si Dieu écoutait les vœux de tous les peuples, qui, tous, le prient de briser les dents de leurs ennemis dans leurs mâchoires ?

— *Ossa inimici in ore perfringam*, dit Fischerwald.

— Il n'y aurait plus, continua Maurice, de dents dans aucune mâchoire ; — mais, je vous le disais, le soleil fait mûrir les fruits, feuillir les arbres et épanouir les fleurs également pour tous. tandis que les hommes s'amusent à s'entretuer sans réussir à déranger l'ordre prescrit par la nature ; car, mère prudente, elle a prévu leurs folies, comme, dans sa sage prodigalité, elle a prévu que les semences des cerisiers seraient détournées de leur but pour faire du kirschenwasser ; les hommes ont toute latitude d'imaginer et d'agir contre la nature et la destination des êtres, ils ne pourront se détruire. La nature a donné pâture à leurs folies, comme le voyageur prudent met à part une bourse pour les voleurs.

Jamais l'homme ne pourra détruire un brin d'herbe, pas plus que le créer.

Un pied de tabac produit 360,000 graines.

Un seul orme 529,000.

Vous pouvez fumer, et faire des planches pour les cercueils des hommes que vous tuez, il y aura toujours des hommes, des ormes et du tabac.

Vous pouvez aussi faire de l'opium par l'expression des semences de pavot ; un seul pied produit 32,000 graines, et si chaque graine réussissait, en cinq ans le globe entier serait couvert de pavots.

— Il n'y a pas besoin de cela pour nous endormir, dit Richard.

— Mais, dit Fischerwald, *me audias, obtestor :* en admettant que l'amour de la patrie soit une erreur ou une mystification, je ne puis admettre qu'une mystification qui ne rapporterait rien à personne se maintînt d'elle-même aussi long-temps.

— A mon tour, reprit Maurice, *me audias*, *obtestor ;* pour le plus grand nombre l'amour de la patrie est une mystification ; pour quelques uns, c'est une convention utile, dans le misérable état de lutte et de guerre où est la société.

Mais beaucoup sont intéressés au maintien de ladite mystification.

Pour les héros, il faut bien qu'il y ait une patrie, sans cela il n'y aurait pas d'ennemis, conséquemment pas de victoire, pas de lauriers, pas de gloire, pas de butin.

Il leur faut encore une patrie pour associer et intéresser à leurs actions des gens qui les paient et n'en retirent aucun bénéfice, pour faire croire à un certain nombre d'hommes qu'il est pour eux glorieux et avantageux que M. de Villars ou M. de Marlborough ait tué un grand nombre d'hommes dans leurs champs, qui, foulés par les pieds de chevaux, seront un an sans rien rapporter, tandis qu'on doublera les impôts pour subvenir aux frais de la gloire, qui n'est pas plus gratuite qu'autre chose.

Quand un héros, ou un seigneur, ou un maître a dit : — Oh ! oh ! voici une terre, un château, un bois qui seraient fort à ma convenance ;

Oh ! oh ! je n'ai plus d'argent pour nourrir mes chevaux, mes chiens et mes valets ;

Il ne pouvait pas dire au peuple :

— Venez vous battre et vous faire tuer, pour que j'aie un beau château, une belle terre, desquels mes valets vous chasseront à coups d'étrivières quand ils seront à moi ; pour que j'aie une belle forêt dans laquelle vous serez

Pendus,
Roués,
Ecartelés,
Cousus dans un sac,
Noyés,
Crucifiés,
Brûlés,
Flagellés,

Mangés par les chiens,
Si vous avez le malheur d'y prendre un lapin ou une caille.
Venez vous battre pour que j'aie de l'argent pour nourrir les chevaux qui détruisent vos récoltes,
Les valets qui vous battent et vous pendent,
Et les chiens qui vous mangent.

Il est probable qu'on lui aurait ri au nez. Il a inventé quelque chose qui n'est pas beaucoup moins absurde, mais qui a réussi jusqu'ici.

Il a emmené des hommes se battre, et il leur a dit : — Haïssez-vous et tuez. Puis, lui, héros, seigneur ou maître, il a pris « à l'ennemi sa femme, son serviteur, sa servante, son bœuf, son âne et tout ce qui était à lui; » sans partager avec personne. Puis, si quelque curieux s'est avancé, qui ait dit : — Y aurait-il de l'indiscrétion à demander pourquoi nous avons battu, mutilé et tué ? pourquoi nous avons été battus, mutilés et tués ?

« Il n'y a pas la moindre indiscrétion, a répondu le héros, vous avez battu, mutilé et tué, incendié et ravagé, vous avez été battus, mutilés, tués, ravagés et incendiés, parce que vous êtes des patriotes, parce que vous aimez la patrie; vous avez perdu un bras, réjouissez-vous; deux bras, glorifiez-vous; deux bras et une jambe, enorgueillissez-vous; les deux bras et les deux jambes, vous ne devez les regretter que parce que cela vous empêche de sauter de joie et de battre des mains. »

Puis il a recommencé : « Ohé ! je n'ai plus de bottes ; patriotes, la patrie n'a plus de bottes ; elle appelle ses enfans, venez vous faire tuer. » Et voyez comment on met la patrie à toutes les sauces.

Que deux partis déchirent un pays :

L'un d'eux dira : — La patrie gémit sous le despotisme ; enfans de la patrie, délivrez votre mère.

L'autre criera : — La patrie est en proie à l'anarchie; enfans de la patrie, délivrez votre mère.

Remarquez en passant que cette excellente mère n'élève jamais la voix que pour rendre ses enfans homicides ou martyrs.

— Mais, dit Richard, que veux-tu faire de l'amour de la patrie?

— Je veux, reprit Maurice, qu'on s'en serve comme d'une chose utile pour les individus qui possèdent, tant que nous ne serons pas sortis de cette crise que l'on s'obstine à attribuer à de futiles questions de personnes, tandis que c'est l'état social qui tout entier a besoin de nouveaux fondemens. Je veux qu'on ne se fasse pas un titre de gloire de ce qu'on fait dans son intérêt, comme de mettre son grain à l'abri de la pluie, ou niaisement, dans l'intérêt des autres qui rient de vous, comme de se faire tuer pour nourrir les mystificateurs de sa chair, et les désaltérer de son sang.

On aime la patrie pour se dispenser d'aimer le monde entier, comme on aime sa famille pour se dispenser d'aimer les autres hommes.

La patrie comprend les possessions d'un certain nombre d'individus, qui tous ensemble défendent toutes les propriétés, pour que chacun ait la sienne à l'abri des attaques extérieures.

Donc l'amour de la patrie c'est l'amour de votre cheminée, c'est l'amour de votre maison, de votre jardin.

Quand on crie :

— O ma patrie !...

— *O dulcis patria!* interrompit Fischerwald.

— Cela veut dire : Oh! comme ma maison est exposée au soleil levant!
Comme les roses de mon jardin parfument l'air!
Comme mon fauteuil est commode et rembourré!
Comme ma femme a de beaux et soyeux cheveux blonds!
Comme mon vin est généreux et vieux en bouteille!
Et encore: Combien je serais vexé si d'autres venaient :
Humer mon soleil,

Boire mon vin,
S'étendre dans mon fauteuil,
Parfumer avec mes roses le lit où ils coucheraient avec ma femme.

O mes amis, je défendrai avec vous votre maison, votre soleil, vos roses, votre fauteuil, votre vin et votre femme, pour que vous défendiez avec moi ma maison, mon soleil, mes roses, mon fauteuil, mon vin et ma femme.

C'est une assurance mutuelle, et rien de plus; ceux qui n'ont rien pour quoi ils puissent craindre ont le droit de n'y pas entrer: l'amour de la patrie n'est pas une vertu, c'est un égoïsme de trente millions d'hommes.

Ici Maurice finit sa dissertation, et, comme il arrive dans toute discussion, il ne persuada personne.

Le seul résultat fut qu'il avait laissé passer le moment d'aller chez l'ambassadeur.

XXVII

Le comte Leyen à Hélène.

J'espère, ma chère Hélène, que tu recevras avec plaisir des nouvelles d'un ancien ami, qui, malgré l'abandon un peu précipité dans lequel tu l'as laissé, n'a conservé contre toi aucun ressentiment, et pense bien souvent à toi et aux courts instans de bonheur qu'il te doit.

Je pense que maintenant tu es réveillée de tes riantes illusions, pauvre enfant! et si je crois les informations que j'ai fait prendre, il est temps qu'une main amie te vienne tirer du naufrage.

Je t'aime toujours, Hélène, mais d'un amour vrai et solide; reviens à moi, tu retrouveras encore cette vie brillante dont tes folles amours t'ont fait tomber; j'ai compté sur le retour de l'enfant prodigue; rien n'a été changé dans ta maison : tes chevaux sont dans tes écuries; tes domestiques n'ont servi personne depuis ton départ; personne ne s'est permis d'entrer dans ta chambre; j'ai voulu qu'on la respectât comme un sanctuaire où j'ai goûté un bonheur qui empêche de croire que Dieu puisse rien promettre de plus à ses élus.

XXVIII

Où l'on propose quelques modifications aux joies des élus.

Hélène montra cette lettre à Maurice; Maurice la lut, et un sombre nuage passa sur son visage; il la rendit à Hélène, qui la déchira; Maurice lui baisa presque froidement la main, et sortit.

Hélène avait cru ne pas devoir faire à Maurice un mystère de rien qui pût lui arriver, et, par un innocent orgueil, elle s'était laissé aller au plaisir de lui montrer ce qu'elle était heureuse de lui sacrifier; elle était si fière de l'amour de son amant, qu'elle saisissait avec empressement l'occasion de lui montrer des sentimens qui pouvaient le justifier.

Mais ce que Maurice avait vu dans la lettre, ce n'était pas le désintéressement d'Hélène, qui, sans hésiter, rejetait les offres brillantes de Leyen pour une vie pauvre et incertaine avec lui; ce n'était pas cette noble humilité qui ne croyait pas encore avoir assez fait pour se rendre digne de son amour, et s'efforçait de le mériter.

Il n'avait vu là que le tutoiement familier de Leyen, et encore les souvenirs qu'il rappelait de cette chambre où Hélène avait donné et reçu des caresses à un autre et d'un autre que lui. Cette pensée lui inspirait des mouvemens de rage et de désespoir; il passa le reste du jour seul, d'abord livré à des doutes et à des irrésolutions fatigantes, couché sur un canapé, et remplissant sa chambre de la fumée du tabac.

Mais peu à peu il s'accoutuma à cet état d'inertie et d'assoupissement qui fait voltiger autour de la tête des pensées légères, bizarres, que le moindre souffle chasse ou métamorphose comme les nuées de fumée, et lâche la bride à l'imagination qui, vagabonde, laisse là le corps engourdi, sans force pour la suivre ni la retenir, tel que l'oiseau qui, échappé de la cage, voltige à l'entour, et semble narguer l'oiseleur, stupéfait de sa fuite.

Etat délicieux, où le *moi* disparaît, où l'on assiste à sa propre vie, à ses sensations, à ses joies, à ses douleurs, comme à un spectacle, avec cette douce paresse d'un spectateur bien assis.

Où l'on ne peut creuser une pensée triste, sans que, malgré vos efforts pour la retenir, elle vous échappe comme l'eau entre les doigts, et se change en une figure bouffonne, qui, dansant dans la fumée du tabac, vous rit au nez, et vous force à rire.

Plusieurs heures s'écoulèrent rapidement, et Maurice commença à s'inquiéter en songeant que l'heure allait bientôt sonner où il devait aller dîner chez Hélène, où il lui faudrait rompre en se levant le charme extatique auquel il était livré.

— Ce serait volontiers, se dit-il, que je passerais ainsi ma vie, non seulement celle-ci, mais la vie future.

Car voici ce qu'on nous promet pour cette vie future, ce qu'on promet du moins aux élus, à ceux qui ont renoncé à ces quelques joies qui brillent dans cette vie, pour se rendre dignes des joies ineffables de l'autre :

Voir Dieu face à face, pendant une éternité, et entendre les concerts

Des anges,

Des archanges,

Des chérubins,

Des trônes,

Des puissances,

Des dominations,

Qui sonnent de la trompette.

Ne peut-il pas se faire que quelqu'un se trouve qui n'aime pas la trompette?

Ou qui même, tolérant volontiers le son de la trompette, ne soit pas d'avis d'en jouir pendant toute une éternité? Sans révoquer en doute le talent des trônes et des dominations.

Car ce serait peut-être là le plus horrible supplice d'un enfer bien organisé de faire jouir toujours les damnés du même plaisir, quelque vif qu'il fût.

Tandis que celui que je goûte en ce moment prend toutes les formes, et n'en garde aucune assez long-temps pour qu'on puisse craindre de la revoir.

On a eu tort de faire un paradis absolu.

Il fallait faire un paradis relatif, où chacun eût l'espoir de trouver des délices convenables à sa nature, à son organisation, à ses goûts.

Aux uns, il faut l'espoir des houris de Mahomet,

Aux autres, la certitude de contempler des variétés de tulipes inconnues sur la terre.

Selon les gens, il faudrait promettre :

POUR TOUTE UNE ÉTERNITÉ,

Des pâtés de poisson bien supérieurs à ceux de la Poissonnerie anglaise

Des symphonies plus belles, s'il est possible, que celles de Beethoven ;

Des cravates mieux faites et mieux empesées que celles de Walker ;

Un nouveau sens qui ouvrît à l'intelligence et à la pensée un nouveau monde et un ordre de choses inconnu ;

Un vin de Champagne qui ne grisât pas ;

Des huîtres fraîches au mois d'août ;

Les riantes et nobles sensations du premier amour toujours renouvelées et toujours les mêmes ;

Des dentelles plus belles que les dentelles de Malines ;

Un pied aussi petit que celui de madame Pauline Pell.... ;

Des combats, du sang, des victoires et des couronnes ;

De hautes montagnes, où l'air pur inspire de nobles pensées, où l'esprit se dégage du corps comme d'un poids incommode, et prend son essor vers le ciel ;

Un billard plus élastique qu'aucun billard connu, avec un bleu divin, qui ferait faire de magnifiques effets de queue ;

Des infortunes à soulager, un concert de bénédictions des pauvres ;

Une rivière avec une eau admirable à regarder couler ;

Je laisse ici des lignes que chacun remplira selon son goût pour ne pas commettre de passe-droit.

. . . .
. . . .
. . . .

Pour ce qui est de l'enfer,

Il faudrait y mettre la même variété.

Ce qui est le paradis des uns serait l'enfer des autres.

Les choses les plus insipides peuvent être du goût de quelques uns : on a vu des gens se plaire à voir hurler le drame par M. Frédérick Lemaître ; aussi laisserons-nous chacun se faire un enfer à sa guise.

POUR TOUTE UNE ÉTERNITÉ :

. . . .
. . . .
. . . .

Comme Maurice en était là de ses idées vagabondes auxquelles on nous ccusera peut-être d'avoir mêlé quelques unes des nôtres,

L'horloge sonna ; il compta les coups avec anxiété. Il avait encore une demi-heure.

— Je suis si bien couché, se dit-il ; il est bien ennuyeux de me lever ; e mettre une cravate, et d'aller dans la rue.

S'il ne fallait pas me déranger pour appeler, j'enverrais dire à Hélène que je ne la verrai que ce soir.

On frappa à la porte.

— Entrez ! dit Maurice.

Un homme entra qui portait une lettre d'Hélène, et qui partit après l'avoir remise.

« Ne viens pas dîner aujourd'hui. Je suis un peu souffrante ; je ne te verrai que demain.

» Je t'aime.

» HÉLÈNE. »

Maurice d'un seul bond se leva.

Qu'est-ce ? se dit-il ; pourquoi ne veut-elle pas me voir aujourd'hui ? Il y a là quelque chose de mystérieux et d'inintelligible.

Hélène me tromperait-elle ?

Ah ! dit-il, après un moment de silence, la pudeur d'une femme est comme la neige, il faut bien peu de chose pour altérer sa blancheur, et elle ne la recouvre jamais.

Malgré moi, malgré les preuves de l'amour d'Hélène, je serai toujours jaloux, jaloux du passé, jaloux de l'avenir. Hélène a été prostituée; le parfum ne revient pas aux roses flétries.

Et Maurice qui, quelques minutes auparavant, ne désirait rien tant que de ne pas aller dîner chez Hélène, pour se livrer à la paresse, « la plus voluptueuse des passions, » s'habilla et sortit pour aller errer au hasard, étrangement agité et perplexe de l'accomplissement de son désir.

XXIX.

Le hasard conduisit Maurice au parc où il avait, quelques jours auparavant, passé la soirée avec Hélène. La porte était ouverte; le jardinier n'y était pas. Il entra et alla s'asseoir sur la rive du petit étang.

Il y avait en cet endroit une fraîcheur et un calme délicieux. Les oiseaux, après quelques gazouillemens pour se disputer leurs nids, s'étaient endormis dans la feuillée. Un silence profond régnait au loin. C'est à cette heure que réellement l'homme peut se croire le roi de la nature. Car, tandis que tous les animaux sont engourdis par le sommeil, lui seul veille, et la terre prend une nouvelle parure; les parfums deviennent plus pénétrans; les étoiles se mêlent au feuillage noir; les lucioles luisent dans l'herbe comme un reflet des étoiles.

Et l'homme pourrait croire que tout cela est fait pour lui, s'il ne sentait la présence invisible de quelqu'un plus grand que lui, qui lui inspire une mystérieuse terreur, telle qu'il n'ose élever la voix, et que le bruit de ses pieds sur les feuilles sèches le fait tressaillir.

— Ici, se dit Maurice, seul avec Hélène, j'oublierais sa flétrissure et je serais heureux.

A ce moment, il vit encore deux robes blanches glisser dans un taillis, et se diriger vers la maison.

— Le hasard, continua Maurice, ne pouvait-il pas mettre Hélène à la place d'une de ces deux femmes, qui, peut-être pures, donneront toute leur vie à quelque idiot qui vendra ce séjour enchanté pour aller à la ville livrer sa femme à des séductions qui feront le malheur éternel de l'un ou de l'autre.

Pourquoi Hélène n'est-elle pas dans cette situation? moi, je ne gaspillerais pas un semblable bonheur.

C'est beau, ajouta-t-il, une fille chaste et pure, qui livre à la fois son corps et son âme, et toute sa vie. C'est plus beau encore de vivre seul avec elle, sous ces arbres, sur ces rives fleuries, sous ce ciel étoilé : comme une vie semblable, une vie toute d'amour doit couler douce et paisible! on mourrait sans avoir rien su des guerres, des haines, des soupçons.

Mais Hélène, je vivrais ici seul avec elle. Que d'horribles souvenirs, comme des fantômes nocturnes, peupleraient malgré nous notre solitude!

Par momens j'ai comme un pressentiment que le lien que nous voulons former fera notre malheur à tous deux,

A moi surtout; n'aurai-je pas d'horribles désespoirs?

Et si je souffre, pourrai-je le lui cacher? ne souffrira-t-elle pas de me voir malheureux?

Il eût mieux valu ne pas nous rencontrer, Hélène eût été plus heureuse de rester avec Leyen, *Leyen qui l'aime encore.*

Il était tard, Maurice se leva, mais la grille était fermée; il sortit par dessus la muraille,

Et rentra chez lui, emportant cette idée funeste.

« Si je n'épousais pas Hélène, si je la quittais, elle retrouverait près de Leyen toutes les séductions de la richesse; elle serait heureuse! »

XXX.

Si Hélène avait écrit à Maurice de ne pas venir dîner ce jour-là, c'est que le juif auquel elle vendait depuis long-temps ses bijoux n'était pas à la ville; qu'elle n'avait pu se procurer d'argent pour ajouter quelque chose à son ordinaire, et qu'elle craignait que Maurice ne soupçonnât sa pauvreté.

XXXI

Pendant une nuit de décembre.

> La neige a blanchi la vallée,
> Les arbres n'ont plus de feuillée,
> L'oiseau reste triste et muet :
> Autour de l'âtre on passe la soirée;
> Et la croix d'or dont la vierge est parée,
> Et son cou plus blanc que le lait,
> Tout est caché sous un fichu discret.

C'était une belle action que celle d'Hélène se coupant le bras pour enlever le chiffre de Leyen; et si l'impression que la vue de ce chiffre produisait sur Maurice eût été du ressentiment de la faute d'Hélène, cette faute eût été cent fois expiée, et le pardon mérité, non par le fait même, car il n'est pas de femme peut-être qui, pour augmenter l'amour de son amant, ne consentît à se laisser enlever un peu de chair: il y en a qui souffrent dix fois davantage pour paraître plus minces; mais peu de femmes auraient eu cette pensée.

Mais comme cette impression n'était pour Maurice qu'un témoignage qui lui rappelait malgré lui qu'Hélène avait été à un autre, et qu'il ressentait ce chagrin autant pour elle que pour lui, l'aspect de la cicatrice plus ineffaçable que le chiffre, que l'atteinte profonde du rasoir avait laissée, produisait sur son esprit exactement le même effet qu'avait produit la vue du chiffre tracé par le comte.

Cette sensation se révéla une nuit qu'Hélène avait ressenti les premières douleurs de l'enfantement, et s'était endormie de fatigue.

Sa belle tête pâle, sur laquelle restait une impression de douleur, était tout enveloppée dans ses cheveux détachés; son bras, blanc et rond, était plié sous la tête, et laissant voir cette cicatrice.

— Qu'elle est belle! dit Maurice, qui, assis près du feu, la contemplait à la lueur de la lampe; et en même temps il vit la cicatrice.

Il resta quelques instans absorbé; puis il se dit:

— Ma situation est cruelle.

Oui, cruelle pour moi, mais ridicule pour les autres. Je veille avec sollicitude une femme prête de mettre au monde l'enfant d'un autre!

Mais, c'est peut-être mon enfant!

Quand ce ne serait pas le mien, dois-je l'abandonner quand elle souffre? Dois-je faire moins pour elle que je ferais pour Richard; — s'il était blessé, demanderais-je si la querelle était juste?

. . . .

Au diable la justice avec les passions!

Hélène se réveilla avec d'horribles souffrances. Mais quand elle vit Maurice, elle retint ses cris.

La sage-femme, couchée dans la pièce voisine, accourut.

Hélène souffrit pendant une heure en cherchant à cacher à Maurice des angoisses dont elle eût été fière et heureuse, s'il eût été certainement le père de l'enfant. Maurice ne pouvait empêcher de grosses larmes de sortir de ses yeux.

L'enfant parut.

— Elle ne souffre plus, dit Maurice; c'est toujours ce chagrin-là de moins.

Mais, ajouta-t-il, ce que je ne pourrai jamais ni oublier, ni pardonner, c'est le plaisir qui a précédé ses souffrances.

XXXII.

Hélène, sitôt qu'elle eut recouvré quelques forces, regardait de côté sans oser demander son enfant; elle attendait que Maurice le lui présentât.

Maurice comprit le combat qui se livrait en elle; il en eut pitié.

Les dents convulsivement serrées, il se leva, prit l'enfant dans ses bras et dit à Hélène: « Embrasse... notre fille. »

Hélène ne répondit que par un regard à tant de générosité; mais ce regard pénétrait le cœur.

Maurice rendit l'enfant à la femme qui le tenait;

Puis il sortit.

Il avait eu envie de lui briser la tête contre la muraille.

XXXIII

Maurice à Hélène.

2 février.

Ecoutez-moi avec calme, s'il est possible, Hélène, et soyez persuadée que l'amour seul que j'ai pour vous m'oblige à la résolution *immuable* que j'ai prise.

Il est impossible que nous soyons heureux ensemble.

Le destin a mis entre nous un malheur ineffaçable.

Il faut que chacun de nous suive la route dans laquelle il a été jeté.

Jamais nous ne serons heureux; mais au moins nous éviterons les horribles tortures que nous nous faisons l'un à l'autre.

Retournez près de Leven: depuis la lettre de lui que vous m'avez montrée vous en avez reçu deux autres.

Moi, je vais partir; quand vous recevrez cette lettre, je ne serai plus en Allemagne.

Il faut bien de l'amour pour consentir à vous perdre; mais je ne pouvais vous condamner à la misère, vous, Hélène, que j'aime tant.

Cette place que l'on me donne à l'ambassade, on la refusait à un homme marié; je ne pouvais gagner de quoi vous faire vivre.

Et d'ailleurs, si le sort m'avait été moins contraire, une nuit, en contemplant votre bouche rose, vos dents, tout votre corps, salis des baisers d'un autre, je vous aurais étranglée, comme plus d'une fois j'en ai senti l'affreuse envie.

Je ne te reproche rien, Hélène, car, je te le répète, je t'aime, je t'honore plus qu'aucune autre femme. Je ne te parle pas d'une faute, je te parle d'un malheur, d'un malheur qui nous frappe tous deux, autant l'un que l'autre.

Résigne-toi à la vie dans laquelle le hasard t'a mise ; sois riche, sois adorée, livre-toi aux plaisirs, faute de bonheur.

Moi, je me rejette dans une vie errante et incertaine ; je me laisse aller, comme la feuille jaunie par l'automne se laisse aller au vent.

Plus tard, après les premières douleurs passées, nous pourrons nous voir, être amis.

Le ciel ne nous avait pas faits l'un pour l'autre ; il nous a fait payer cher les momens de bonheur dont nous nous sommes enivrés malgré lui ; aimons-nous, mais regardons-nous comme un frère et une sœur que les lois humaines séparent à jamais.

Adieu, toi que j'ai tant aimée, que j'aime tant encore, toi qui as rempli pour jamais ma vie d'amour et de douleur. Adieu, je pleure en écrivant ce mot. Adieu... adieu !...

XXXIV.

Hélène voulut répondre : elle saisit la plume, et d'une main précipitée et tremblante, écrivit :

« Vous êtes bien lâche... »

Elle s'arrêta. Où envoyer la lettre ?

D'ailleurs, il est parti, et sa résolution est *immuable*.

Elle jeta au feu la lettre commencée, et se prit à pleurer.

Au même moment, Maurice disait adieu à Richard.

— Sois sûr, dit Richard, qu'elle retournera près de Leyen, qui en est plus amoureux que jamais.

— N'oublie pas ton chapeau, dit Fischerwald ; ne sois pas aussi distrait que moi. Je ne sais si je vous ai dit qu'il y a quelque temps je suis sorti d'une maison sans emporter mon chapeau. — Je suis par trop original.

XXXV.

L'Auteur.

Arrêtez-vous un moment, ô notre lectrice !

Car, lorsque nous écrivons, nous aimons à nous figurer que le soir, au coin de l'âtre, dans une pièce éclairée seulement par la lueur du feu,

Étendu sur des coussins, entre deux ou trois femmes, nous contons nonchalamment une histoire, après avoir obtenu la permission de dénouer notre cravate.

Arrêtez-vous un moment, car nous allons abandonner, pendant trois ou quatre ans, Maurice et Hélène, Richard et Fischerwald,

Et l'enfant d'Hélène, car nous n'aimons guère les vagissemens des petits enfans, et nous allons laisser à celui-là le temps de grandir.

« Il n'y a de jolis enfans que ceux dont on est le père. »

Comme l'intervalle que nous mettons dans le récit exige que vous en mettiez un peu dans la lecture ;

Si, à l'heure où vous lisez ceci, le soleil descend à l'horizon, et le vent porte les parfums des fleurs, allez vous promener quelques instans sous les arbres dont les cimes noircissent ; allez entendre le frémissement des feuilles ; vous en reviendrez douce, bonne et disposée à ouvrir votre cœur aux sentimens tendres et exaltés.

Mais si le soleil au zénith brûle la terre ;

Si les nuages laissent tomber la pluie qui les surchargeait ;

Si la neige s'attache aux branches nues des arbres ;

Donnez une heure à votre toilette, détachez vos cheveux soyeux, peignez leurs longues tresses, parfumez-les, faites-vous belle, c'est un devoir pour les femmes ; il est si doux de les voir ; elles n'ont pas le droit de nous priver du bonheur de les admirer, elles n'ont pas le droit de ne pas être belles.

Maintenant, continuez.

XXXVI.

Maurice, après un séjour de quatre ans en France, était enfin revenu en Allemagne, où il avait retrouvé Richard, possesseur d'une place lucrative dans l'administration, et Fischerwald avec une assez belle clientèle.

Pour lui, il s'était efforcé de s'amuser en France, et il avait dépensé tout l'argent qu'il y avait gagné. A son retour, pour prix de ses services, on lui avait donné dans l'administration une place très inférieure à celle qu'occupait Richard, mais qui lui rapportait de quoi vivre.

Richard et Fischerwald n'étaient pas changés plus que Maurice, et les trois amis avaient recommencé à vivre comme devant.

Personne ne put donner à Maurice des nouvelles d'Hélène ; on savait seulement que le comte Leyen était en Italie, et on n'avait pas entendu parler d'elle depuis le départ de son ancien amant. On les croyait ensemble.

Maurice allait quelquefois se promener dans le parc où il avait passé une soirée avec Hélène, la dernière fois qu'il était sorti avec elle.

On était à l'automne ; les feuilles des cerisiers étaient couleur de pourpre, les églantiers, les chèvrefeuilles, les aubépines étaient couverts de baies de différentes nuances de rouge.

Mais les occupations de Maurice ne lui permettaient pas d'aller à la chasse comme autrefois. — Richard et Fischerwald passaient leurs soirées à boire de la bière ;

Et le jardinier, dont il avait capté les bonnes gâces par quelques florins, lui permettait d'errer dans le parc et d'y respirer à son aise.

Plusieurs fois il avait revu de loin les deux jeunes filles dont les robes blanches avaient autrefois glissé à ses yeux dans le feuillage, comme si elles eussent été deux dryades solitaires ; mais il les avait toujours évitées.

Un jour cependant, comme il était couché dans l'herbe, entre les saules bleuâtres qui bordent le petit étang, il fut tiré de sa rêverie par un cri ; il avança la tête et vit les deux jeunes filles fort inquiètes et regardant dans l'eau.

Maurice se leva, et leur demanda le sujet de leur inquiétude.

— C'est ma montre, monsieur, dit la plus grande, c'est ma montre que j'ai laissé tomber dans l'étang ; c'était une montre donnée par mon père, monsieur, et deux grosses larmes roulèrent dans ses yeux.

— Mademoiselle, dit Maurice, je vais vous la rendre.

Habile plongeur, Maurice n'était retenu que par le désir de se débarrasser de ses habits ; mais la présence des jeunes filles l'en empêchait ; il ôta seulement sa redingote, se fit indiquer la place où était tombée la montre, disparut sous l'eau, et, au bout d'une minute, reparut en tenant la montre par le cordon noir qui l'attachait. Quand il reparut, il trouva sur la rive un troisième personnage, c'était la mère des deux jeunes filles : le bord de l'étang était escarpé. Maurice, malgré le secours qu'on lui donna, fut obligé de se rouler sur la terre délayée, et parut dans un misérable état.

On le fit changer d'habits, et il retourna chez lui.

— Blanche, dit la plus jeune des deux filles, cet étranger s'est trouvé là fort à propos.

— Oui, reprit l'autre, je ne me serais jamais consolée de cette perte ; mais, ajouta-t-elle en riant, et dans ses beaux yeux bleus qui souriaient, on voyait encore briller une larme, — une chose nuit à ma reconnaissance, le héros de l'aventure est trop laid ; j'ai eu de la peine à retenir un éclat de rire quand je l'ai vu hors de l'étang, les cheveux pendans, les habits ruisselans et couverts de fange, et si gauche, si gêné dans ses mouvemens.

Cependant, à parler sérieusement, je voudrais le revoir pour le remercier.

Maurice, qui s'était aperçu de l'impression que son aspect produisait, se disait en s'en allant : — L'esprit des femmes est ainsi fait ; soyez brave, grand, généreux, honnête, si vous pouvez, ce sont des qualités accessoires ; quand vous ne les auriez pas, cela ne vous empêchera pas de réussir, pourvu que vous ne soyez pas ridicule ; mais si un seul instant vous êtes ridicule, vous êtes perdu.

J'ai eu tort ; il eût mieux valu les faire rougir que de les faire rire. J'ai eu tort de ne pas me déshabiller.

Je suis sûr, ajouta-t-il, que si une femme voyait son père disparaître dans un marais fétide, l'homme qui irait le chercher et reparaîtrait noir d'une boue infecte, inspirerait à la femme une vive reconnaissance, mais jamais d'amour ; il vaudrait mieux laisser étouffer le père, et se désoler sur le bord du marais en phrases sonores et poétiques.

Maurice raconta son aventure à ses amis. — La maîtresse de la montre est blonde, dit-il ; décidément, j'aime mieux les femmes blondes que les brunes ; elles sont plus femmes, elles s'éloignent davantage de la ressemblance de l'homme. Les yeux noirs ont de la vivacité, mais une vivacité uniforme ; leur langage n'a que quelques mots expressifs, mais toujours les mêmes ; les yeux bleus disent tout et de mille manières différentes ; ils expriment jusqu'aux nuances les plus délicates et les plus difficiles à saisir.

Je compare les yeux noirs à un instrument qui, tout mélodieux qu'il soit, a une gamme incomplète et ne peut donner les demi-tons.

Une chose bizarre, continua Maurice, c'est que, malgré ma prédilection réelle pour les yeux bleus, je me suis battu en France pour défendre les yeux bruns.

J'étais dans une maison où un officier tranchait sur tout avec un ton de supériorité fatigant ; je grillais de trouver un prétexte de le contredire ; mais ma conscience m'en empêchait : cet homme ne pouvait me blesser que par la forme, car le peu d'idées qu'il émettait s'accordaient assez bien avec les miennes. Impatienté de me voir réduit au silence, pour ne pas sembler ajuster ma manière de voir sur la sienne, je me déterminai à contredire le premier mot qu'il prononcerait, ce mot exprimât-il mon idée la plus chère et la plus vénérée.

Il parla d'une femme et dit : — Elle a les plus beaux yeux bleus qu'on puisse voir.

— Moi, dis-je, je préfère les yeux noirs.

— Moi aussi, monsieur, me dit-il, ou, pour mieux dire, je préfère les yeux bleus et les yeux noirs ; mais votre assertion m'étonne, et vous, Allemand, au moins par patriotisme, vous devriez aimer les yeux bleus, car dans votre pays de patates je ne me suis pas aperçu que l'on portât beaucoup d'yeux noirs.

— Monsieur, dis-je, piqué de l'avantage qu'il avait sur moi et de l'épithète qu'il donnait à l'Allemagne, nous ne sommes pas comme les Français, nous n'aimons pas notre pays parce qu'il produit des melons et des olives, et nous ne plaçons pas le patriotisme dans de petites et ridicules prétentions. — La querelle s'échauffa, et nous nous battîmes le lendemain.

— Et, dit Richard, il va sans dire que tu reçus un coup d'épée.

— Comme vous dites, ami Richard, parce que je n'ai jamais pu trouver le moment d'apprendre à tirer, quoique j'en sente l'utilité autant que personne, et que, si j'ai bonne mémoire, c'est mon opinion à ce sujet qui vous a fait acquérir un talent dont j'ai été la victime.

— Ne m'as-tu pas pardonné? dit Richard.

— Moi, mon brave Richard, dit Maurice en lui tendant la main, je ne t'en ai pas voulu un seul instant; les études que j'ai faites sur moi m'ont rendu indulgent; je ne me crois pas le droit d'exiger que personne vaille mieux que moi.

— Ce qu'il y a de prodigieux dans ton histoire, interrompit Fischerwald, *quod mirabile dictu est et vix credibile*; c'est qu'à la fois admirateur des yeux bleus, tu t'es battu pour les yeux noirs, et aussi par amour de la patrie, pour lequel tu professes un si grand mépris.

— Oh! dit Maurice, c'est une petite et ridicule chose que l'homme.

XXXVII

Dieu et les Hommes.

> — Eh bien! mon pauvre criminel, nous avons donc tué notre père? — Que voulez-vous, mon bon gendarme, chacun a ses petits défauts.
>
> ***
>
> Le bon Dieu est toujours pour les plus gros escadrons.
>
> TURENNE.

Les trois amis allumèrent leurs pipes, versèrent de la bière, et Maurice continua:

— Il n'y a rien, dit-il, d'égal à la petitesse de l'homme, si ce n'est sa vanité; créé, par le caprice de Dieu, l'une des plus petites entre les innombrables formes qu'affecte la matière, moindre dans l'univers créé qu'un grain de sable dans la mer, il a jugé à propos de se créer un Dieu, de lui imposer sa petite grandeur et ses petites passions, de le mêler à ses querelles, de lui prêter de la colère, et même de lui donner sa sotte figure, de l'envelopper de vêtemens roses et bleus. Il existe des discussions écrites où deux auteurs soutiennent deux opinions touchant la chevelure de Dieu: l'un, dont j'ai oublié le nom, prétend qu'elle est rousse, l'autre, l'historien Josèphe, soutient qu'elle est couleur noisette.

Un athée, que l'on brûlait, cédant à la douleur de la flamme qui le dévorait, s'écria: « Ah! mon Dieu! » — Vous avouez donc qu'il y a un Dieu, dirent les bourreaux; mais l'athée, du sein de la flamme et de la fumée, s'écria: « Façon de parler. »

Eh bien! il y a moins d'impertinence envers la majesté divine dans cet athée que dans ses bourreaux. L'homme qui nie Dieu est un imbécile; s'il avait contemplé une fleur ou une goutte d'eau, il n'aurait pas compris Dieu, il l'aurait senti, et il aurait courbé la tête. Au moins, par sa négation, il avoue qu'il est trop petit pour comprendre la grandeur de Dieu; mais ceux qui prêtent leur secours à Dieu pour le faire respecter, ceux-là sont atrocement ridicules et insolens.

Ceux-là aussi sont insolens et ridicules qui pensent que leurs hommages sont agréables à Dieu, et que leur encens sent bon pour lui. Mais le comble de la vanité humaine, le plus haut point de bouffonnerie où l'homme puisse atteindre, c'est quand il craint d'offenser Dieu ; c'est quand il croit l'avoir offensé, et en témoigne les regrets.

Lui, qui ne peut anéantir ni une goutte d'eau, ni un grain de poussière, lui, toujours enfermé dans les mêmes passions, dans les mêmes joies, les mêmes douleurs, lui qui passe sa vie à rire chaque jour de ce qu'il a fait la veille et de ce qu'il fera le lendemain...

O homme! mon pauvre ami. Avec quelles armes penses-tu blesser Dieu, et quelle est donc sa partie vulnérable?

O homme! Dieu est tout ce qui est; Dieu est la mer, le ciel et les étoiles; Dieu est la terre et l'herbe qui la couvre; Dieu est les forêts et le feu qui dévore les forêts; Dieu est à la fois les arbres qui semblent mourir de vieillesse, et les jeunes rejetons fécondés par la pourriture des vieux arbres; Dieu est l'amour qui rend les tigres caressans, et qui force les papillons à se poursuivre dans les luzernes. Dieu est cette poussière féconde qui des étamines du palmier mâle est portée par le vent sur les fleurs du palmier femelle, qui s'épanouissent pour la recevoir; Dieu est en même temps et ces deux palmiers, et le vent qui secoue leur poussière, et les fruits qu'ils produisent. Dieu est les hommes qui pourrissent dans la terre et les violettes qui tirent leurs couleurs et leurs parfums de la pourriture des hommes. Dieu est les hautes montagnes et les insectes microscopiques.

Et toi qui, je le répète, ne peux anéantir un grain de poussière, tu crois offenser Dieu!

Pauvre petite créature! tu me sembles ce fou qui étouffait, parce qu'il craignait de renverser les maisons par son haleine; ou cet autre qui refusait de débarrasser sa vessie, dans la crainte de submerger le monde.

Tu crois offenser Dieu... mais regarde celui qui, selon toi, a le plus offensé Dieu. Le soleil cesse-t-il de caresser son front? Les parfums des fleurs deviennent-ils fétides pour lui? L'eau des fleuves recule-t-elle devant ses lèvres sèches? Les fruits deviennent-ils de la cendre dans sa bouche? La terre se dérobe-t-elle, l'herbe jaunit-elle sous ses pieds?

Non que je sache.

Dieu t'a jeté dans la vie, et t'a renfermé dans des limites infranchissables. — Ta chaîne te permet de cueillir quelques fleurs, et de te piquer les doigts à leurs épines, à droite et à gauche. — Mais il ne t'en faut pas moins parcourir la même route que ceux qui t'ont précédé et ceux qui te suivront. Il te faut mettre tes pieds dans l'empreinte de leurs pieds, — et Dieu s'occupe peu de tes joies, de tes douleurs et de tes insultes.

Il y a long-temps, quand j'étais enfant, j'ai vu noyer un homme. Quatre fois il reparut sur l'eau, avec d'horribles convulsions; les yeux hors de la tête; les dents entrées les unes dans les autres. Il disparut enfin sous une touffe de nunéphars et de fraisiers d'eau.

Tandis que le malheureux expirait sous leurs feuilles, dans d'affreuses tortures, le soleil dorait les fleurs blanches des fraisiers, dans lesquelles des mouches venaient s'enfoncer en bourdonnant. Le soleil n'était pas moins vif, les fleurs pas moins parfumées.

Cette indifférence de la nature m'a frappé, et m'a éclairé.

XXXVIII

> Les désirs sont la richesse du pauvre, et ne ruinent que les riches.

Maurice était allé faire une visite aux propriétaires du parc. Il avait été parfaitement reçu et invité à se promener aussi souvent qu'il le jugerait convenable.

Depuis ce jour, il le jugeait convenable très fréquemment ; il y passait tous les instans dont il pouvait disposer.

La solitude où vivaient les deux jeunes filles leur rendait la présence de Maurice agréable ; en outre, quand il ne sortait pas de l'eau, il avait une belle et noble figure. Sa conversation, quelquefois un peu trop profonde pour plaire à toutes les femmes, était néanmoins le plus souvent spirituelle et attachante par l'exaltation à laquelle il se laissait aller.

Les deux jeunes filles sont belles.

Pauline, la plus jeune, a les cheveux et les yeux noirs ; plus grande que sa sœur, elle a en elle quelque chose de majestueux et d'imposant, toutes ses formes sont plus prononcées ; sa voix est pleine et sonore. Elle aime à monter à cheval et à chasser à travers les bois. Si, dans la promenade, il se rencontre un ruisseau, elle l'a franchi avant qu'on ait pu lui donner la main. Dans d'autres momens, sa démarche et ses yeux prennent de la langueur ; ses regards incisifs se voilent. Aussi ignorante que sa sœur, on voit cependant qu'elle soupçonne le plaisir. — Aimée d'un homme inquiet et entreprenant, elle partagerait l'ambition, les dangers et la gloire de son amant.

Pauline est une femme pour vous suivre dans la vie réelle et positive, ou plutôt pour y marcher avec vous du même pas, quelque mauvais et difficiles que soient les chemins. — Pauline, amante, vous suivrait et vous enivrerait de voluptés partagées dans les bois pleins de ronces, — sur un grabat, dans la plus pauvre mansarde, sur le sable aride du désert et sur les roches aiguës et couvertes de neige. — Pauline oublierait le froid, la fatigue, la soif et la faim, sous les baisers de son amant, et ses baisers à elles les lui feraient oublier.

Pauline a à donner, de plaisirs et de bonheur, tout ce que la nature en a fait pour l'homme.

Blanche, l'aînée, a de longs cheveux blonds qui retombent sur son cou en boucles ondoyantes ; ses yeux d'un bleu céleste ont un regard lent et doucement pénétrant ; elle est petite, son corps est frêle et voluptueusement abandonné ; sa démarche cependant est si légère qu'on n'entend pas ses pieds dans l'herbe : — quand elle marche, on dirait un oiseau, qui, d'un instant à l'autre, va ouvrir les ailes et s'envoler. — Si, près d'elle, une idée de plaisir physique se glissait dans les sentimens qu'elle inspire, on la rejetterait comme un sacrilége ; on craindrait de profaner cette angélique figure ; on n'oserait lui laisser entrevoir une telle pensée, qu'elle semble ne devoir jamais ni partager ni comprendre : on craindrait de gâter le bonheur qu'on éprouve soi-même, — car elle semble ne pas appartenir à la nature physique ; on dirait une fée, une riante fiction, une de ces formes fantastiques que prend la fumée et que votre haleine détruit ; il ne faut presque aucun effort à l'imagination pour lui supposer des ailes bleuâtres et une lumineuse auréole autour du front. — On serait désagréablement surpris de la voir manger.

Il n'entre rien dans son cœur ni dans sa tête qui ne soit exclusivement féminin. — Faible et peureuse, dans toutes les actions de sa vie elle a besoin de secours et d'appui ; elle n'a de force que ce qu'il en faut pour danser ; elle n'a d'âme que ce qu'il en faut pour aimer ; la gloire, l'ambition ne lui sont rien. — Nonchalante, elle semble faite pour dormir, enfoncée dans un lit de roses, et vivre de musique et de parfums.

Forcé de donner une partie de ses jours aux soins de la vie positive, — comme le pilote qui jette à la mer la plus grande partie de sa cargaison pour sauver le reste, — le poète trouverait près de Blanche l'oubli de la vie réelle. Il vivrait de cette vie idéale et poétique, qui n'est pas faite pour l'homme, et dont son âme exaltée dérobe le secret à la nature avare.

Blanche serait pour lui cette femme qu'il a rêvée, et dont l'image ne lui a fait trouver que désappointement et dégoût dans les bras des femmes et au sein des plus vifs plaisirs, — parce qu'il a entrevu un bonheur qui est au delà de la vie, terre promise qu'il voit de loin, mais sur laquelle il ne mettra pas le pied.

Mais il faut que Blanche, dans un asile reculé, tendu de pourpre, soit entourée de fleurs et de parfums, qui semblent s'exhaler d'elle ; il faut que ses pieds ne touchent jamais le pavé des rues, et ne marchent que sur de riches tapis, ou sur les gazons fleuris. Il faut qu'on n'entende près d'elle aucun son, même lointain, qui puisse rappeler la vie prosaïque ; on ne doit entendre que le frôlement de sa robe de gaze, les sons de sa harpe ou de sa voix plus douce encore et plus mélodieuse. — Et, si elle s'abandonne dans vos bras, il faut qu'une douce résistance, toujours renouvelée, mêle à vos plaisirs comme un sentiment de profanation et de sacrilége ; — il faut que la nuit les couvre de ses ombres, et que votre maîtresse meure dans vos étreintes, sans ces manifestations d'ardeur et de jouissance qui feraient le charme d'une autre femme. Blanche doit être une divinité qui se laisse offrir un encens trop grossier pour elle ; elle ne doit jamais s'abandonner entièrement, elle doit vous laisser toujours quelque chose à désirer, pour ne pas perdre le charme mystérieux qui l'entoure.

Exalté et poétique comme il l'était souvent, et aussi aventureux et hardi, Maurice avait en lui de quoi charmer l'une ou l'autre des deux jeunes filles.

Mais il ne se décida pas assez promptement à faire un choix.

Et le ton amical qu'elles étaient venues à prendre avec lui donnait à leur liaison quelque chose de presque fraternel.

Il n'y a rien d'embarrassant comme d'être trop familier avec une femme dont on est amoureux : on perd tous ces indices inintelligibles pour les autres et si importans pour un amant : vous ne pouvez comprendre ni vous faire comprendre ; un serrement de main n'a plus aucun sens ; si vous voulez même, on vous laissera donner un baiser ; vous avez le droit de presser le bras sans que l'on y fasse attention ; on ne se donne pas la peine de vous craindre ; vos regards ne troublent ni n'embarrassent.

Pour faire comprendre que vous êtes amoureux, il ne faut plus seulement faire naître un sentiment, il faut en détruire un pour en mettre un autre à la place. — Il faut dire ouvertement : je vous aime ; et peut-être faudra-t-il ajouter : je vous aime d'amour.

L'ami d'une femme peut, à la faveur d'un moment et d'une occasion, devenir son amant ; mais l'homme qu'elle n'a jamais vu a mille fois plus de chances favorables que lui pour réussir.

L'amour d'un inconnu trouble, surprend, enivre ; celui d'un ami est comme le feu dont on s'approche par degrés ; il peut échauffer, il ne brûle pas.

Il y a toujours dans l'amour beaucoup d'illusion et de curiosité : — quand on a exprimé le jus d'un limon, que ce soit dans une limonade ou pour s'en laver les mains, on jette également l'écorce.

Il en est de même de l'homme que l'on a connu et aimé ; — comme amant ou comme ami. Il n'y a plus rien de nouveau en lui, — et d'ailleurs on le voit tel qu'il est.

Car l'amour d'ordinaire ne dure que jusqu'au moment où il allait devenir raisonnable et fondé sur quelque chose.

C'était là des mystères que Maurice, qui avait étudié les femmes avec amour, ne pouvait ignorer; mais le profond théoriste ne brillait pas dans la pratique; cependant c'était un garçon qui gagnait beaucoup à être connu, et s'il se fût prononcé pour Blanche ou pour Pauline, il est probable qu'il eût réussi.

Il s'en aperçut, et allait se décider pour Blanche, quand arriva ce que nous ne tarderons pas à raconter.

XXXIX.

Un jour Blanche dit à Maurice, connaissez-vous madame Rechteren?

— Beaucoup, dit Maurice.

— Nous allons à un bal qu'elle donne dans cinq jours.

Pauline vint près d'eux, Blanche se tut.

Maurice était enchanté, les paroles de Blanche lui avaient fait bondir le le cœur : elle désirait le voir chez madame Rechteren; mais elle n'exprimait son vœu qu'à moitié, c'était un mystère entre elle et lui : — une jeune fille ne craint personne autant que l'homme qu'elle aime, — et elle craignait de lui laisser voir son désir.

Mais un peu après elle ajouta : Faites-vous inviter chez madame Rechteren, nous serons ensemble.

— Ah ! dit Maurice, elle ne m'aime pas : elle n'oserait, ni si clairement à moi, ni surtout devant sa sœur, m'exprimer l'envie de me voir ; — elle ne m'aime pas.

XL

D'une Dissertation qui eut un résultat.

> Celui-là sera heureux, qui se peut tapir en son foyer, quelque pauvre qu'il soit.
>
> MONTAIGNE.

— Pour cette fois, dit Maurice, je suis décidé à me marier.

— Et, dit Richard, penses-tu te marier néanmoins ?

— C'est le seul état raisonnable, continua Maurice. — Au commencement de la vie, l'homme est tellement gonflé d'existence, qu'il la répand de tous côtés ; il voudrait avoir autant d'amis qu'il y a d'hommes, il ne pense qu'à étendre ses relations, il veut connaître et être connu ; — mais, plus tard, quand il a senti que chaque affection est une nouvelle prise que nous donnons à la douleur, que nous ajoutons à nos maux tous ceux de l'homme que nous aimons, et encore ceux qu'il nous fait lui-même, — d'autant plus facilement que nous nous présentons à lui sans défense, et qu'il est facile de déchirer la main que nous lui tendons nue pour presser plus étroitement la sienne ; — quand, blessé de toute part, il s'est replié sur lui-même, comme la tortue retire sa tête et ses pattes sous son écaille, alors il songe à resserrer sa vie, il pense qu'au lieu de se diviser entre tous, il vaut mieux se donner entier à quelques uns, qui se donnent entiers à lui ; — il veut s'isoler du bruit qui l'étourdit, et l'empêche de se sentir vivre, — de l'ambition qui l'entraîne malgré lui dans son tourbillon, — des amours-propres, si faciles à blesser, si fatigans à ménager ; il veut vivre dans une maison fermée et dans un jardin entouré de hautes murailles. — Pour cela, il faut une femme et quelques amis.

— Mais, dit Richard, tu m'as déjà dit tout cela, et tu ne t'es pas marié.

— Tu réveilles un triste souvenir, dit Maurice, j'ai été bien faible, ou bien lâche, mais je ne pouvais supporter la flétrissure d'Hélène; si je ne l'avais pas quittée, je l'aurais tuée par mes chagrins et mes soupçons, et d'ailleurs, j'étais trop pauvre.

Il se tut un moment; puis, passant sa main sur son front et sur ses yeux, comme pour dissiper une image pénible, il continua :

— Je vais épouser l'une des deux jeunes filles dont je t'ai parlé ; je me renfermerai avec elle dans cette charmante maison qu'elles possèdent. Là je ne vivrai que pour elle, pour toi, pour Fischerwald, je serai heureux (autant qu'il est donné à l'homme de l'être), sous des arbres dont personne ne me disputera l'ombre qui sera mienne.

— Pour cette fois, dit Richard, ton plan est séduisant, et tu me donnes envie de faire comme toi.

— Je serai heureux, poursuivit Maurice, car je n'agirai pas légèrement; j'ai long-temps et profondément réfléchi sur ce sujet.

A mon entrée dans la vie, j'avais cru la femme un ange, une créature du moins bien supérieure à l'homme, je m'étais trompé, je ne dirais pas à quel point. Cette idée que je m'étais faite de la femme a empoisonné tous les plaisirs que les femmes ont pu me donner, toujours j'ai été cruellement désappointé.

Mais si la nature n'a pas créé la femme telle que je me l'étais imaginée, je la referai pour mon usage.

Richard sourit.

Maurice continua : — Pourquoi pas? L'homme est-il donc tel que la nature l'avait primitivement créé? N'est-il pas semblable à ce couteau, auquel on avait fait remettre successivement deux manches et trois lames?

Je ferai de la femme une divinité malgré elle; — je la grandirai par mon culte. Enivrée de mes adorations, elle se croira un ange, elle ne voudra pas avoir la faiblesse et la petitesse d'une femme ; — je l'élèverai sur un piédestal si haut qu'elle n'osera pas en descendre : — l'homme que vous appelez brave n'ose pas fuir ; — elle sera forcée de justifier mes hommages; adorée comme une divinité, il lui faudra agir comme une divinité: — elle sera emprisonnée dans la brillante auréole dont je l'entourerai.

Et moi-même, je m'abuserai. On respecte la pierre qu'on a adorée longtemps, comme le vase dans lequel on a déposé un suave parfum. — Il n'y pas de tronc si pourri qu'on n'en puisse faire un dieu; — les dieux tels que les hommes se les font ne sont qu'un objet quelconque sur lequel on convient de réunir ses hommages: — si l'on ne vénère pas l'objet, on vénère au moins les hommages qu'on a réunis sur lui.

Aussi y a-t-il dans l'amour deux époques, séparées par une crise difficile.

Le premier attrait de l'amour est la nouveauté ; presque tous les amours meurent avec elle, car alors il n'y a plus rien : — la nouveauté n'est plus ; l'habitude n'est pas encore. — Mais si l'amour survit à cette crise, et devient une habitude, il ne meurt plus.

Ma femme sera par moi traitée comme un ange, je ne veux pas que ses pieds marchent sur la terre dure ; le satin seul et le velours doivent faire ses vêtemens ; la batiste la plus fine touchera seule son corps ; sa chambre sera somptueuse ; tous ses sens seront caressés par la musique et les parfums ; elle ne mangera pas devant moi ; elle me dérobera toutes les infirmités de la nature humaine. — et nous aurons deux lits.

— Ouf ! dit Richard, la chute en est jolie... amoureuse, surtout.

— Plus que vous ne le croyez, sage Richard; mais je vous expliquerai cela dans un autre moment, il faut que j'aille chez mon tailleur.

Seulement, songez que c'est une grande chose pour le bonheur que d'avoir à placer son amour à tort ou à raison.

— Et, dit Richard, que vas-tu faire chez ton tailleur?

— Me commander des habits pour dans quatre jours. — A ce propos, je suis chargé d'une invitation pour toi et pour Fischerwald, c'est un bal che madame Rechteren.

— Comment seras-tu habillé?

— Tout en noir : un gilet et une cravate de velours, un habit doublé de velours.

— Ce sera fort bien, tout à fait bien. A propos, sur laquelle des deux demoiselles as-tu fixé ton choix?

— Je ne suis pas encore décidé, dit Maurice.

Maurice mentait.

Mais, comme il craignait d'échouer dans ses vues sur Blanche, il ne voulait pas annoncer d'avance un but qu'il pouvait manquer.

Les deux amis se quittèrent.

Richard alla chez son tailleur.

Maurice oublia d'aller chez le sien.

XLI

Un Bal où Maurice ne put dire un mot.

Maurice arriva au bal, conduisant Blanche, Pauline et leur mère.

— Quel est ce danseur si bien mis? demanda Blanche.

Maurice suivit des yeux l'indication de Blanche. Mais la contredanse était finie, et le danseur s'était perdu dans la foule.

— Il est, dit Blanche, tout vêtu de noir; sa cravate, son gilet et la doublure de son habit sont en velours noir; c'est un costume qui donne beaucoup de noblesse.

— Oui, dit Pauline; je l'ai vu, il est très bien.

Maurice se mordit les lèvres. Il était allé trop tard chez son tailleur, et ses habits ne pouvaient être prêts que pour le lendemain. — Il avait une cravate blanche, un habit brun, un gilet violet, un pantalon noir. — Il eût trouvé son costume ridicule dans un autre : — cela l'embarrassa.

Quelques instans après, vint près de lui le cavalier qui avait attiré l'attention des deux jeunes filles. — C'était Richard. Maurice le prit par le bras et l'emmena dans l'embrasure d'une fenêtre. — Maudit Richard, dit-il, tu m'as volé mon habit.

— C'est, dit Richard, un hommage rendu à ton goût. Pourquoi n'as-tu pas le tien?

Maurice n'insista pas; il ne voulait pas sembler y mettre autant d'importance qu'il y en mettait réellement; il répondit :

— Le mien n'était pas prêt.

Après quelques instans, Maurice oublia cette contrariété. Assis avec Richard sur un divan, il se mit a examiner le bal.

— Comme ces femmes sont nues, dit-il; passe encore aux femmes mariées, si leurs maris les laissent annoncer ainsi — que, dès qu'elles sont épouses d'un homme, elles appartiennent à tous.

Mais, au moins, les mères devraient-elles penser qu'elles n'ont pas le droit, en décolletant ainsi leurs filles, de les prostituer aux regards, pour les donner ensuite, salies par les yeux et les désirs de tous les danseurs, à un mari qui les croit vierges, parce qu'elles n'ont pas reçu la dernière caresse, à un imbécile qui ne pense pas qu'un regard souille une femme.

Et encore si elles étaient plus belles ! Mais vois cette seule jeune fille, avec cette robe *à la vierge*, qui ne laisse voir que le cou, et qui le dégage si gracieusement. Comme elle est jolie, et comme cette modestie l'embellit encore !

— C'est, dit Richard, une confidence que tu ne ferais pas aux deux demoiselles que tu as amenées. Car, sans être très décolletés, elles le sont beaucoup plus que celle-ci.

— Pourquoi pas? dit Maurice ; — pour plaire aux femmes, tout le monde s'épuise en complimens. On n'attaque la place que par un côté ; il y a avantage à se présenter du côté qui n'est pas attaqué, et par conséquent pas défendu. D'ailleurs, les femmes, avant tout, veulent plaire ; elles n'ont rien à faire près de ceux qui les trouvent adorables, et puis se récrient à chacun de leurs gestes, à chacune de leurs paroles. Mais, si un homme ne les admire pas sans restriction, c'est celui-là qu'elles veulent charmer ; et, s'il ne se rend pas de suite, il a beau jeu, et peut faire une bonne capitulation.

L'orchestre appela les danseurs ; il se fit un grand mouvement à la faveur duquel Maurice eut triple place sur le divan. Richard le quitta et se rapprocha des dames.

Il invita Blanche, qui répondit qu'elle était engagée ; Pauline l'était également. Quand l'orchestre joua la ritournelle, Fischerwald vint chercher Pauline. Blanche regardait autour d'elle d'un air inquiet.

— Votre danseur ne vient pas, dit Richard.

— Il m'a oubliée, reprit Blanche.

— Je n'aurais pas cru qu'aucun homme en fût capable ; il faut qu'il soit fou.

— Vous devez le savoir, dit Blanche en souriant. C'est celui qui vous a pris le bras il n'y a qu'un instant.

— Maurice ! Il est là-bas étendu sur des coussins qu'il n'est pas près de quitter. Permettez-moi de le remplacer ; j'en serai bien heureux, et lui-même me saura bon gré d'avoir réparé, autant qu'il est en moi, son incroyable étourderie.

Blanche hésitait ; il manquait un couple à la figure ; Fischerwald vint es chercher.

— Ce monsieur qui est venu vous chercher, demanda Blanche, est-il aussi un ami de M. Maurice ?

— Lequel ?

— Celui qui danse avec ma sœur.

— Quelle est votre sœur?

— Celle qui a de si beaux yeux noirs.

— Oui, c'est, comme moi, son ami intime. En effet, votre sœur a les yeux presque aussi beaux que les vôtres.

— Les siens sont plus grands.

— Je ne crois pas ; mais, en tout cas, les vôtres sont bleus.

— Je préfère les yeux noirs.

— Je ne suis pas de votre avis. Les yeux bleus conviennent mieux à une femme. « Les yeux noirs sont plus vifs qu'expressifs ; ils expriment profondément ce qu'ils disent, mais ils ne peuvent tout dire. Ils sont semblables à un instrument mélodieux qui n'aurait que quelques notes. Les yeux bleus, au contraire, expriment toutes les nuances, même les plus délicates et les plus insaisissables ; c'est un instrument mélodieux et harmonieux qui possède tous les tons et les demi-tons. »

Maurice, en voyant de loin danser Richard avec Blanche, comprit sa bévue, et se mit en route pour en venir faire ses excuses. Il arriva comme la danse finissait. Toutes les personnes du salon se divisèrent en petits groupes et en conversations particulières.

— Voici encore, dit Maurice, une jeune personne avec une robe à la vierge. Quand ce costume ne serait que décent, ce serait un avantage; mais encore il sied parfaitement.

— C'est ce que me disait monsieur, interrompit Blanche, en désignant Richard; et sa remarque m'a rendue si honteuse, que je n'oserai plus quitter mon écharpe.

— Quelle cravate as-tu là? dit Richard à Fischerwald.

— Ah! dit celui-ci, une cravate très originale. Tu sais que je n'ai jamais pu me mettre comme personne. La bizarrerie est plus forte que moi.

Fischerwald avait une cravate si raide, qu'il n'essayait pas de tourner la tête, tant il était d'avance convaincu que ce serait un effort inutile.

Le pauvre Fischerwald, qui n'avait jamais eu une idée à lui, voulait à toute force être *original*, et on le prenait au mot beaucoup trop facilement.

Beaucoup de gens croient être originaux, — en ne faisant pas ce que font les autres; — ils ne voient pas que c'est une espèce de copie de s'attacher à faire le contraire d'une chose quelconque; — l'homme original, dans ses idées, dans ses actions, même les moins importantes, ne cherche ni évite la ressemblance avec les idées et les actions du reste des hommes; il pense et agit à sa guise, et ne prend ce que font les autres, pour règle ni de ce qu'il faut faire, ni de ce qu'il faut éviter.

Aussi, outre la *moutonnerie*, qui fait que beaucoup de gens, dans leur plus grande colère, vous appellent infâme, scélérat, et enfin original, comme le dernier coup que l'on puisse donner à un homme pour l'assommer, comme l'injure après laquelle il n'y a plus rien; — outre cette moutonnerie, disons-nous, et la vanité qui fait croire à presque tous qu'un homme n'est bien qu'autant qu'il nous ressemble, — et encore la timidité des gens qui, n'osant marcher seuls, se croient humiliés par la vue de gens plus hardis: — il faut avouer que la fausse originalité peut dégoûter de la véritable, sans laquelle la vie serait si ennuyeuse, et obliger quelquefois les gens qui ont reçu celle-ci de la nature à se mettre du parti des moutons, pour ne pas être confondus avec les prétendus originaux.

XLII.

Quelques jours après, Maurice fit une visite chez madame Retcheren; il y trouva Blanche et Pauline avec leur mère.

— Ah! dit Blanche, vous avez un habit semblable à celui de M. Richard.

Maurice fut choqué de paraître imiter Richard; cependant il ne voulut pas revendiquer *l'invention d'un habit.* Madame, dit-il à la mère, je vous demanderai la permission de vous présenter mes amis, Richard et Fischerwald.

Huit jours après, Richard était dans la maison au moins aussi bien que Maurice.

Un soir, comme les amis se retiraient de bonne heure, Richard et Fischerwald pour une partie de billard convenue, et Maurice pour une promenade solitaire,

Pauline s'avisa de demander: — Qu'avez-vous donc à faire, que vous partez si tôt?

Maurice allait répondre; mais Richard lui coupa la parole en disant: — La lune est si belle ce soir; sa lumière pâle est si douce à travers les arbres, que je vais passer le reste de la soirée à errer solitairement.

— C'est un plaisir, dit Blanche, que nous nous donnons quelquefois.

lorsque nous pouvons persuader à ma mère que nous n'aurons ni rhume, ni fluxion de poitrine. Ce soir, nous ne verrons la lune qu'à travers les vitres.

— Nous la regarderons en même temps, vous ici, moi dans le bois.

Blanche rougit et baissa les yeux.

— Et vous, dit Pauline à Maurice, quel soin si pressant vous appelle?

Maurice eût eu mauvaise grâce à dire après Richard : — Je vais errer au clair de lune dans les bois; on eût encore dit : — C'est comme M. Richard. Il eût, comme cela lui était déjà arrivé plusieurs fois, paru un reflet de Richard.

Semblables à certains limaçons, qui, ayant perdu leur coquille, s'emparent de force de la coquille d'un autre, il ne trouva rien de mieux à dire que : — Je vais jouer au billard avec Fischerwald.

Or, il était tout différent de laisser à des jeunes personnes assez romanesques — l'image d'un homme qui, la nuit, va seul promener dans les bois peut-être des pensées d'amour,

Ou d'un autre qui, dans un café, au milieu des cris, des juremens, de la fumée du tabac, de l'odeur de la bière et des quinquets, va déployer tous ses talens pour faire payer à un autre les quelques verres de punch et de bière qu'il boira sans avoir soif.

Et ce n'était pas une impression fugitive qu'ils laissaient. — c'était le soir, quand seules, retirées dans leurs chambres, libres des regards de leurs mères, et de mille bienséances qui prennent toute leur attention, et de soins de coquetterie qui absorbent leurs pensées, — l'imagination des filles délivrée des entraves de la journée, comme leur corps des baleines du corset, — se rappelle, résume la journée, cherche à comprendre chaque mot, chaque geste, chaque regard, interroge leurs propres sensations, rêve l'avenir si rose des filles, et l'amour tel qu'on l'invente à seize ans.

Puis elles s'endorment, bercées par ces riantes pensées, espérant que leurs songes vont leur dire l'avenir, et leur dévoiler quelqu'un de ces mystères inconnus qui leur font battre le cœur.

Richard et Fischerwald allèrent rejoindre leurs amis au café:

Maurice les quitta et alla se promener.

Il songea à sa situation. — J'ai eu tort, dit-il; je n'aurais pas dû introduire Richard avant de m'être fait connaître tel que je suis, pour qu'il ne pût ainsi entrer dans ma peau malgré moi et m'en chasser; maintenant je n'ose dire un mot sans craindre de m'entendre dire : — C'est comme M. Richard.

Et si Maurice ne s'était pas manifesté plus clairement aux deux jeunes filles, c'est que naturellement il était peu communicatif avec les gens qu'il ne connaissait pas intimement, et que d'ailleurs il attendait à avoir fait son choix, pour ouvrir son cœur et son esprit à celle qu'il voudrait épouser, et lui dire : — Vous me voyez avec mes qualités et mes défauts, mes avantages et mes ridicules, mes idées, mes désirs, mes espérances, mes craintes, mes habitudes.

Il n'était plus temps : il pensait bien qu'il reprendrait son avantage après le mariage; que Richard ne pourrait soutenir le personnage, et que chacun rentrerait nécessairement dans sa coquille.

Cependant il sentait quelque ressentiment contre Pauline, et surtout contre Blanche, de ce qu'elles n'avaient pas plus de perspicacité, et se laissaient prendre aux semblans de Richard.

S'il eût choisi librement, il eût préféré Blanche; sa nature s'accordait mieux avec ses idées sur les femmes, mais il avait remarqué sa rougeur, quand Richard l'avait quittée ce même soir, et elle lui avait dit : — Je me fais faire *une robe à la vierge*.

— Allons, dit Maurice, j'épouserai Pauline.

Mais il s'était tellement enfoncé dans le bois, qu'il ne put retrouver sa route, et passa dans le bois le reste de la nuit.

Il rentra chez lui le matin, et dormit. Quand il arriva chez la mère de Pauline, Richard y était déjà allé, qui avait demandé la main de Blanche.

Il avait été parfaitement accueilli; mais Pauline avait rougi et pâli, et ce fut peut-être à moitié par dépit, qu'elle accepta, avec empressement, les offres de Maurice.

XLIII.

— C'étaient deux coquins fort heureux, disait Maurice.

— *E perchè?* dit Fischerwald en entrant. *Perchè, mio caro?*

— Ecoute, répondit Maurice, en posant son livre :

« Chilpéric, celui qui fut le mari de Frédégonde, s'avisa d'ajouter deux lettres à l'alphabet, et il envoya, dans toutes les villes du royaume, l'ordre précis de se conformer à ce perfectionnement, *sous peine d'être essorillé*. Deux maîtres d'école s'y refusèrent obstinément; et, *martyrs d'une diphthongue*, sacrifièrent, sur l'autel des saines doctrines littéraires d'alors, leurs deux oreilles qui furent coupées, selon les ordres du roi.

» Après la mort de Chilpéric, ils reparurent et prouvèrent, par des lettres qu'ils n'avaient cessé de s'écrire, qu'ils avaient constamment méprisé les titres de noblesse octroyés par le roi aux deux lettres nouvelles. »

— Je ne vois pas là ce qu'il y a de si désirable, à moins que tes oreilles ne te pèsent infiniment.

— Je les trouve heureux, reprit Maurice, d'avoir possédé une aussi intime conviction; car, pour moi, depuis que j'existe, je n'en ai jamais pu trouver une seule pour mon usage. En mathématique, le contraire du faux est indubitablement vrai; mais en fait de passions, de politique, de conduite, l'opposé du faux et de l'absurde se trouve plus souvent faux et absurde.

Je donnerais tout au monde pour avoir une conviction, fût-elle la plus fausse du monde, qui pût me faire suivre dans la vie une ligne droite, sans aller à chaque instant à droite et à gauche, et revenir sans cesse sur mes pas, comme je le fais d'ordinaire.

Au moment de me marier, c'est-à-dire de creuser le lit où coulera toute ma vie, je me suis avisé de repasser mes jours depuis quelques années, et le résultat de mes idées et de mes actions contradictoires ferait à peu près, en chemin matériel, celui-ci : — et il traça avec sa canne quelques figures sur le parquet.

C'est-à-dire qu'après avoir creusé la vie philosophiquement et métaphysiquement, après m'être prouvé une foule de problèmes tous contradictoires, après avoir laborieusement et douloureusement pratiqué mes théories, — me voici revenu, après mille détours, dans mes idées sur les femmes et sur beaucoup d'autres choses, au point dont je suis parti, et où sont tous les hommes par un instinct naturel et irréfléchi, c'est-à-dire que le plus puissant effort de la sagesse humaine, de la réflexion, de l'étude et la méditation, m'a amené précisément au niveau de l'idiot et du crétin qui agissent sans penser, et se livrent à l'élan d'un aveugle instinct.

— Alors, dit Fischerwald, tu n'as plus de doutes?

— Malheureusement, si près de me marier, je suis saisi d'une grande et presque invincible terreur; mais je t'expliquerai cela en route; il faut que j'aille chez ma belle-mère.

Chemin faisant, Maurice reprit son argument:

— Les abords du mariage, dit-il, me paraissent si burlesques, que je commence à craindre de ne pas trouver dans cet état toute la dignité que j'y avais supposée.

Depuis qu'il est convenu que j'épouse Pauline, ce traité d'alliance fait complétement, dans la maison, l'effet d'une déclaration de guerre. La mère et la fille sont sans cesse sur leurs gardes contre moi; on craint de me laisser seul un instant avec la femme qui doit passer toute sa vie avec moi.

On dirait ces baladins qui, ayant à montrer aux flaneurs une curiosité dont ils font payer la vue, prennent tous les soins imaginables pour ne pas laisser apercevoir ni un cheveu ni un ongle de leur *omme sauvagent*,

Ou de leur *anfan ha deux taitte*,

Ou de leur *nin vivan ki ha eksité la 1/2 ration de toute l'Urope.*

— Mais tout cela, dit Fischerwald, se fait *ne immaturos fructus prælibes.*

— Dis plutôt, non payés. Mais je me défierais, pour suivre ta comparaison, de la fruitière qui me défendrait de goûter d'avance à ses fruits, et qui exigerait que je les eusse achetés et payés, avant de m'assurer de leur saveur.

Par ce soin, par cette crainte que l'on manifeste si maladroitement, on semble dire : Je vous donne une femme avec laquelle vous devez passer toute votre vie; mais je suis sûr que si, avant d'être lié irrévocablement, vous la possédiez un quart d'heure, vous ne voudriez plus conclure le marché, tant vous seriez convaincu que vous feriez un marché de dupe.

On semble dire: — Par ma conduite, j'avoue que le premier quart d'heure de possession amènera un repentir pour tout le reste de votre vie; mais ce repentir, j'emploierai tous mes soins pour que vous ne l'ayez que lorsque les lois divines et humaines vous empêcheront de revenir sur vos pas.

Parbleu! mesdames les mères, continua Maurice en s'échauffant par degré, si vous, qui voyez vos filles avec des yeux prévenus, vous pensez qu'une fois la possession, nous n'en voudrons plus, nous serions bien fous de poursuivre, car vous paraissez si persuadées que nous ne pouvons refuser de nous en rapporter à vous.

Ce que je cherche dans le mariage, c'est une compagne qui embellisse ma vie d'une affection constante, et qui sème des fleurs sur le chemin, qui tous les jours me semble plus aride.

Mais vous, mesdames les mères, plus expérimentées que moi, ce que vous me vendez, ce que vous ne livrez qu'après que j'aurai payé d'avance, et payé de la liberté de toute ma vie, ce qui seul vaut quelque chose dans vos filles, aux yeux de votre expérience, c'est une nuit. Parbleu, mesdames, c'est trop cher, j'en aurai autant pour cinq florins, quand je voudrai; et, en mettant la chose au plus haut prix, si ce que vous me vendez est une virginité, toujours incertaine, j'aurai ce qu'il y a de mieux en ce genre pour cent cinquante florins.

Comme il allait entrer, il finit en disant à Fischerwald : — En résumé, le mariage indissoluble sera une niaiserie, un horrible suicide, tant qu'on ne verra pas deux amans libres passer volontairement leur vie ensemble.

XLIV.

Il est plus fin que l'ambre; l'ambre n'enlève que la paille, et lui m'enlève aussi le grain.

Un PAYSAN.

Néanmoins, un matin du mois d'octobre, un prêtre avait à genoux devant lui Richard et Blanche, Maurice et Pauline.

Maurice avait encore essuyé quelques désappointemens dont l'idée le suivit jusqu'à l'église.

Lorsqu'il avait demandé la main de Pauline, sa mère lui avait dit: — La délicatesse m'oblige à vous avertir que Pauline est moins riche que sa sœur, à laquelle appartient par la libéralité d'une vieille parente ce petit château avec toutes ses dépendances. — Mais, pensa Maurice, qui diable oserait, à un semblable aveu, dire devant une fille : — Ah ! Pauline est moins riche que sa sœur; mais cela change tout, je ne l'épouse pas.

J'aurais dû préalablement faire prendre des informations à ce sujet. Au reste, Pauline a plus d'argent qu'il ne m'en faut.

Cependant la messe continuait, et comme le prêtre lisait l'épître :

« Mes frères, que les femmes soient soumises à leur mari comme au » Seigneur, parce que le mari est le chef de la femme, comme Jésus- » Christ est le chef de l'Eglise. »

— Malgré le goût de Maurice pour la campagne, pensait Pauline, il faudra bien qu'il passe l'hiver à la ville.

» Comme donc l'Eglise est soumise à Jésus-Christ, les femmes doivent » être soumises en tout à leur mari, etc., etc. »

Et un peu après :

» Seigneur, dit le prêtre, laissez-vous fléchir par nos prières, et ac- » compagnez de votre grâce le sacrement que vous avez institué pour la » propagation de l'espèce humaine. »

— Pourvu, pensa Maurice, que je n'aie pas d'enfans.

« Et, continua le prêtre, faites, ô Seigneur, que l'épouse obtienne » une heureuse fécondité, et que tous deux voient les enfans de leurs » enfans jusqu'à la troisième et quatrième génération. »

Et tandis qu'on continuait, Maurice se disait : — Ce qui me contrarie, c'est de n'avoir pas ce parc, qui tenait tant de place dans mes rêves de bonheur; moi qui espérais marcher sur un gazon à moi, dormir sous l'ombre d'un feuillage à moi...

Et j'ai eu la sottise de ne pas même demander Blanche, qui me plaisait plus que sa sœur. Blanche est bien poétique, et s'accorde mieux avec mes idées sur les femmes; ses yeux bleus veloutés ont un feu si doux, sa taille svelte...

— Maurice ****, dit le prêtre, promettez-vous la foi de mariage à Pauline **** ?

— Oui, répondit Maurice.

LXV

Hélène.

Ma fille!... ma fille!...
E. DE VAULABELLE. — *Un Enfant.*

Après l'abandon de Maurice, Hélène avait voulu se tuer, et sans doute la timidité et la crainte de la douleur ne l'eussent point arrêtée dans ce projet, si un instinct plus fort que son désespoir ne l'eût impérieusement attachée à la vie, et en pleurant elle donnait le sein à son enfant.

Quand elle fut décidée à vivre, quand son chagrin lui permit de réunir ses idées; elle vendit le peu qu'elle possédait encore, de ses domestiques ne garda qu'une servante, et se réfugia dans une petite maison bien isolée. Là, elle se livra à ses regrets et aux soins que réclamait une petite créature, peut-être la fille de Maurice, sans beaucoup songer à l'avenir, comme un sort misérable ne l'y avait que trop accoutumée, et d'ailleurs ayant de l'argent au moins pour trois ans, à la modique dépense qu'elle s'était imposée. Et aussi elle se disait: — Maurice reviendra; je l'aime trop pour qu'il m'oublie. Et, dans les traits encore informes de son enfant, elle recherchait une ressemblance qui pût l'éclairer elle-même, ressemblance que par momens elle croyait trouver, et qui lui faisait redoubler ses caresses pour sa fille. Souvent elle faisait prendre des renseignemens sur Maurice, et toujours on disait: — Il n'est pas revenu; on ne peut dire quand il reviendra.

— Oh! disait-elle, il reviendra, il n'oubliera pas celle qui l'aimait tant.

Et elle attendait le soir pour contempler à la lampe un mauvais portrait de Maurice, qui, le jour, n'offrait qu'une ressemblance très problématique, mais à la lueur de la lampe, en trouvant certaines ombres, le rappelait assez bien; puis elle se couchait et s'endormait en disant: — Il reviendra.

C'est ainsi que s'écoulèrent les quatre années que Maurice passa en France. Hélène vécut dans la plus absolue solitude; seulement elle reçut plusieurs lettres de Leyen, qui descendait aux plus humbles supplications, pour qu'elle revînt à lui; mais Hélène, qui se croyait sanctifiée par le noble amour que Maurice lui avait donné, et par celui qu'elle avait ressenti, repoussa ses offres avec courage.

A peu près à l'époque où Maurice rentra en Allemagne, Hélène se trouva ne plus avoir d'argent. Elle congédia sa servante, vendit ses meubles, à l'exception d'un lit, d'une petite table et de deux chaises, et alla s'établir dans une petite chambre, dans un quartier retiré de la ville. Là, le produit de ses meubles suffisait pour la faire vivre quelques mois encore avec sa fille.

— Mon Dieu! disait-elle, Maurice ne reviendra-t-il pas! O mon Dieu! ajoutait-elle en joignant fortement les mains, faudra-t-il mourir de faim avec mon enfant? Si je pouvais seulement le voir quelques instans avant de mourir.

Un jour elle apprit que Maurice était revenu, mais en même temps qu'il était marié.

Elle rentra, égarée, folle, pour tuer son enfant et se tuer après; — mais la pauvre petite fille lui sourit si tendrement qu'elle se prit à pleurer en l'embrassant. Rien n'ôte l'énergie comme les larmes; le soir vint; par habitude elle prit le portrait pour le regarder encore; mais, saisie d'indignation, elle le déchira ; à ce moment on frappa ; un domestique en livrée lui remit une lettre.

Cette lettre était du propriétaire de la maison qu'elle occupait. Cet homme, un des plus riches de la ville, avait été frappé de sa beauté, et avait deviné sa pauvreté. Il lui offrait le sort le plus brillant si elle voulait être à lui. Il devait venir le lendemain chercher la réponse.

— Maurice, dit Hélène, Maurice est riche, heureux, marié, et je meurs de faim avec mon enfant, peut-être le sien. Maurice n'a pas daigné s'occuper de moi depuis son retour. Hélas! ajouta-t-elle, ce n'est pas à son cœur qu'il faut m'en prendre, c'est à mon avilissement. Il m'a assez méprisée pour croire qu'après avoir été à lui, après avoir senti l'amour, je retournerais à la prostitution. Mais avait-il le droit de me mépriser, lui, pour qui, sans un seul regret, j'avais tout abandonné ; lui, pour qui ni sacrifices, ni honte... ni crime ne m'auraient coûté ; ne devait-il pas voir ce qu'il y avait dans mon âme d'énergie et de noblesse ? Oui, dit-elle, je me prostituerai encore, je serai encore riche et adorée. Il m'oublie pauvre, vertueuse et misérable pour lui ; il entendra parler de moi, riche et infâme ; peut-être son amour se réveillera, et je...

Oui, dit-elle, mais perdrai-je ce noble amour qui m'a rachetée de l'infamie et de la dégradation? Livrerai-je au culte de Baal un temple consacré par le culte saint du vrai Dieu? Ouvrirai-je au vice impur un cœur encore plein d'amour, comme un vase qui garde l'arome d'un parfum céleste? J'ai perdu Maurice, perdrai-je encore mon amour qui m'élève l'âme, et me fait honorable à mes yeux, d'ignoble que j'étais?

Justifierai-je l'abandon de Maurice par ma conduite future? pour qu'un jour il se dise : ***J'ai bien fait;*** pour que moi-même je me dise : Je ne serais plus digne de lui.

Non, dit-elle, je l'aime.

M'eût-il fait plus de mal encore, si une créature humaine en pouvait supporter davantage, je l'aimerais ; il m'a tirée un moment de la boue pour m'initier au bonheur des anges. Il a reçu dans son âme pure mon âme honteusement malade, et il l'a guérie ; il m'a aimée, moi prostituée, moi vendue.

Je l'aime, et cet amour remplira toute ma vie, ou plutôt il sera toute ma vie.

Non, je ne retomberai pas du ciel où il m'a élevée, dans la boue dont il m'a tirée ; non, après avoir goûté l'ambroisie, je ne m'enivrerai pas d'un vin grossier : aucun homme ne touchera mes lèvres, encore brûlantes du dernier baiser de Maurice.

Je mourrai de douleur, je mourrai de faim, mais je ne mourrai pas de honte ; je mourrai digne d'être pleurée par lui, et si jamais son regard tombe sur moi, je n'aurai pas à rougir ni à détourner les yeux.

Mes vêtemens pauvres seront un honneur pour moi, que l'on prie à genoux de vouloir bien être riche ; j'en serai fière et heureuse.

O mon Dieu ! dit-elle en pleurant, j'ai été trop heureuse, j'ai savouré les délices que votre puissance peut-être ne pourrait faire plus ineffables.

Je dois expier maintenant et mes erreurs et aussi mes joies.

Quand j'aurai long-temps souffert, je croirai avoir payé mon bonheur ; il sera à moi, et je ne jouirai plus de son souvenir avec crainte, comme d'un bien mal acquis.

XLVI.

Hélène alors trouva dans sa résolution un invincible courage. Son amour pour Maurice était un fanatisme, — mais le fanatisme seul a fait de grandes choses. Elle se mit à travailler pour une lingère, et à gagner péniblement huit ou dix kreutzers par jour, auxquels le peu d'argent qu'elle avait encore ajoutait le nécessaire.

Mais quand vint le moment de payer le loyer de sa chambre, elle ne put le faire, et le propriétaire, irrité des refus obstinés qu'elle avait opposés à ses vœux, la chassa, ne lui laissant emporter qu'un matelas, une chaise et sa petite table.

Hélène chercha une chambre encore moins chère, et s'installa en ce misérable équipage, travaillant toujours pour sa fille; et le soir, avant de se coucher, contemplant à la lumière le portrait de Maurice, qu'elle avait recollé et rajusté de son mieux; puis, repassant ses souvenirs de richesses et surtout de bonheur, et pleurant avec amertume : — O Maurice, disait-elle, Maurice! et elle baisait le portrait.

XLVII.

Les petits frais nécessités par son déménagement avaient enlevé les quelques florins qui restaient à Hélène. Elle était réduite au produit de son travail; aussi ne nourrissait-elle son enfant et elle que de pommes de terre et de haricots cuits dans l'eau. Quelquefois, lorsque son ouvrage était un peu mieux payé, elle faisait cuire de la viande et faisait de la soupe. C'était, ces jours-là, un grand régal et une grande fête dans la mansarde. Cependant arriva l'hiver et le froid. Quoiqu'elle passât à l'ouvrage une partie de la nuit, il lui devint impossible d'avoir du charbon pour se chauffer. Le temps d'une femme est si peu rétribué, qu'elle s'aperçut que son travail de la nuit ne payait pas l'huile qu'il fallait brûler.

Alors elle mit sa fille dans une petite école, où elle profitait du feu; et elle avisa à faire quelques économies sur ses misérables dépenses afin de payer le florin et demi qu'il lui fallait donner à l'école chaque mois. Elle se passait de feu, et s'enveloppait les pieds dans une vieille couverture; puis elle prit le parti de ne plus allumer de lumière pour épargner l'huile, et de tricoter, ce qu'elle pouvait faire sans voir clair, depuis cinq heures jusqu'à minuit; seulement, un moment, elle allumait la lampe pour voir le portrait de Maurice.

De temps à autre cependant elle recevait des lettres du propriétaire qui l'avait chassée. Il lui demandait humblement pardon, et mettait toute sa fortune à ses pieds. Mais Hélène, qui se voyait maigrir, se disait : — Je mourrai bientôt; j'enverrai à Maurice ma fille avec une lettre, il prendra soin d'elle; je n'ai besoin de rien.

XLVIII.

Un jour, comme elle revenait de porter de l'ouvrage, elle aperçut Fischerwald dans la rue; elle doubla le pas, et rentra demi-morte d'émotion.

— Oh! oh! dit une voisine en voyant monter Hélène, voici notre belle voisine qui monte bien vite.

— Ce n'est pas naturel, dit une autre plus vieille qui rentrait en même temps, et à laquelle s'adressait la première femme, dont le visage annonçait quarante ans.

— C'est d'autant moins naturel que d'ordinaire elle monte lentement et pensive.

— C'est qu'il y a des femmes qui ont beaucoup à penser, quand ce ne serait que des souvenirs.

Ici la première interlocutrice s'approcha de l'autre voisine, et lui dit tout bas : — Avez-vous remarqué ce domestique en livrée bleue et rouge qui vient quelquefois ?

— Certainement, reprit l'autre.

— Et qu'en pensez-vous?

— Je pense, reprit la plus vieille, qu'il faut avoir le cœur placé bien bas pour se livrer à de semblables inclinations.

— Vous n'y êtes pas; le domestique ne vient pas pour son compte.

— Bah!

— Non, il apporte des lettres.

— Ah! et de qui?

— C'est là ce qu'on ne peut pas savoir.

— C'est de la part de son mari peut-être?

— Oh! oh! est-ce que ça a un mari?

— Vous croyez ?

— Je suis sûre qu'elle n'est pas mariée.

— Bah!

— Cela se voit tout de suite ; et d'ailleurs le mari aurait-il des domestiques en livrée quand la femme a un logement de cinquante florins?

— C'est vrai ; mais l'enfant?

— L'enfant comme tant d'autres ; il n'a pas de père.

— Ou bien il en a beaucoup.

Les deux femmes rirent quelque temps de cette plaisanterie; la moins vieille des deux voisines continua : — Avez-vous vu comme elle a soin de se débarrasser de sa petite fille ? N'est-ce pas une pitié d'envoyer à l'école une enfant si jeune?

— De quoi vit-elle? demanda la vieille.

— Mais il paraît qu'elle a de quoi.

— Ah ! elle a de quoi.

— Oui, elle a de quoi ; c'est le domestique à livrée bleue et rouge qui apporte.

— Voyez-vous, c'est entretenu par quelque vieux riche.

— Et il paraît qu'elle l'est cossument ; elle fait semblant de travailler, mais ce n'est pas avec huit kreutzers qu'on mène un pareil train.

— Ah! elle mène un train? elle n'est pourtant pas si bien habillée.

— C'est que ces femmes-là ça gâche tout. On dit que dans sa chambre il y a des choses superbes ; que c'est tout reluisant d'or ; des glaces où on se voit depuis les cheveux jusqu'aux pieds, un lit tout en édredon !

— Voyez-vous!

— Elle ne se refuse rien ; si vers le soir on passe devant sa porte, ça sent une délicieuse odeur de rôti que ça donnerait faim à un mort. Ces femmes-là c'est sur la bouche comme il n'est pas possible.

— Mais quand voit-elle le monsieur ? Excepté le domestique, je n'ai encore pu voir personne.

— C'est ce qui prouve comme c'est enraciné dans le vice, comme c'est adroit pour cacher ses turpitudes aux yeux des honnêtes femmes qui n'y entendent pas malice; ça a un tas de ruses et de finesses qu'on n'en peut revenir.

— Mon Dieu ! dit la vieille, comme il y a du vice, comme il y en a !

— Que voulez-vous, ma bonne voisine ? les hommes aiment ces espèces-là, et n'ont pas l'air de regarder d'honnêtes femmes comme vous et moi, qui n'avons jamais donné un mot à redire ; toujours, elle a beau me faire une révérence quand elle passe devant moi, je ne la regarde pas plus que si c'était un chien.

— Et vous avez raison ; c'est encore bien osé de se permettre de saluer une honnête femme, comme si c'était son égal ; mais je rentre, je suis quasiment gelée.

Un homme entra qui leur dit :

— Mesdames, connaissez-vous cette dame qui vient de rentrer.

— Oui, monsieur.

— Que fait-elle?

— Pas grand'chose de bon ; c'est entretenu par un vieux monsieur très riche qui vient la voir dans un magnifique équipage et qui lui prodigue l'or.

— Ah ! dit l'inconnu, je vous remercie.

— Voilà un chaland manqué, dit la vieille.

— C'est un fier service que nous lui rendons de l'empêcher d'être plumé par une pareille sirène.

— Hum ! dit Fischerwald, en s'en allant, je me doutais bien qu'elle recommencerait cette vie ; je ne dirai rien à Maurice de la rencontre que j'ai faite.

XLIX.

La vue de Fischerwald avait réveillé pour Hélène de cuisans souvenirs. Renfermée chez elle, elle désirait et elle craignait à la fois d'avoir été reconnue : elle rappela alors sa richesse passée, sa chambre tendue de soie violette et blanche ; ses nombreux domestiques, sa voiture, ses chevaux fringans et cette cour, dont elle était environnée comme une reine.

Elle rappela aussi le jour où, sur ce riche divan, Maurice, assis près d'elle, lui avait déclaré son amour, et ces douces émotions dans cette nuit presque entièrement passée au jardin ; alors elle jeta un regard sur elle ; ses vêtemens étaient misérables ; mais ce qui lui serra le cœur, c'est qu'ils étaient sales, qu'elle n'avait même pas d'argent pour prendre un bain ; — à cette idée elle pleura.

Elle se leva engourdie par le froid ; elle marcha dans la chambre pour se réchauffer un peu, puis elle se mit à travailler; mais le froid lui enchaînait les doigts, et d'ailleurs les souvenirs bouillonnaient dans sa tête; elle se leva encore une fois, raide de froid. — Oh ! mon Dieu ! dit-elle avec un doux sourire de joie, heureusement qu'il y a du feu à l'école.

Bientôt elle renonça à travailler et sortit pour aller chercher sa fille, car l'école devait être finie ; en la ramenant, elle songea qu'elle n'avait pas travaillé ; qu'elle n'aurait rien pour le déjeûner que sa fille devait le lendemain emporter à l'école.

Quand elle rentra, elle lui dit qu'elle avait soupé en l'attendant ; elle lui donna à souper, et réserva sa part à elle pour le déjeûner du lendemain ; elle la fit coucher et se coucha aussi, car le froid n'était pas tolérable, l'enfant même le sentait dans son lit, quoique Hélène se découvrît pour la couvrir et la réchauffât de tout son corps. Hélène était assise dans le lit et avait les coudes sur les genoux et la tête dans les mains. La petite ne dormait pas, elle s'avisa de chanter pour l'endormir,

Et chanta :

Komm, lieber mai, etc.

L'enfant s'endormit, elle s'arrêta ; cette chanson lui rappelait la maison dans le bois, son père, sa mère, son frère et jusqu'aux églantiers qu'Henreich avait plantés pour lui faire une couronne de mariée, et dont Maurice lui était allé cueillir une branche.

— Oh ! dit-elle, cher mois de mai, j'espère bien ne pas souffrir jusque-là, j'espère mourir bientôt ; mes pieds ne marcheront plus sur les vertes promenades, je ne cueillerai plus de violette sur le bord des ruisseaux ; il n'y aura plus pour moi ni violettes ni printemps ; et je mourrai sans voir Maurice. Elle pleura encore ; mais ses sanglots éveillèrent l'enfant, qui dit : — Maman, j'ai froid. Hélène la couvrit un peu plus, la baisa pour la réchauffer et se remit à chanter :

Reviens, cher mois de mai, etc.,

jusqu'au moment où la fatigue de la faim et des pleurs se réunit au froid pour l'assoupir.

Le lendemain, sa fille avait la fièvre, et ne put aller à l'école. Hélène, pour réchauffer un peu la chambre, brûla sa table ; mais le soir l'enfant avait un redoublement de fièvre : elle alla chercher un médecin ; le médecin examina l'enfant et écrivit une ordonnance, puis sortit en disant : — Je reviendrai demain.

En sortant, on avait remis une lettre à Hélène.

L

Henreich à Hélène.

Comment ? vous que je n'appelle plus ma sœur, poussez-vous la dégradation du cœur au point de laisser mourir votre mère de faim ! Ne deviez-vous pas être trop heureuse qu'elle veuille oublier la source impure de vos secours ?

J'ai reçu une lettre d'elle ; j'ai pleuré ; je lui ai envoyé ma montre et le peu d'argent que mes amis ont pu me prêter.

Je ne voulais plus m'occuper de vous ; mais je désire que cette lettre vous fasse répandre quelques larmes au milieu de votre infâme splendeur. C'est encore du bien que je veux vous faire.

HENREICH.

LI.

D'abord Hélène voulut répondre à son frère ; elle écrivit une lettre ; mais elle dit : — Il ne la recevra qu'avec celle que je vais écrire pour Maurice, quand je serai morte.

Puis elle se mit à travailler, réchauffant de temps en temps ses mains dans le lit de sa fille. Le lendemain, elle ne mangea qu'un peu de pain, et acheta du charbon avec le peu d'argent qu'elle avait reçu.

Puis elle alla chercher ce qu'avait ordonné le médecin ; mais elle n'avait pas assez d'argent pour payer, et le pharmacien ne voulut pas lui donner les médicamens à crédit.

Le soir, le médecin arriva : il toucha l'enfant et secoua la tête.

— A-t-elle bien pris sa potion ?

— Oui, monsieur, dit Hélène en baissant les yeux.

— C'est prodigieux. A-t-elle transpiré ?

— Non, monsieur.

— Et elle a pris la potion ?

— Oui, monsieur, dit Hélène en balbutiant. Elle pouvait à peine parler, tant les sanglots l'étouffaient.

Le médecin la regarda fixement. — Madame, dit-il, quand vous voudrez bien suivre mes ordonnances, vous reviendrez me chercher. Je ne reviendrai pas.

Il sortit.

Hélène se jeta à genoux. — Oh ! mon Dieu, il n'y a plus de pitié dans le cœur des hommes ! Mon Dieu, ayez pitié de moi !

— Rien... rien... dit-elle éperdue ; elle va mourir... Oh ! je vais l'étrangler, et ensuite je me briserai la tête contre le mur... Pourquoi ma mère ne m'a-t-elle pas tuée, moi?...

Et elle se laissa tomber sur le carreau. Au bout de quelques instans, elle se leva. — Oh ! quelle idée, dit-elle, mon enfant ne mourra pas. Et, se hâtant, elle se plaça devant un miroir cassé, arrangea ses beaux cheveux bruns, chercha un fichu propre qui lui restait. — Oh ! mon Dieu, disait-elle en pleurant, mon Dieu, s'il allait ne pas me trouver assez belle. Et elle pleurait en tâchant de donner un peu de grâce à sa robe et à sa coiffure ; puis elle alla réveiller une petite fille qui logeait près d'elle : — Mon enfant, lui dit-elle, si tu veux passer deux heures près de ma fille, je te donnerai cinq florins à mon retour. Puis elle jeta encore un coup d'œil sur le miroir, et partit en disant : — Comme je suis changée : pourvu qu'il me trouve assez belle. Et elle courut à travers les rues. Toujours courant, elle arriva chez son ancien propriétaire ; les domestiques ne voulaient pas la laisser entrer ; mais il reconnut sa voix et vint au devant d'elle.

Quand ils furent seuls : — Monsieur, dit-elle, me voici ; je suis à vous pour une heure ; mais il me faut cinquante florins.

Il voulut dire quelques mots : — Hâtez-vous, monsieur, je n'ai qu'une heure à vous donner ; faites de moi tout ce que vous voudrez.

Etonné, il la regardait : — Oh ! monsieur, ne me refusez pas, dit-elle ; si je vous demande trop, donnez-moi ce qu'il vous plaira ; mais il me faut de l'argent.

Il voulut la faire parler, il n'en put rien tirer ; il la prit dans ses bras, elle se laissa faire ; seulement, en se voyant dans une glace, elle reconnut à son cou à elle un fichu que lui avait donné Maurice ; elle l'arracha avec violence et le jeta au feu, puis s'abandonna, et, pâle et froide comme du marbre, elle reçut ses odieuses caresses sans les sentir.

LII.

Avec l'argent, car il lui avait donné cent florins, elle soigna son enfant ; puis, quand sa fille fut guérie, elle renvoya le reste de l'argent à celui qui le lui avait donné, sans en avoir distrait un pfenning pour son usage particulier.

Cet homme vint la voir, et voulut user des droits qu'il croyait avoir sur elle : — Monsieur, monsieur, dit-elle, allez-vous-en ; si jamais vous rentrez ici, je me jetterai par cette fenêtre ; nous avons fait un marché, je me suis livrée, nous sommes quittes.

Elle n'osait plus regarder le portrait de Maurice.

Elle s'était remise au travail ; mais le froid avait horriblement gercé ses doigts, et lui causait d'insupportables douleurs.

LIII

De la nécessité de se laver les mains.

Casta vixit
Lanam fecit
Domum servavit.
Ancienne épitaphe.

Richard était arrivé de bon matin chez Maurice, et l'avait trouvé fumant dans un vaste fauteuil renversé, encore vêtu de sa robe de chambre, et les pieds dans des pantoufles violettes.

— Il y a aujourd'hui, dit Richard, quinze mois que nous sommes mariés.

— Oui, dit Maurice, et tu me trouves livré aux plus graves méditations sur ce sujet. Comment te trouves-tu de ta situation?

— Très bien, lui dit Richard; et toi?

— Moi? très bien également; seulement je m'ennuie.

— Ah!

— C'est un état trop calme; mon désespoir habituel du temps que j'étais l'amant d'Hélène me convenait mieux; j'avais au moins le plaisir de sentir passer la vie; aujourd'hui, c'est comme une fade boisson, qui coule sans laisser ni parfum ni saveur. Je viens de parler d'Hélène; cette idée m'attriste. N'as-tu pas eu de nouvelles d'elle?

— Non.

— Alors n'en parlons plus. C'était une bonne et noble créature que j'ai lâchement abandonnée; mais je crois vraiment qu'elle a gardé mon âme avec elle, tant je la sens peu maintenant dans ma poitrine; n'en parlons plus.

Comme Richard vit que Maurice allait peut-être passer la matinée à dire qu'il ne fallait pas parler d'Hélène, il jugea à propos de détourner la conversation.

— Quel était, dit-il, le sujet de tes hautes méditations?

— Je te l'ai dit : le mariage et ses principaux inconvéniens; leur cause et la manière de les prévenir.

— A quel inconvénient étais-tu?

— Aux maris trompés.

— Tu m'obligeras infiniment de me communiquer tes idées, surtout si, après le mal, tu as trouvé le remède.

— Je le veux d'autant mieux que notre ami Fischerwald n'est pas là, et que les mystères du mariage ne doivent être mis à nu que devant les initiés, sous peine de prêter à rire aux profanes, et de ne pas être sûr qu'ils n'ont pas raison de rire; ce qui peut ébranler les plus robustes convictions.

Comme je te l'ai déjà dit, ce n'est pas une chose bien plaisante que de devenir dans la maison un hôte incommode; de travailler pour décorer convenablement la chambre et le lit où votre femme reçoit son amant; de la soupçonner, dans les caresses qu'elle vous accorde comme devoirs, tout occupée de l'image d'un autre, — et rapportant à lui le plaisir qu'elle ressent.

Pour ce qui est des ressources, elles sont effrayantes quand on considère combien de causes plus ou moins puissantes amènent presque nécessairement l'infidélité des femmes. Ce n'est pas trop de toute votre vie pour prévenir d'une manière encore incertaine un malheur pour lequel conspireront peut-être deux personnes, qui n'hésiteront pas à y consacrer toute leur vie, et qui auront, pour augmenter leur adresse et leur persévérance, l'amour que probablement vous n'avez plus, que peut-être vous n'avez jamais eu.

Ces causes plus ou moins puissantes sont de deux sortes :

1° Les causes naturelles,

2° Les causes artificielles.

Par les premières, nous entendons cette transition difficile des illusions riantes et dorées de la jeune fille, qui a rêvé une vie pleine de ces charmantes agitations qui ont troublé son sommeil — et embellie encore de plaisirs inconnus que son imagination, fécondée par la prudente nature, qui marche toujours à son but, n'a pas manqué de devancer et d'exagérer, du passage, dis-je, de ces illusions à la froide et monotone réalité.

Il est presque impossible qu'elle n'attribue pas ce désenchantement à l'individu, au lieu de l'attribuer à l'espèce, et qu'elle n'attende d'un autre la réalisation d'un bonheur qu'elle croit avoir pressenti, et qu'elle pense que la nature lui doit, — et cela avec d'autant moins de scrupule qu'elle regarde son mari comme un trompeur, qui n'a pas tenu les promesses qu'elle-même s'était faites.

Dans les causes artificielles, nous comprenons toutes les bévues et les maladresses des maris, qui se donnent souvent beaucoup de mal pour arriver à ce qu'ils redoutent le plus. Ils commencent par prodiguer à leur femme des caresses que l'habitude doit diminuer, et dont elle attribuera la diminution à celle de l'amour, — précisément au moment où, chez elle, l'habitude, qui, chez les femmes, donne tant de force à l'amour, vient augmenter les désirs. A peine le mariage consommé, ils oublient qu'il est, en tous sens, plus difficile de conserver une conquête que de conquérir. Ils se reposent sur les vertus qu'ils imposent à la femme, vertus chimériques comme toutes les vertus, que l'on n'accomplit jamais qu'autant qu'on y trouve son intérêt ou son plaisir.

Beaucoup font de leur femme un objet de vanité, qu'ils montrent à ceux qui les visitent, après leur avoir montré leur jardin, leurs chevaux et leurs curiosités chinoises.

Quand ils vous donnent à dîner, ils vous placent auprès de leur femme.

Si vous sortez ensemble, ils vous donnent le bras de leur femme.

Si vous vous trouvez ensemble au théâtre, ils vous font mettre sur le devant de la loge avec leur femme.

Ils vous trouveront d'autant plus poli que vous ferez à leur femme plus de complimens; ils penseront que cet encens brûlé devant leur idole est un hommage désintéressé; ils oublient — qu'on ne sacrifie qu'aux dieux qui ont quelque chose à donner.

Ils ne pensent pas non plus : que, vous plaçant à table près de leur femme, ils vous condamnent à vous occuper d'elle exclusivement, à lui verser à boire, à lui offrir tout ce qui peut lui plaire, à négliger votre dîner pour vous occuper du sien, et pour l'amuser, et à ne pas vous occuper des autres femmes;

Que vous donnant le bras de leur femme, c'est vous obliger à la garantir des voitures, à marcher dans la boue pour lui donner le plus beau chemin, à vous faire enfoncer les côtes pour lui ouvrir une issue dans la foule, à sévir contre les impertinens qui peuvent se rencontrer, à ne penser à aucune femme pendant tout le temps de la promenade.

Sic de cœteris.

Tout cela considéré ainsi serait autant de corvées, qu'à coup sûr le mari n'a pas le droit de vous imposer; — mais, dans son esprit, les choses ne sont pas ainsi: c'est un honneur et un plaisir qu'il prétend vous faire; — il vous prête sa femme pour la conversation, pour la promenade, pour le spectacle; — il permet que son bras rond et blanc soit tout le long de la route appuyé sur votre cœur de manière à en sentir les battemens; il permet que vous épuisiez près d'elle le vocabulaire de la galanterie, et probablement il trouverait fort mauvais que vous fissiez avec sa femme une longue promenade sans lui dire un mot.

Ce qu'il y a en cela de plus charmant, c'est qu'il paraît persuadé que vous ne passerez pas les limites qu'il pose dans son esprit sans vous les communiquer, et que les soins et l'amabilité qu'il vous impose ne feront sur sa femme aucune impression.

C'est une bizarre jalousie que celle de la plupart des hommes; ils ne sont jaloux que de la dernière caresse. — ils prêtent à tout venant leur femme, et ils permettent que chacun s'en serve, pourvu qu'on ne franchisse pas cette limite : prenez à leur femme le bras ou la main, regardez-la aussi tendrement que vous pourrez, exprimez-lui en langage poli que vous serez enchanté de coucher avec elle : faites l'éloge de ses beautés évidentes, risquez des augures sur les beautés cachées, regardez avidement tout ce qu'une femme décolletée abandonne à la curiosité ;

Il y a peu de maris qui le trouveront mauvais; il n'y a presque pas un homme dans un salon qui ne laisse supposer ouvertement au mari qu'il serait heureux de lui enlever sa femme, et que sa seule vertu à elle l'en empêche.

Ici on vint avertir Maurice que le déjeûner était servi ; il ne répondit pas, et continua.

— Certes, d'une femme que j'aimerais, je voudrais tout conserver pour moi ; je ne donnerais à un autre ni la main, ni les cheveux, ni un regard ; je ne voudrais pas que personne fût auprès d'elle, pour respirer son haleine avec l'air ; je ne voudrais pas qu'un homme sentît contre sa poitrine la douce chaleur de son bras, je haïrais l'homme qui la toucherait du doigt, ou dérangerait son vêtement dans un songe ou par le désir.

Ce sont autant de prostitutions en détail ; le commun des hommes semblent ne se rien réserver de leurs femmes, si ce n'est — ***intimos et penitissimos libidinis recessus***, — ils vous abandonnent volontiers le reste.

Ineptes animaux, qui n'ont pas assez d'âme pour comprendre qu'un désir mutuel, que deux regards qui plongent l'un dans l'autre, et percent la poitrine d'un voluptueux aiguillon sont une caresse mille fois plus ardente que ces dernières caresses sans amour qu'ils réservent seules.

Mais, en admettant leurs étroites idées, en croyant avec eux que ces préliminaires ne sont rien. . . . .
. . . .

On vint encore dire à Maurice que le déjeûner était sur la table, et que madame était dans la salle à manger.

Il se contenta de répondre : C'est bon, d'un ton d'impatience qui montrait qu'il ne trouvait pas bon qu'on vînt le déranger.

— En admettant, reprit-il, que ces préliminaires ne sont rien en eux-mêmes, on ne peut nier qu'ils peuvent conduire au reste par une pente souvent rapide et irrésistible ; que la femme peut se laisser aller à la pente, et que, lorsque son mari veut l'arrêter, cela ne soit plus au pouvoir de l'un ni de l'autre, — mais ce n'est pas assez pour le mari de livrer ainsi sa femme, et de donner aux autres hommes l'occasion de se montrer galans et empressés, il prend encore soin d'inspirer à sa femme une telle indifférence et un tel dégoût de sa personne, qu'on peut, à la rigueur, ne pas prendre beaucoup de peine pour paraître plus aimable que lui.

Ici Maurice secoua contre la cheminée sa pipe pour en faire tomber la cendre, puis il la remplit encore, et l'alluma.

On remonta dire que le déjeûner serait froid.

Je descends.

Avant le mariage on a tout fait pour porter au plus haut point les illusions de la fille que l'on veut épouser ; elle ne vous a vu que vous occupant de l'amour qu'elle vous inspire ; elle dut croire naturellement que cet amour occupe toute votre vie et vous occupe tout entier : elle ne soupçonne pas qu'il puisse se trouver pour vous d'autres intérêts ; — jusqu'au jour du mariage, une fille ignorante n'a vu l'homme que paré, parfumé, galant, empressé, ne mangeant et ne buvant presque pas quand il est à table vis-à-vis d'elle, ne montrant de lui que ce qu'il y a de beau et de noble, et dissimulant tout le prosaïsme de l'espèce.

Aussi n'a-t-elle besoin que de peu d'efforts pour lui appliquer ses rêves célestes.

Mais, aussitôt le mariage, le mari donne l'exemple, et c'est à qui inventera quelque chose pour dégoûter l'autre de sa personne.

D'abord, par l'habitude du lit commun, on émousse l'aiguillon du désir, toujours satisfait d'avance : on ferme toute carrière à l'imagination, en restant trop près de la réalité.

Ensuite on se montre l'un à l'autre sans aucuns soins de toilette, les yeux gros de sommeil, les cheveux en désordre, ou ridiculement captifs sous un bonnet, la bouche échauffée et amère, le visage couvert de transpiration et de poussière.

Et on s'initie l'un l'autre aux besoins les plus ignobles et les plus cachés, besoins dont, jusque-là, l'amour et les soins avaient fait douter chacun à l'égard de l'autre. On était homme et femme, amant et maîtresse, — on devient mâle et femelle.

Ensuite étonnez-vous que, lorsqu'un galant se présente à son tour, paré et parfumé, il fasse renaître chez la femme les impressions qu'elle regrette près du mari en chemise sale et parfumé de tabac; qu'elle croie avoir été trompée, et qu'elle croie son mari au dessous de l'idée qu'elle s'était faite des hommes, idée qu'il avait contribué à affermir, et qu'il ne s'est pas donné la peine de soutenir, autant qu'il était en lui.

C'est pourquoi je suis d'avis que deux époux, pour conserver l'amour, ne se voient que bien sur leurs gardes, c'est-à-dire, tous deux propres et parés, de manière à ne rappeler en rien les peu poétiques nécessités de la nature.

On revint encore demander s'il fallait servir.

Alors Maurice descendit avec Richard, sans être ni peigné, ni habillé, sans s'être rincé la bouche pour chasser l'odeur de la pipe, sans s'être même lavé les mains.

Pendant le déjeûner, on parla d'aller visiter la femme de Richard, et e même temps la belle-mère commune, qui demeurait avec lui. Maurice n'étant pas habillé, pria Richard de donner le bras à sa femme jusque-là, et les rejoignit peu de temps après.

LIV

..... Le mouron en touffes désertes
Sur le sol nu brille au soleil couchant
Comme des émeraudes vertes.

Maurice était allé passer quelques jours dans le parc de Richard et aux environs pour tuer quelques grives, avec Fischerwald ; mais celui-ci s'occupait beaucoup plus de ramasser des mousses, seule végétation que la nature conservât alors, et qui sur la terre nue s'étendaient comme le plus riche velours, depuis les plus belles nuances de vert jusqu'au brun doré et rougeâtre. A vrai dire, ce qui intéressait Fischerwald, ce n'était pas de regarder leurs reflets chatoyans, c'était de les classer, depuis les polytrichs, dont les ours et les Lapons savent se faire d'excellens lits ; les sphagnes, qui, par leur prodigieuse multiplication, dessèchent les marais, et finissent par former d'immenses tourbières ; les lycopodes, qui de leur pistil laissent échapper une poussière jaune dont on se sert sur les théâtres pour faire les éclairs, — jusqu'aux bries, aux hypnes, aux phasques, aux marchanties, aux jungermanes, aux riccies, noms qui surchargent les nomenclatures des botanistes, dont la science nous semble souvent gâter la nature.

— Je ne sais trop pourquoi, disait Maurice à Fischerwald, tu prends la peine de porter un fusil. Je ne crois pas que, depuis cinq jours, tu aies tiré un seul coup; j'aime à croire que ce n'est pas par mépris pour les grives.

— Si quelqu'un, reprit le docteur, s'avisait jamais de supposer que j'ai le palais assez barbare pour ne pas apprécier les grives comme elles le méritent, je promets qu'il aurait affaire à moi ; et il continua en citant Martial :

Texta rosis fortasse tibi...
At mihi de turdis facta corona placet.

« Peut-être tu aimes une couronne de roses, mais il n'est pas de couronne qui me plaise comme une couronne de grives. »

— Diable, dit Maurice en rentrant, nous ne pouvons guère sortir demain. Les oies de la basse-cour battent des ailes, et l'on entend les cloches de la ville. Nous aurons cette nuit et peut-être demain une pluie abondante.

En arrivant, le même jardinier qui autrefois lui permettait d'entrer dans le parc, quand il n'y avait personne, lui remit une lettre.

LV

Hélène à Maurice.

Ne brûlez pas sans la lire cette lettre d'une femme qui vous a aimé de toute son âme et de toutes ses forces, qui eût voulu avoir à vous sacrifier quelque chose de noble et de désirable, qui eût quitté le ciel pour vivre un seul jour avec vous dans le plus triste cachot.

Vous avez voulu séparer nos deux existences. vous avez douté de moi ; je n'en ai pas été offensée. Ce n'était pas vous qui me frappiez, c'était le sort funeste qui m'avait jetée dans la prostitution, le sort auquel votre amour m'avait arrachée, et qui me ressaisissait. J'ai courbé la tête, j'ai pleuré, mais je ne vous ai pas maudit ; que le ciel détourne de vous les tortures qui m'ont déchirée.

Le désespoir, la misère, les larmes, la faim, m'ont bien changée. Une seule chose me reste : c'est mon amour pour vous, ce noble amour qui a fait surgir mon âme de la boue.

Mais cet amour aussi a cédé au sort. Il n'est plus ardent, impétueux, exigeant ; ce n'est plus que l'élan d'une âme souffrante vers celui qui console. Aujourd'hui, je n'ai plus besoin que vous m'aimiez ; je n'aurais pas la force de supporter un semblable bonheur ; je ne vous demande que de me permettre de vous aimer, et du fond du cœur, sans que mes yeux ni ma bouche ne disent jamais rien.

Hier, je me suis présentée chez votre femme ; je lui ai dit que j'étais une pauvre fille abandonnée avec un enfant ; qu'à l'avenir je serais sage ; que je ne demandais qu'à travailler pour nourrir mon enfant, et que, si elle voulait me prendre chez elle, pour travailler au linge de la maison, surveiller les domestiques, et m'occuper des soins du ménage, elle serait contente de mon zèle et de ma bonne conduite ; que je ne répugnerais à aucun ouvrage, que j'étais plus forte que je ne le parais, et que je serais contente, pourvu qu'avec ma fille on me permît de vivre dans une maison honorable.

Après quelques observations, elle a eu la bonté de m'agréer.

Oh ! monsieur Maurice, ne m'enviez pas le bonheur que je me fais ; laissez-moi vivre près de vous, vous regarder, vous entendre.

J'ai essayé de bonne foi, je ne puis vivre sans vous voir. Je ne demande pas que vous m'adressiez la parole, ni que vous me regardiez jamais ; au contraire, je vous prie de n'être avec moi que comme vous êtes avec les autres domestiques : s'il en était autrement, ce serait de ma part un manque de foi envers votre femme, qui veut bien m'accueillir ; ce serait, de la vôtre, m'exposer à être privée justement par elle du bonheur qui remplira ma vie.

Peut-être une fausse générosité vous fera dire que vous ne voulez pas qu'une femme que vous avez aimée soit votre domestique : mais, si vous me chassez, comme depuis que j'ai été aimée de vous je n'ai pu supporter seulement la pensée de me prostituer encore, il me faudra, pour nourrir mon enfant, servir des maîtres qui n'auront pas autant de douceur pour moi. Et d'ailleurs, outre que ma naissance ne m'appelait pas à un rang et à une fortune élevés, quelle que soit ma situation, elle sera toujours bien au dessus de l'infamie de laquelle vous m'avez tirée.

Laissez-moi vous entourer de ma sollicitude désintéressée; ce sera un bonheur pour moi de m'occuper de tous les petits soins qui pourront vous apporter quelques agrémens. Je veillerai à ce qu'on allume votre feu, à ce que, la nuit, votre tête soit haute, comme vous l'aimez.

Et je natterai moi-même les beaux cheveux noirs de votre femme; je lui apprendrai à les arranger de la manière qui vous plaît; je les parfumerai de cette odeur de rose que vous aimiez tant; je serai si heureuse de penser que je puis contribuer à vos plaisirs, même à ceux que vous goûterez dans les bras d'une autre. Avec quelle joie je rattacherai à votre vie le peu de bonheur qui était peut-être destiné à la mienne, et dont je n'ai plus besoin.

N'est-ce pas, monsieur Maurice, que vous ne voudrez pas m'ôter ce bonheur? et d'ailleurs vous ne le pourrez pas, car je vous jure par tout ce qu'il y a de plus sacré au monde, par mon amour toujours si pur pour vous, par votre amour d'un instant, dont je vous garderai une éternelle reconnaissance, et qui m'a enivrée d'un bonheur que je ne crois pas payer trop cher de toute une vie de larmes et d'humiliations, je vous jure que si vous me chassez, j'emporterai mon enfant, et avec elle j'irai me jeter dans la rivière.

Adieu, monsieur Maurice; si vous saviez comme je suis heureuse, comme mon cœur bat doucement, quand je songe que d'un moment à l'autre je vais vous revoir. Il y a si long-temps! Quand je songe que je passerai près de vous le reste de ma vie; que demain peut-être j'entendrai le son de cette voix si chère, et que je l'entendrai de même tous les jours. Adieu, oubliez cette Hélène que vous avez aimée; ne voyez plus en moi qu'Hélène, femme de chambre de votre femme; mon bonheur y est attaché, et il est impossible qu'il ne vous reste pas encore de la pitié pour la malheureuse

HÉLÈNE.

LVI.

Quelques larmes obscurcissaient les yeux de Maurice; il les essuya, et se leva.

— Où vas-tu? dit Fischerwald; la pluie bat les vitres à les briser.

— Je vais chez moi.

— Tu peux t'attendre à faire la route seul. Je suis original; je ne sais si je t'ai dit qu'il y a quelque temps je suis sorti sans chapeau; mais je n'abandonnerais pas un feu comme celui-ci, après lequel la maudite pluie m'a fait tant travailler, ni la meilleure bière que j'aie jamais bue, ni les plus appétissantes perdrix que chasseur ait jamais mangées, ni l'espoir de passer le reste de la soirée à fumer d'excellent tabac en me grillant les jambes, — pour aller courir les champs, les pieds dans la boue jusqu'au ventre, par une pluie de neige fondue. Je te souhaite un heureux voyage, et, comme docteur, je t'ordonne, aussitôt ton arrivée, — de te mettre dans un lit bassiné, et de boire d'excellent vin chaud avec du sucre et de la canelle, ce qui ne t'empêchera peut-être pas d'être malade. — Voilà tout ce que je puis faire pour toi, en y ajoutant, vu le temps diluvien, le récit de l'ode d'Horace, au vaisseau de son ami Virgile,

O navis...
Quæ tibi creditum debes Virgilium.
. . . .
Robur et æs triplex, circa pectus erat.

au premier qui imagina de sortir par un temps à ne pas mettre un cousin dehors.

Pendant ce discours, dont il n'avait pas entendu un mot, Maurice était retombé sur son fauteuil, songeant qu'il ne devait pas paraître savoir la présence d'Hélène, et que rien ne prétexterait son arrivée par un temps semblable.

Pour Fischerwald, il crut avoir convaincu son ami, et se remit à se nourrir de son mieux.

LVII.

Le lendemain, Maurice arriva chez lui. Avant d'entrer, il eut besoin de s'arrêter un moment pour se remettre; mais Hélène n'était pas auprès de sa femme. Pauline était seule avec Richard; — tous deux rougirent en le voyant entrer. Pauline se leva, vint au devant de lui, et l'embrassa avec un empressement inusité. Mais Maurice était tellement ému lui-même, qu'il ne s'aperçut de rien.

— Mon ami, dit Pauline, pendant ton absence, j'ai pris une nouvelle femme de chambre; c'est une jeune et belle femme, ajouta-t-elle en souriant; mais elle a été à ce qu'il paraît bien malheureuse, dit-elle plus gravement : elle a un enfant qu'elle paraît aimer beaucoup.

— Sa fille est-elle également ici? dit Maurice.

— Et comment sais-tu que c'est une fille?

— Ne viens-tu pas de me le dire?

— Non, je ne l'ai pas dit; c'est en effet une fille. Elle désire la garder près d'elle. Ce sera plus tard une compagne pour la nôtre.

Maurice tendit la main à Richard; et, sous prétexte de changer de vêtemens, se retira aussitôt dans son appartement.

C'était une violente émotion qu'il ressentait, si près d'Hélène, d'Hélène qu'il avait tant aimée, d'Hélène qu'il n'eût pas abadonnée, s'il n'avait eu pour elle qu'un amour ordinaire, — et aussi près d'un enfant qui était peut-être leur enfant à tous deux.

Il se retraçait le temps où il avait connu Hélène, si belle, si brillante, si parée, si bien servie; il allait la revoir changée par la douleur, la misère et la faim, pauvrement vêtue, et femme de chambre de Pauline.

— Oh! dit-il, comment peut-elle ne pas me maudire?

Un moment, il crut entendre sa voix; son cœur cessa de battre, ses poumons de respirer. Il écouta : en effet, c'était la voix d'Hélène. Il joignit les mains :

— Oh! mon Hélène, dit-il, pardonne-moi, pardonne-moi!

Il resta quelque temps absorbé, puis :

— Elle est folle, dit-il; comment pourrai-je lui parler comme aux autres domestiques! Comment supporterai-je les airs de hauteur de ma femme? Comment ferai-je pour ne lui adresser jamais ni un mot, ni un regard d'affection?

Elle pour qui j'aurais voulu avoir un trône!

Comment supporter son premier regard, après lui avoir fait tant de mal?

Cependant Maurice changeait de vêtemens, et donnait à sa toilette plus de soins que de coutume. — Quoique, pour la tranquillité d'Hélène, pour la sienne, il eût voulu en être oublié et oublier; sans se l'avouer peut-être il eût craint de lui sembler désagréable.

Plusieurs fois il voulut sortir de sa chambre; mais chaque fois son cœur battait si fort, ses genoux étaient si tremblans, qu'il fut forcé de rentrer; enfin il prit de la résolution, et descendit d'un pas rapide.

Hélène était assise devant une fenêtre, et cousait. Pauline vint encore embrasser son mari ; Maurice ne fut pas fâché de cet excès de tendresse, qui lui donnait le temps de se remettre ; mais en même temps, il songea à ce que de semblables caresses avaient de triste et de poignant pour Hélène.

Il comprit qu'il devait lui adresser la parole ; mais il ne pouvait trouver de voix. Enfin il la salua et lui dit : — Madame, soyez la bien-venue.

Hélène répondit par une inclination de tête, sans lever les yeux ; elle était horriblement pâle.

Heureusement que Pauline ne pouvait s'apercevoir de l'émotion que causait cette entrevue, occupée qu elle était à regarder le ciel, dont l'aspect promettait un beau temps pour une promenade qu'elle voulait faire chez sa sœur.

Une idée frappa Maurice, et son regard se tourna vers la table où l'on avait mis le couvert pour le déjeûner : il y avait quatre couverts, trois pour lui, sa femme et leur fille, le quatrième pour Hélène ; il respira plus librement ; il avait craint que Pauline ne fît manger Hélène avec les domestiques, et il n'eût osé faire aucune observation.

Au même instant, Hélène avait aussi porté les yeux du même côté, mais avec une pensée différente ; elle avait vu quatre couverts, et deux grosses larmes roulèrent dans ses yeux ; il n'y en avait pas pour sa fille, sa fille mangeait à la cuisine. D'abord elle voulut demander à manger aussi à la cuisine ; mais il lui eût été impossible de parler, tant son cœur était gonflé, et elle eût craint d'indisposer contre elle la maîtresse de la maison, — et sa situation lui était si précieuse !

Elle ne mangea presque pas, et, pour dissimuler son trouble, feignit de s'occuper beaucoup de l'enfant de Pauline et de Maurice, que l'on avait mis près d'elle ; mais son cœur était rempli d'amertume en caressant l'enfant de sa rivale, de sa rivale si heureuse, tandis que sa fille à elle était à la cuisine, pleurant peut-être de ne pas voir sa mère.

Pendant le déjeûner, Maurice osa regarder Hélène : en effet, elle était changée, son teint si frais était flétri, ses joues étaient creuses ; mais elle avait conservé l'expression de son regard, sa noble physionomie, qui avait pris quelque chose de mélancolique et de touchant, — et les belles proportions de sa taille.

Hélène aussi regarda Maurice ; il était resté frais et bien portant, peut-être même avait-il pris un peu d'embonpoint.

Le déjeûner fini, Maurice et Pauline allèrent chez Richard, où ils devaient dîner.

Hélène resta seule ; elle appela sa fille, et, en pleurant, baisa son front, ses joues et ses cheveux ; puis elle détacha un petit anneau d'or que lui avait donné Maurice, et que, malgré sa misère, elle n'avait pas voulu quitter, pensant qu'elle ne le reverrait peut-être jamais, et que c'était tout ce qui lui restait de lui ; mais près de lui elle pouvait s'en passer ; elle le donna à la fille de cuisine, en lui disant : — Ma bonne, ayez bien soin de ma fille ; quand je serai plus riche, je serai plus généreuse.

Elle était seule ; elle pouvait garder sa fille près d'elle ; elle la fit asseoir sur un tabouret, sa petite tête blonde appuyée sur ses genoux, et elle continua l'ouvrage qu'on lui avait doné à faire.

— Allons, se disait-elle de temps à autre, en essuyant ses larmes, ce n'est plus le moment de pleurer ; je suis près de lui, je le verrai, je l'entendrai tous les jours ; sa voix tremblait quand il m'a parlé ; il ne faut plus pleurer, je deviendrais trop laide.

Elle se leva, et devant une glace arrangea ses cheveux.

— A quoi me servirait d'être belle, continua-t-elle, je ne veux plus de son amour ; je suis résignée ; je ne veux plus que le voir toujours ; c'est plus de bonheur que depuis long-temps je n'en ai espéré.

Puis elle caressait sa fille, elle arrangeait ses cheveux blonds et soyeux, et elle se mettait à travailler.

Puis ses larmes recommençaient à couler.

— Pourquoi donc pleures-tu? lui dit l'enfant, nous sommes bien mieux ici que dans notre vilaine petite chambre; et puis on m'a dit que nous aurions de la soupe et de la viande tous les jours.

— Pauvre enfant! dit Hélène, elle a déjà bien souffert; mais elle se trouve plus heureuse. O mon Dieu, merci!

Il ne l'a pas encore vue, pensa-t-elle; quel accueil lui fera-t-il? et elle regardait sa fille. Il y avait des momens où elle lui trouvait de la ressemblance avec Maurice; dans d'autres, cette ressemblance n'existait plus. Ainsi qu'il arrive aux malheureux par la défiance qu'ils ont du sort, quand elle s'était présentée devant Pauline, elle avait craint que cette ressemblance ne donnât quelques soupçons; mais au moment où elle eût désiré qu'elle existât, elle n'en pouvait trouver aucune trace.

Cependant l'enfant ne ressemblait pas non plus à Leyen; elle avait les cheveux blonds et les yeux bruns qu'avait sa mère à son âge; elle paraissait devoir plus tard lui ressembler beaucoup.

Quand elle eut fini son ouvrage, elle s'occupa de faire régner un nouvel ordre dans la maison; elle-même elle nettoya la pipe de Maurice, et rangea sa chambre; puis elle déposa un baiser sur son oreiller et sortit sans que personne l'eût vue entrer; elle avait aperçu, avec un cruel serrement de cœur, la porte ouverte sur un couloir qui conduisait à la chambre de Pauline.

Le soir, Maurice rentra avec Pauline. Hélène travaillait encore. — Hélène, dit Pauline, il ne faut pas travailler si tard, vous vous fatigueriez inutilement.

Maurice, en quittant sa femme, lui serra la main plus tendrement que de coutume.

Hélène suivit Pauline dans sa chambre pour la déshabiller, et, en la quittant, ses yeux se portèrent involontairement sur une porte qui donnait également sur le couloir.

Le lendemain, quand Hélène, le soir, se retira dans sa chambre, sa fille lui dit : — Le monsieur m'a embrassée plusieurs fois, et m'a donné des bonbons. — Hélène leva les yeux au ciel, et joignit les mains sans pouvoir prononcer une seule parole.

LVIII

Que l'habitude n'est pas la seconde mais bien la seule nature du plus grand nombre des hommes.

Fischerwald, comme Richard, avait reçu une lettre d'Hélène, où, lui expliquant son dessein, elle les suppliait de ne pas paraître l'avoir jamais vue.

Les deux amis de Maurice, qui ne connaissaient pas, comme lui, tout ce qu'il y avait de noble et d'élevé dans Hélène, ne pouvaient cependant s'empêcher d'admirer un semblable amour; néanmoins, ils n'étaient pas sans quelques inquiétudes sur les résultats d'une résolution qui, prise de bonne foi de part et d'autre, leur semblait au dessus de la force humaine.

Pour Maurice, un jour qu'il se trouva seul avec Hélène, il lui dit, en lui prenant la main : — Hélène, vous êtes une noble femme, et moi, j'ai été bien lâche !

— Monsieur Maurice, lui dit-elle, vous avez fait ce que tout autre eût fait à votre place.

— Ah! dit Maurice, ne devais-je être que comme un autre homme, quand vous êtes tellement au dessus de toutes les autres femmes!

— Ne regrettons pas le passé, dit Hélène, j'ai été bien heureuse ; et, aujourd'hui, j'ai autant de bonheur qu'il m'est permis d'en avoir.

— Vrai ! Hélène, vous n'êtes pas malheureuse ? oh ! dites-le-moi encore. Si vous saviez comme cette pensée me soulage ; combien je maudis les liens indissolubles que j'ai formés ; combien je me maudis moi-même.

— Ne maudissons rien, ne maudissons personne, dit Hélène ; mais, je vous en supplie, monsieur Maurice, plus de semblables conversations ; cela ne peut faire que du mal à vous et à moi. Et si le moindre soupçon se glissait dans l'esprit de votre femme, elle me chasserait ! il me faudrait mourir.

Une autre fois Maurice lui dit : — Hélène, vous avez peut-être besoin d'argent ? Et il lui mit dans la main quelques pièces d'or.

Hélène repoussa l'argent.

Mais Maurice ajouta : — Pour votre mère?

— Maurice, dit-elle, vous avez raison.

Au bout de quelques mois, Hélène faisait tout à fait partie de la famille, Pauline l'aimait comme toute femme aimerait une femme jeune et belle qui renonce à tous les avantages de sa jeunesse et de sa beauté.

Pour Hélène, elle était résignée ; et si parfois elle était humiliée, la pensée unique qui lui remplissait le cœur l'empêchait de sentir la blessure, ou du moins l'amortissait beaucoup.

Maurice vivait entre sa femme et son ancienne maîtresse ; et cette situation, d'abord si bizarre et si embarrassante, lui était devenue habituelle ; quelquefois seulement il regardait Hélène avec un regard triste et affectueux.

Hélène aussi était venue au point de regarder cette situation comme devant toujours durer ; elle donnait quelque argent à la fille de cuisine pour payer ses soins pour sa fille ; seulement elle souffrait bien de voir son enfant reléguée souvent avec les domestiques la plus grande partie de la journée ; cependant elle travaillait dans sa chambre, et elle l'appelait auprès d'elle.

Un autre sujet de chagrin pour elle encore, c'était de voir sa fille si simplement habillée, près de l'enfant de Pauline que l'on couvrait de soie et de dentelles.

Pour elle, quoiqu'elle ne pensât plus guère à se parer, elle pleurait quelquefois en sortant d'habiller Pauline et de contribuer à augmenter sa beauté ; souvent ses yeux rencontraient la porte du couloir, et un jour elle avait vu un mouchoir que Maurice avait oublié dans la chambre de sa femme.

Mais, de même que les douleurs physiques que le malade porte à l'excès en touchant et pressant sa blessure finissent par ne plus être senties, à force d'être violentes, parce que les nerfs se détendent pour avoir été trop tendus, et perdent leur sensibilité, ainsi Hélène alors parait Pauline avec plus de soin, et la faisait belle pour Maurice, faisant d'elle-même une complète abnégation, et ne songeant qu'à son bonheur et à ses plaisirs à lui, de quelque part qu'ils lui dussent venir.

LIX.

Tout cela dura ainsi quelque temps ; mais un jour il vint à neiger au moment où Pauline voulait sortir.

Elle quitta de mauvaise humeur son châle et son chapeau, se remit au coin du feu, et feuilleta un livre sans le lire.

D'une chambre à côté elle entendit pleurer sa fille : — Mon Dieu ! Hélène, dit-elle, ne pouvez-vous aller voir ce qu'a cet enfant?

Hélène, blessée intérieurement du ton dont cet ordre lui était donné, n'en laissa cependant rien voir et obéit ; mais, quoi qu'elle fît pour apaiser l'enfant, elle n'y put réussir.

Pauline se leva et vint demander à Hélène ce qu'avait sa fille.

— Elle pleure, dit Hélène, et ne veut pas me répondre.

— Il faut l'enfermer, dit Pauline, dont la mauvaise humeur cherchait une issue, et tombait indistinctement sur tout le monde.

L'enfant, à cette menace, pleura encore plus fort. Pauline alors comprit qu'elle s'impatientait plus qu'elle ne l'aurait fait si la neige n'était venue contrarier ses projets, et qu'il n'était pas juste de brusquer cette pauvre petite créature ; elle se contraignit, la prit dans ses bras, et l'interrogea doucement ; l'enfant alors montra un de ses jouets brisés, et désigna la fille d'Hélène comme auteur du désastre.

Ce n'était qu'avec peine que Pauline s'était contenue ; sa colère saisit cette occasion de s'échapper, et elle frappa la fille d'Hélène.

La mère laissa échapper un cri d'indignation, emporta sa fille dans ses bras, et courut s'enfermer avec elle dans sa chambre.

Elle était en proie à une violente agitation.

— O ma fille, pardon, disait-elle, en marchant dans sa chambre ; c'est moi qui t'ai exposée à cet humiliant traitement d'être frappée par une main étrangère ; pardon, c'est mon fol amour qui t'a amenée ici, mon amour pour l'homme qui m'a déjà si cruellement abandonnée. Mais je l'aime, pauvre enfant, tu ne peux savoir ce que c'est ; je l'aime plus que toi peut-être ; il faut que je le voie : je ne cesserai de le voir que pour mourir.

La petite fille avait d'abord pleuré ; mais ce que disait sa mère était pour elle si peu intelligible, que, pleurant encore, elle s'était mise à la fenêtre, et regardait tomber la pluie.

— Mais, continua Hélène, ai-je le droit de te condamner à une vie d'humiliations, que mon amour même peut à peine me faire supporter, à moi ? Pauvre enfant, pourquoi n'es-tu pas morte, malgré mes soins, malgré la nouvelle infamie dont j'ai racheté ton existence, présent funeste que je t'ai fait une seconde fois, quand la miséricorde de Dieu voulait te l'enlever ! Pauvre enfant, ton avenir est triste ; pauvre et fille d'une prostituée, il te faudra être prostituée comme ta mère ; et peut-être n'auras-tu pas ces courts instans d'amour et de félicité qui paient les larmes de toute une vie ; peut-être ne se mêlera-t-il jamais d'amour aux caresses qu'il te faudra rendre ; peut-être, proie des hommes les plus vils, ne rencontreras-tu jamais un homme que tu puisses aimer, un homme digne de t'inspirer un amour qui te fera te connaître toi-même, et découvrir dans ton âme ce qu'il pourra y avoir de noblesse et de grandeur...

Pauvre enfant ! au moins ton enfance aurait pu être heureuse ; j'aurais dû te mener au précipice où tu dois nécessairement tomber par un sentier plus doux ; j'aurais dû t'endormir sur des roses jusqu'au moment où, seule dans le monde, il te faudra devenir infâme comme moi.

Pour voir Maurice, je me suis faite servante, servante d'une femme qu'il aime ; pour toi, j'aurais dû suivre la route où le destin m'avait poussée ; j'aurais dû persévérer dans mon infamie pour te faire une enfance joyeuse et te laisser riche. Par mon amour, je te condamne à tous les malheurs qui me rendent la vie plus lourde que si je l'avais portée pendant un siècle entier ; par mon amour, je fais pleurer tes yeux si gais, je te fais battre.

O ma fille, j'ai perdu toute mon énergie du jour où il m'a abandonnée ; sans cela, si j'avais encore mon âme, pourrais-je supporter les traitemens auxquels je me soumets avec résignation ?

Si j'avais encore une âme, je vendrais pour toi le reste de ma vie ; tu serais riche et heureuse, au lieu de pleurer, au lieu d'être battue ; mais i m'a tout pris; il faut que je le voie, que je soie sa femme, sa maîtresse, son chien : je ne puis plus prostituer la femme qu'il a aimée.

Pauvre enfant! si le désespoir s'empare de moi, je ne te laisserai pas seule dans la vie; je te le jure par le ciel, par ta tête blonde, par l'amour que j'ai eu, que j'aurai pour lui jusqu'à ce que je sois morte, je t'emmènerai dans la tombe, tu mourras avec moi, ce sera le plus grand, le seul bienfait de ta malheureuse mère.

Elle prit sa fille dans ses bras, et pleura sur ses cheveux, sur son petit visage rose.

On l'appela pour dîner; elle descendit. Il fallut laisser sa fille à la cuisine, cette pensée augmenta sa douleur; elle la tint long-temps embrassée, et dit : — Non, non, je ne te laisserai pas. Elle ne pleurait plus.

. . . .

Le soir, Maurice était au coin de la cheminée, Pauline à l'autre, Richard et Blanche entre les deux. Richard lisait à haute voix.

Hélène travaillait dans un coin. De temps à autre, ses mains et son ouvrage tombaient sur ses genoux; elle restait les yeux fixes, sans mouvement; puis, tout à coup, comme si elle se fût réveillée, elle reprenait son ouvrage et se hâtait.

Pour Maurice, penché sur le feu, il paraissait fort occupé de remuer les tisons et de faire jaillir quelques étincelles.

Une triste pensée occupait son esprit; quelquefois il regardait Hélène à la dérobée; il voyait ses yeux fatigués de pleurer, il comprenait toutes ses souffrances, et se disait :

— La conduite d'Hélène est bien noble et bien touchante; Pauline est bonne; elle n'a jamais eu pour moi une tendresse bien inquiète; d'ailleurs, mariés depuis deux ans, ce n'est aujourd'hui que par les liens d'une douce amitié que nous sommes unis; j'ai envie de tout lui dire, de lui raconter le dévoûment d'Hélène; elle sera émue d'une telle force d'âme, elle l'admirera, elle l'aimera, car elle aime tout ce qui est grand et au dessus de la vie commune. Hélène restera avec nous comme une amie; elle sera heureuse autant qu'elle peut l'être : je lui paierai ainsi une partie du mal que je lui ai fait.

Mais il faut attendre le départ de Blanche et de Richard.

Maurice se mêla alors à la conversation, qui avait succédé à la lecture.

Hélène remarqua ce changement sans en soupçonner la cause; elle s'était d'abord aperçue de la préoccupation de Maurice; elle avait soupçonné qu'elle en était l'objet, et ce retour à la conversation des autres lui fit penser que Maurice voulait secouer, comme une pensée importune, la pensée de sa triste situation.

— Ah! dit-elle, est-ce là l'homme qui m'a tant aimée?

Richard et Blanche s'en allèrent; mais Pauline était fatiguée. Maurice pensa qu'il valait mieux remettre au lendemain le récit qu'il voulait lui faire.

Tout le monde se retira pour se coucher. Hélène jeta, en sortant avec Pauline, un triste et solennel regard sur Maurice.

LX.

L'air est tiède, les arbres sont couverts d'un feuillage tendre et encore transparent. L'herbe est verte et chatoyante comme du velours. Outre le parfum du chèvrefeuille suspendu aux arbres, outre l'odeur des violettes cachées sous l'herbe, on sent une odeur plus incertaine et qu'on ne saurait définir, c'est celle du jeune feuillage.

Maurice est couché sur la mousse semée de violettes, sous les grands châtaigniers, dont le soleil, qui se lève, colore le tronc brun ; —à quelques pas de lui jouent dans l'herbe la fille d'Hélène et celle de Pauline.

Mais le soleil s'est élevé graduellement. D'abord les oiseaux se sont réveillés et se sont mis à chanter, secouant à ses doux rayons leurs ailes engourdies par la fraîcheur de la nuit.

Puis il est parvenu presque à son zénith ; alors les oiseaux se sont enfoncés sous la feuillée ; les papillons sont seuls restés voltigeant dans la prairie.

On dirait que le vent, secouant les odorantes guirlandes des églantiers, enlève leurs pétales blancs ou roses, et les balance dans l'air, comme de petites nacelles sur l'eau.

Alors Maurice, par une allée d'épais tilleuls, rentra dans la maison ; — en même temps que lui, par un autre chemin, rentrent aussi Pauline et Hélène, qui toutes deux, vêtues de blanc, les bras entrelacés, courent à travers la prairie, et toutes deux l'embrassent en lui souhaitant le bonjour.

Après le déjeûner, le soleil est si ardent qu'on ne peut sortir. Maurice se retire dans son cabinet, et en fumant par une fenêtre un tabac parfumé, contemple avec un sentiment de joie les murailles du parc, dont il a fait tripler la hauteur, et que dérobent en partie de hauts arbres et du houblon. Lui seul, Hélène, Pauline et les deux enfans, sont renfermés, avec quelques domestiques, dans ce séjour enchanté. Personne n'y est admis, ces trois êtres se sont consacré leur vie, et ne veulent plus la gaspiller en en livrant à personne la moindre parcelle.

Tous trois ils s'aiment sans jalousie, et ne se quittent jamais. Ils ont renfermé toute leur vie, toutes leurs pensées dans l'enceinte des murailles.

Mais le soleil glisse ses feux par la fenêtre. Maurice tire un épais rideau couvert de fleurs peintes, et s'étend mollement sur des coussins.

Alors, tandis que le soleil brûle tout au dehors, un air frais circule dans la retraite de Maurice. — A travers des vitraux colorés il ne pénètre qu'une lumière douteuse, un jour sombre ; les coussins sur lesquels s'étend Maurice presque nu sont couverts de roses effeuillées. On n'entend aucun bruit du dehors. On oublie le reste du monde pour se livrer à de riantes pensées.

Mais un coin de la tapisserie se lève, et, au son d'une musique douce et sourde, entrent deux femmes vêtues seulement d'une épaisse gaze blanche, leurs robes sont attachées par de larges ceintures tombantes qui dessinent leur taille sans la serrer ; les cheveux d'Hélène tombent en longs anneaux sur son cou, une guirlande de roses jaunes la couronne. Les cheveux de Pauline, parfumés par une branche de jasmin, s'étendent aplatis sur son front ; toutes deux près de Maurice viennent de s'étendre sur les roses, et cachent, dans les feuilles parfumées, leurs pieds blancs, sortis de leurs babouches de velours. Pendant quelques instans, une céleste musique se fait encore entendre, et joue de simples mélodies, dont la suave et douce mélancolie fait rêver à l'amour. Puis elle s'affaiblit en même temps que le jour, qui devient encore plus sombre. Maurice couvre de baisers les mains et les pieds, et les cous de ses deux compagnes, qui, chacune à son côté, joignent leurs mains sur ses genoux.

Le jour devient si sombre, qu'on ne distingue qu'à peine les formes ; la musique a cessé, tout rentre dans le plus profond silence. Les roses exhalent des parfums plus pénétrans. Hélène et Pauline tiennent Maurice enlacé dans leurs bras ; leurs trois chevelures se touchent et se mêlent ; les longs cheveux des deux femmes se dénouent, et de leurs flots épais inondent Maurice. Leurs ceintures se détachent, la gaze tombe...

A ce moment on ouvre la porte, et Maurice s'éveille.

Une pluie glacée bat les vitres. Un domestique agenouillé devant l'âtre allume le feu.

Maurice secoue les riantes illusions qui le tiennent encore à moitié sous leur charme. Il demande l'heure.

Il est tard, mais Pauline n'est pas encore levée. Il va aller la trouver à sa chambre. Il va lui parler d'Hélène; peut-être leur vie à tous trois coulera, à l'avenir entre deux rives fleuries et parfumées.

Mais on parle beaucoup dans la maison ; on ouvre les portes, Maurice met sa robe de chambre et ses pantoufles, et s'informe...

Hélène, qui tous les jours se lève avant toute la maison, n'a pas encore paru, quoiqu'il soit tard. On est allé à sa chambre, on n'y a trouvé personne, ni elle ni sa fille. On ne lui connaît aucune raison de sortir par un temps semblable, surtout avec cet enfant. Hélène n'a pas pris son chapeau ; elle est sortie la tête nue ; elle a laissé presque toutes ses hardes, ainsi que celles de sa fille.

On sort. — Sur la neige à moitié fondue, on ne voit que quelques pas d'Hélène. Sans doute elle a emporté sa fille dans ses bras.

. . . .

ALPHONSE KARR.

FIN.

TABLE DES MATIÈRES.

UNE HEURE TROP TARD.

PREMIÈRE PARTIE.

DEUXIÈME PARTIE.

www.ingramcontent.com/pod-product-compliance
Ingram Content Group UK Ltd.
Pitfield, Milton Keynes, MK11 3LW, UK
UKHW031856260826
14628UKWH00002B/804

9 782329 475882